命中
注定
-01-

蔷薇航班

长宇宙 著

河北出版传媒集团
花山文艺出版社

图书在版编目（CIP）数据

蔷薇航班 / 长宇宙著. —石家庄：花山文艺出版社，2016.9（2020.3重印）
ISBN 978-7-5511-3003-5

Ⅰ. ①蔷… Ⅱ. ①长… Ⅲ. ①长篇小说—中国—当代 Ⅳ. ①I247.5

中国版本图书馆CIP数据核字（2016）第225170号

书　　名：	蔷薇航班
著　　者：	长宇宙
策　　划：	张采鑫
责任编辑：	董　舸
特约编辑：	代琳琳
责任校对：	齐　欣
封面设计：	Gemini_Jennifer
内文设计：	米　籽
美术编辑：	许宝坤
出版发行：	花山文艺出版社（邮政编码：050061）
	（河北省石家庄市友谊北大街330号）
销售热线：	0311-88643221/29/35/26
传　　真：	0311-88643225
印　　刷：	三河市华东印刷有限公司
	（长沙黄花工业园三号　邮编410137）
经　　销：	新华书店
开　　本：	880×1230　1/32
印　　张：	9
字　　数：	270千字
版　　次：	2016年11月第1版
	2020年3月第2次印刷
书　　号：	ISBN 978-7-5511-3003-5
定　　价：	45.00元

（版权所有　翻印必究·印装有误　负责调换）

目录

Chapter 01 你从远方来 001/

Chapter 02 示我以赤诚 019/

Chapter 03 国王与爱人 035/

Chapter 04 付诸难回头 051/

Chapter 05 沉默最情深 059/

Chapter 06 离别才悔觉 073/

Chapter 07 投之以木瓜 089/

Chapter 08 报之以琼琚 106/

Chapter 09 往事成裂痕 127/

Chapter 10 深情及久伴 144/

目录 contents

163/ Chapter 11 宜室亦宜家

175/ Chapter 12 情路亦歧路

187/ Chapter 13 覆水终难收

200/ Chapter 14 大梦方初醒

217/ Chapter 15 方知过千年

228/ Chapter 16 前路望珍重

242/ Chapter 17 狭路相逢时

256/ Chapter 18 佳人难再得

269/ 番外一 褚家有女字予乔

274/ 番外二 褚穆后记

Chapter 01

你从远方来

手机响起的时候，舒以安正在翻译一篇长长的法文合同，满目的专业名词看得她头疼，她缓了一会儿才苦着脸接起手边的电话。

"喂，哪位？"

电话那边响起一道极其低沉而有磁性的男声："我明天回北京。"

舒以安一时被这道声音弄得脑子有点儿短路，过了好半天才反应过来电话那边的人是谁。她慢慢地"哦"了一声。

"不打算来接我吗？"那端的男人有点儿惊诧地问她。

舒以安摩挲着手里的笔，傻傻地点了点头："好啊，那我去接你。"

"什么时候？"男人反问她。

"那你几点的飞机？"

电话那边的人似乎放弃了再跟她纠结这个问题："明天我直接回部里，你不用来。"

褚穆对舒以安的反应十分无语，见她迟迟没说话，索性撂下一句"就这样"，然后干脆果断地挂了电话。

柏林四月初的天气。

马尔基兴河岸旁的二层小楼里，褚穆看着窗外来来往往的行人，手机在手中转了一圈又一圈。

整整半年了，她倒还真是一点儿也没变。

"副司？机票给您订好了，明天上午九点的航班。"助理小陈站在门口轻轻地敲了敲门。

窗边站着的人并未转身，只低低地回了一句："我知道了。"

小陈在褚穆身后悄悄打量着这位年轻的外交官，大气都不敢出一下。那可是名声赫赫的褚穆，是现今外交领域里少数几个前途无量的年轻人，三十岁的年纪就能坐到这样的位置，任谁，都是不敢小觑怠慢的。

看着上司越发沉默的背影，小陈也实在想不通，明明半年没回去，好不容易有一个机会，怎么不见这位有一星半点儿高兴？

其实褚穆也不明白，自己半年没回去怎么她听到这个消息之后却是那个样子。舒以安，她怎么就能那么淡定？这位打小儿养尊处优的爷心里忽然冒出一种不被重视的郁闷感。

此时正在会议室里旁听的舒以安忽然没来由地打了一个冷战。其实从接到电话到现在，她都不太愿意相信那个远在大洋彼岸偶尔会在电视上看见的人，就要回家了。

第二天，她早早起床去超市采购，苦着小脸站在大排高高的货架前不知该选什么。舒以安同学缓慢的性子常常导致自己过着每天不吃正餐只靠方便面零食为伴的生活，而且在褚穆走了之后更加严重，家里的新鲜蔬菜和冰箱里该有的东西几乎被她残害得差不多了。所以舒以安想，要赶在他回来之前把被破坏的现场全部还原，以免有着极其变态生活习惯的某人一进家门就把自己扔出去。

舒以安提着大包小包的东西从超市出来的时候，那边从柏林飞往首都机场的航班也已经带着巨大的轰鸣声降落了。

整整十三个小时的飞行让褚穆有些吃不消，他疲倦地揉了揉眉心，在空姐甜美温柔的提醒下与身后的一大群人下了机。

航站楼外，早已有车等在那里。

"您这一路累坏了吧？快上车。"

褚穆温和地对来人笑了笑，清俊的脸上早已不见了刚才的疲惫："还好。"

"那就成，一会儿让小吴把您送到部里述职，晚上我们说好给您接风洗尘，今年咱这儿来了不少后辈，都嚷嚷着要见您，这个面子您可一定要给啊。"

褚穆看了眼微微暗沉的天色推辞道："今天就算了吧，大家跟着我飞了这么长时间也都累了，改天，改天我请您。"

"您这说的是哪里话。"王主任摆了摆手，"您好不容易回来一趟，我们难得有这个机会，就这么定了，小吴你一定记住时间啊。"

王主任的年纪足足比褚穆大了一轮还多，褚穆做小辈的总不好拂了他的面子，最后还是不得已应承了下来。

部里来了三辆车，跟着褚穆回来的随行人员乘一辆，来接机的人乘一辆，每次回京都跟着褚穆的司机小吴载着他独乘一辆。

黑色的奥迪A4平稳行驶在桥上，褚穆坐在后排打开一直关着的手机查看着未读信息，江北辰、纪珩东、战骋和几个圈子里玩得好的人纷纷致以短信代表京城人民欢迎他回国，连他平常摸不着人影的妹妹都发了个抱抱的表情，却唯独没有她的。

"看来，你今儿晚上这顿饭八成是鸿门宴啊。"司机小吴操着一口地道的京腔说着。

褚穆垂着眼一条条地看着回复，漫不经心地问了一句："嗯？怎么说？"

因为小吴打褚穆进部里就一直跟着他，人机灵会看眼色懂分寸，十分称心。所以褚穆走了之后也没有让他再接别的领导，一直在后勤挂着职，只等褚穆回来的时候专职负责他，两人关系不错，说起话来也没什么避讳。

"听说部里给你调了个翻译，原本是负责礼宾那一块儿的，现在打算跟着你回德国。今天晚上这局就是因为这个设的。"

"给我？"褚穆微微蹙眉问道。

"对，人家去了之后直接任驻德翻译组组长，是正儿八经的空降兵。"

"是谁你知道吗？"褚穆心里隐有疑虑，皱眉问道。

"听说，我听说啊是王主任的侄女，还是你当年外交学院的校友呢！叫什么陶……"小吴一拍大腿，"对！陶云嘉。"

陶云嘉。

褚穆原本按到信息界面回复的手指忽地一顿，随即锁了屏幕就再不吭声。难怪今天晚上都这个时候了王主任还坚持请他赴宴，原来是为了她。

被褚穆按掉的屏幕上，一条信息孤独地躺在信箱里——

我查了今天柏林飞北京的航班啦，你什么时候回家？
发件人：以安

褚洲同戴着眼镜翻了翻面前的述职报告，没过几眼就将其搁置在一旁的文件架上。虽然这位年逾五十的外交主管看起来十分严谨且风度翩翩，但是面对着桌前的人，还是染上了一丝温暖的和蔼之气。

"怎么？这次回来是想长留还是就待几天啊？你妈可是跟我念叨好几回了。"

褚穆一只手插在裤袋里坐在沙发上摆弄着矮几上的地球仪，修长的手指轻轻滑过中国与欧洲之间的那道距离，姿态好不闲适："我倒是想留在家里，就怕您老人家不准。要不回头我就递申请，到时候您可得给我批了啊。"

对于自家这个侄子褚洲同还是十分喜爱的，年纪轻轻就能有这样的外交才华和成绩，任谁都是要高看一眼的，何况是褚家的儿子。他忍不住笑骂："浑小子，你是知道这个当口我不可能放你回来，故意将我的军。"

褚穆摆手，漫不经心地道："我可不敢，这报告您也看了，要是没什么事儿我就先走了？"

"哎！"褚洲同摘下眼镜叫住褚穆，不忘嘱咐一句，"你跟以安也不能总两地分居，不是个过日子的样儿，要不尽早把人带到那边去吧。"

褚穆修长的背影有一瞬间的停顿，随即拉开门把手出了行政大楼。

到达东海楼的时候，王主任领着一众后辈已经等在包厢了。褚穆瞧这一屋子的人，不禁有些头疼。

宴席分了两桌，一桌是新人，一桌是驻办的几位同事。在新人桌上有位姑娘十分打眼，年纪不大，二十几岁的样子，十分古典的鹅蛋脸上一双杏仁儿眼漂亮得不得了，微微向上挑的眼眉又给这张温婉的脸带了些媚意。姑娘腰板儿挺得直，打坐下就这么端着，头发被她松松地盘在脑后，让人又觉出那么股傲劲儿。

给褚穆接风，理应是他坐到上座的。几个从外交学院分来的男孩儿带着崇敬和羡慕偷打量着这个最年轻的司局级人物，大气不敢出一下。外交世家的长子，果然不一样。从人家身上的西装到手腕上的表，哪一样都是这些刚出象牙塔的毛头小子学不来的。

王主任朝这边看了一眼，心下多了几分盘算，端起酒杯张罗开场。

褚穆见惯了这样的场面，再懒得应付也得装装样子。他伸手拿过面前的酒杯，谦恭起身："王主任您说笑了，这杯理应是我敬您的。"灯光下褚穆仰头喝酒的姿态十分惊艳，修长的身姿笔挺，就连捏着杯的手指都是干净有力的，微微露出一截的衬衫袖口上妥帖地扣着两颗深蓝色的宝石袖扣，无一不彰显着这个男人的精致格调。

王主任估摸着时机继续开口，说出今天的主题："今天我还有个事得拜托您，我侄女原来是翻译室的德语翻译，但是丫头一直想找个机会出国锻炼锻炼。您说我一个做叔叔的总得满足孩子的要求吧。要是您不嫌弃，就让她跟着您回德国？到时候还得劳烦您好好照顾才是啊。"

褚穆内敛深沉的眼睛十分平静，脸上挂着谦逊的笑，不疾不徐地开口："您客气了。能当翻译组组长的也不是简单之辈，哪里需要我照顾，回头办好手续让她跟着我回去就是了。"

褚穆的话很明显，有点道行的都能听出来。其言下之意就是你王主任既然有本事不跟我打招呼就把人调过来，自然就不需要我的照顾。先斩后奏，在权贵场上是大忌讳。

王主任的脸色果然一瞬间有些尴尬，只得朝着那边招招手缓解场面。

"云嘉！来跟褚副司长打个招呼。"

那端坐着的女子闻言施施然起身，姿态万千地朝着褚穆走来，目光流转间，分明带了些自信和得意："褚穆，好久不见。"

褚穆对上女人微微上挑的眼，神色淡然："陶小姐，好久不见。"

王主任有些吃惊地看着两人，疑惑问道："你们……认识？"

褚穆很快从陶云嘉那里转回目光，没有丝毫波动，就连声音都是平稳低沉的。

"以前外交学院的同学。"

王主任不死心，仍然带着些期待地牵过一旁的女人，半开玩笑半试探地开口道："同学好啊！我这个侄女可是倾慕您很久了。"

褚穆闻言忽然轻轻笑了起来，好看的脸上带着止不住的凉薄之意："那恐怕是要辜负陶小姐了。好可惜，我已经结婚了。"

一句话，像玩笑似的拉开自己和面前女人之间的距离，却又有着淡淡的嘲讽意味。

陶云嘉听到这句话，原本有些雀跃的脸庞，倏地暗了下去。

褚穆回家的时候已经快十二点了，司机把车拐进小区，远远地就能看见湖苑别墅里透出来的灯光。褚穆低头看了一眼腕表，想了想还是从兜里摸出串钥匙。

窸窸窣窣地打开门，偌大的客厅里只点了几盏壁灯，温暖的色调看起来特别柔和，连带着让一晚上都处于疲惫状态的褚穆眉间都染上了丝放松。进屋不经意地往沙发上瞟了一眼，褚穆顿时停在了原地。

舒以安蜷曲在沙发里睡成了一团，一身嫩黄色的居家服让她看起来特别纤细。小巧的鼻翼轻轻呼吸着，巴掌大的白皙小脸儿被她耳边的几缕碎发遮住了些许。可能是有些冷了，她无意识地缩了缩肩膀睡得并不安稳。

褚穆没想到这么晚了她还在等着自己，心里忽然漫上柔软的情绪。他轻轻地脱下外套走过去，沉默着看了她一会儿，终是没能忍住俯下身吻了吻她的额头。

舒以安睡得很轻，迷糊地睁开眼看着近在咫尺的俊脸，有些惺忪："唔，你回来啦……"

褚穆垂眼看着她慵懒的模样，把人打横抱了起来往楼上走去。

"怎么不上楼去睡？"

舒以安靠在褚穆怀里,鼻间都是自己熟悉的气息,不禁把头往他身上窝了窝:"在等你啊,发了信息给你你没回,猜到你可能在工作,就没敢打扰你。"

褚穆闻言把舒以安抱得更紧了一些,声音平静地嘱咐她道:"如果我很晚没回来,不用等我。"

舒以安看着他的衬衫扣子,垂着头有点儿失落:"知道了。"

进了卧室,褚穆把人安稳地搁在床上,摸了摸舒以安柔软的头发示意她先睡。

"我去洗澡。"

舒以安看着背对着自己脱掉衣服的人,忽然起身有些忐忑地叫住他。褚穆闻声转过身来,一双内敛浓黑的眸子带着疑惑:"怎么了?"

他衬衫只脱了一半,敞开的衣襟里透出的精窄腰身看得舒以安有些不自在,她半撑起身子,似是鼓足了勇气才仰头冲那端的人喊了一句。

"生日快乐!"

灯光下,舒以安的眼睛亮晶晶的,柔和的脸上和眉间都是温暖的笑意。

此时此刻,楼下零点的钟声,刚好响起。

褚穆被这句话弄得有些愣怔,零点的钟声,5月7号。

他的喉间几不可察地动了动,过了好久才有些沙哑地开口:"谢谢。"

褚穆看着窝在自己怀里疲倦睡去的人,原本烦闷的心情忽然好了起来。她瘦削的肩膀背对着自己,他能清晰地看到她凸起的蝴蝶骨,性感却又想让人去怜惜。

午夜时分,最易情动。

在舒以安那一句生日快乐之后,褚穆几乎是暴烈地把人带到浴室去。隔着氤氲的水雾,舒以安难忍吃痛的模样几乎让褚穆沦陷。这一场情事,是舒以安嫁给褚穆一年以来最激烈的一次,她软软地揽着他的脖子小声地哼,褚穆对她的求饶恍若未闻,细致的亲吻像是对待一件珍宝。舒以安在半梦半醒间,看着褚穆咬她脖颈的认真样子,忽然觉得这场婚姻,并没有自己想的那么艰难。

第二天舒以安醒过来的时候，已经几近十一点了。她强忍着一身酸疼拿过一旁的衣服，打算下楼。褚穆听到些许声响不满地翻了个身，一把捞过舒以安，嘴唇抵在她娇嫩的耳边摩挲，声音还有些刚刚睡醒的喑哑："干什么去？"

舒以安小心地掰着他的手指打着商量："妈昨天特意打电话来要我们回去，我先给你做午饭，一会儿起来好不好？"

褚穆把头埋到枕头下面翻滚了半天，才哼哼唧唧地放开了她。

同样是熬了半宿的两人，精神状态却大不一样。褚穆一身清爽地坐到客厅的时候，舒以安正愁眉苦脸地在衣帽间寻思穿哪一件衣服能盖住这一脖子的青紫。褚穆插着兜儿斜斜地倚在门口，满眼戏谑："那件蓝的应该行。"

舒以安拿着那条蓝色高领的无袖裙子，鼓着嘴看着门口那个始作俑者："出去成吗？"

褚穆挑着眉一脸茫然："做都做过了，还怕看？"

"滚！"

阳光透过两棵巨大的法国梧桐洋洋洒洒地落在院子里，舒以安看着门口停着的那辆新车有些见怪不怪，对于他能时不时变出各种各样令人咋舌的东西她早就习惯了。大概是察觉到舒以安的反应，褚穆把手里的钥匙递过去："订了很长时间了，昨儿让江三儿刚提出来，本来也是要给你的。"

舒以安看着那辆拉风的白色小跑，拒绝地摇了摇头："你知道我不开车的啊。"

褚穆倒也不气，一下一下地把钥匙抛在手里玩儿："随你吧，我也用不着。就放家里你什么时候想用就拿。"

两个人结婚一年，总共在一起的时间不超过两个月。

第一次是在刚结婚的时候，她跟着褚穆去欧洲度假，历时半个月。接下来的几次就是褚穆隔三岔五回来述职或者参加外事活动的时候，所以褚夫人对于这两口子能一起回家还是特别兴奋的，尤其是，今天是褚穆的生日。

褚家不同于别的家族枝繁叶茂。褚老爷子膝下只有两个儿子，一个是褚穆的父亲，一个是褚穆的二叔。褚夫人和褚穆的父亲结婚之后，生下一子一女，现在褚穆结婚成家，褚穆的妹妹褚唯愿又成天疯玩儿不常回来，所以就造成了褚夫人没事儿就碎碎念让两人生个孩子给她带，以免自己太孤独。

两人一进家门，褚夫人就乐开了花。

舒以安恭恭敬敬地朝着褚家二老打招呼："爸，妈。"

褚父一向不苟言笑的脸看到小夫妻也稍有松动，摘下看报纸的眼镜和缓地问了一句："回来了？"

褚夫人见着舒以安高兴，忙拉过她就上了楼，留下爷俩儿在外间说话。褚父慢慢地用砂壶过了一遍开水，缓缓问道："这次待多久？"

褚穆端起矮几上刚泡好的龙井，往身后的沙发靠了靠："一个星期吧，下周回去。"

褚父把报纸卷起来搁置在一旁，沉思了一会儿："你在这个位置上也有两年了，考没考虑过调回来？我听说这回她也跟你回德国？"

褚穆听见这话，忽然笑了起来，清俊的脸上又分明多了些嘲讽："爸，您老人家这消息可是够灵通啊。怎么着，我婚都结了您还有什么好担心的？"

"你……"褚父被他这话堵得一时有些噎住了，"既然都结婚了那就好好过日子！别再想什么不该想的！"

褚穆倒也不着急，慢悠悠地喝干了杯里的茶才起身反驳："您当年把她从我身边弄走，是没想过还有再回来的这一天吧？"

褚父到底是见惯了场面道行深的，不焦不躁地把茶叶的碎渣一点一点过滤出去，动作沉稳老练："我既然能让她走，就不怕她再回来。咱们褚家的人，最看重的就是责任。我相信你。"

褚穆静坐一旁，不发一言。

正当爷俩儿气氛紧张的时候，一直在褚家帮忙的张阿姨端着菜从厨房走出来，搁置好了筷子张罗着开饭。

到底是大户贵族的人家，就连一顿饭都是用足了心思的。

褚夫人一边给褚父倒酒一边老调重弹："儿子，打算什么时候和以安要个孩子？"

褚穆慢条斯理地给舒以安剥好螃蟹，拿过一旁的湿毛巾擦了擦手，给出一句模棱两可的话："看看再说吧，又不是着急就能办的事儿。"

褚夫人深明大义地点点头表示理解，语不惊人死不休地补了一句："那是不能太急，这事儿啊得慢慢来，你趁回来这几天，抓紧点儿。"

在座的除了褚穆镇定自若，褚父、舒以安，还有常年帮忙打理家务的张阿姨皆是身躯一震，舒以安的脸，此时快要红成虾了。

褚穆也觉着这饭没法再吃了，又坐了一会儿便搁下筷子作势要走："爸、妈，北辰老纪那边还有个局，我先带着以安回去了。"

褚父看着两人离开的背影，意味深长地嘱咐了一句："你三十了，有些东西该承担起来了。"

比如，承担一个家庭。

北京的夜晚很漂亮，舒以安坐在副驾驶上疑惑地看着褚穆把车驶入弯道"你不去纪珩东那里了吗？"

褚穆一只手搁在车窗上，神态自若："江三儿哪是要给我庆祝，楚晗的事儿弄得他心烦想找个由头喝酒罢了，不去。"

江北辰和楚晗这对儿情侣互虐互杀的故事舒以安多少也了解一些，懵懂地点点头便靠在椅子上不再说话。

褚穆偏头看她一眼，略迟疑着开口："妈今天说的话，你不用……太有压力。"

舒以安知道他是指孩子的事儿，心里忍不住有些酸涩，但还是安慰般笑了笑："我知道的。你放心。"

结婚一年，虽然褚穆从来不在这方面控制自己，但是舒以安也明白，在两人屈指可数的几次里他几乎都是到了最后关头退出来，或者早在之前就用了措施。他从不放任自己或者要求她在事后吃药，看起来好似把她保护得很好。可是只有舒以安自己知道，那是一个男人真正抗拒一个生命到来的表现，也是一个男人不愿意接受自己妻子的表现。

看着舒以安沉默下来的侧脸，褚穆握着方向盘的手紧了紧。车内狭小的空间里忽然弥漫着一种快要让人窒息的尴尬。

每一次，几乎是每一次褚穆回来，两人大抵都会经历这样一种循环。看起来以最亲密的姿态表达彼此之间长久的想念，第二天却还是恢复到那种好像刚刚结婚般的模式，疏远且知分寸。

一路无言，回了家两人几乎都处于各忙各的状态。褚穆上楼接了一个电话就在书房里没再出来过。舒以安洗了澡换好衣服正打算休息，突然放在床头的手机响了起来，刚接起来电话那头的苏榅就噼里啪啦地说了起来。

"着火了着火了，大 boss 不知道抽的什么风打算明天跟那个老外签合同，你的翻译本弄好了没有啊？我这边急等着出呢！"

舒以安捂着脸在床上哀号一声："这么快啊？他不是说要几天之后吗？"

"谁知道呢。"电话那头的苏榅也是悲戚之态，"肖老板的脾气阴晴不定，不知道动错了哪根筋，你可抓紧着点儿啊，弄好了给我。"

舒以安惆怅地想起书房桌上那厚厚的一沓原文合同，拖拖沓沓地踩着拖鞋出了屋子。万恶的资本主义害死人啊！看着书房紧闭的门，她深吸一口气敲了敲。

褚穆正立在窗前用德语打电话，醇厚低沉的声音舒缓地说着这种尾舌绕音的语言十分好听。见到舒以安探进来的小脑袋，挑了挑眉。

"我拿东西。"

褚穆顺着她指尖看过去，一份法文合同上压着厚厚的一本词典，很显然是她还没完成的工作。看着背对着自己的瘦弱身影，褚穆忽然从身后钳住她纤细柔韧的腰往自己怀里带去。舒以安拿着合同的手一抖，下意识地喊出声："喂！"

"嘘。"褚穆微微低下头示意她安静，电话那头的人很明显顿了一下。舒以安就这么被他按在身前不敢出声，他的下颌轻轻抵在她的肩上，耳边全是他的声音，偶尔呼出的热气喷在她的颈边，让她一时动弹不得。

大概过了五分钟褚穆才挂了电话，只是放在舒以安腰间的手并未离开："干什么？工作吗？"

舒以安老老实实地答："临时通知的，今晚要加急翻译出来。"

褚穆拿过那本合同闲散地翻了两页，上面密密麻麻地布满了舒以安娟秀的标注字迹。他皱眉道："怎么这么麻烦，扫描一下就行了。"

舒以安也想扫描一下就成了，团着一张小脸面色凄然地接过来，愁苦之色显而易见："没听说过资本家吃人不吐骨头吗？"

褚穆长叹了一口气，温润的眉眼却分明带了些笑意，满脸都是一副"你求我"的姿态。是了，外交学院修满三门外语学位的褚副司长又怎么会把这区区的几页纸放在眼里。舒以安沉默着想了想，又想了想，还是倔强地偏过脸去。

"那行，我先去睡觉了，你忙吧。"褚大少爷倒是也没客气，转着手机优哉游哉地离开了书房。

舒以安想到公司里肖克那副严肃凉薄的脸，懊恼地趴在桌上快要咬掉自己的舌头。面子值几个钱啊！睡眠才是最重要的！人家一个小时能完成的东西自己却要一宿啊！这是跟谁过不去呢……

其实褚穆也没有马上回到卧室去，而是站在二楼的露台上抽烟，脸上也没了对着舒以安的温和笑意。在他的手边亮起的手机屏幕上，陶云嘉双手捧着蛋糕的样子美丽动人，而那蛋糕上的字，分明写着——八周年纪念日快乐。

褚穆的生日也是他和陶云嘉相识的纪念日。是他毕业典礼那一天，和她正式交往的日子。

舒以安到达公司的时候，已经是距离昨晚十二个小时之后的事情了。她手里拿着翻译好的合同几乎是一路狂奔到大厦楼下的。苏榀风风火火地接过合同踩着高跷似的就往前厅跑："怎么这么晚啊！幸好还有一个小时，要不肖老板又怒了。"

舒以安被她拖着往电梯里奔，辛酸得不得了。就这个还是在褚穆的帮助下才完成的呢。昨晚她不知道翻译哪一个段落的时候忽然卡了壳，原本想趴在桌上休息一下再起来，谁知道这一休息，直接就到了第二天早上，再次醒来已经是在卧室的床上了。而床的那一侧并没有被人躺过的痕迹。

她几乎是惊恐地跑到书房去看那份合同，谁知原本被她落了一大半的A4纸张竟然工工整整地写满了中文，甚至有的专业名词都用一支特殊的笔标注了出来。而那苍劲工整的字体，不是褚穆，又是谁的？

二十三楼，肖克正带领着团队进行签字仪式的最后一项核实，看见匆匆跑来的两人有些不悦地皱了皱眉："你们文案部的办事效率真是越来越低了，看来我有必要增加一项业务培训。"

苏榀小心翼翼地赔着笑脸打着哈哈："对不起对不起肖总，我们马上就好，就好啊。"舒以安也跟着道歉："您临时通知，所以有些准备不足……对不起。"肖克转过头轻轻瞥了一眼舒以安有些气喘吁吁的样子，声音无波地吩咐道："下不为例，去吧。"

签约的过程很顺利，法国那边的合作方对于肖克的团队十分满意。于是一向严谨的大 boss 当下就决定，请大家吃饭。苏榀盯着肖克这个钻石王老五打进公司起就人人皆知，于是兴致极高地就往酒店去。舒以安站在路口打算送别公司一行人。

"你们去吧，我就不去了。"

肖克站在车旁扬声道："今天你是功臣，一起吧。"

苏榀也在一旁敲边鼓："是呀是呀，老板好不容易请客的，你别扫兴啊！"

舒以安看见路边一大群站着的人，有些尴尬地点点头只能硬着头皮坐进了车里。

饭局设在洲际酒店，趁着众人下车等在大堂的工夫，舒以安悄悄站在外面给褚穆打了个电话。

褚穆刚刚结束一场会议，正带着一群人从会议室里走出来。秘书把他的手机递过来的时候，他脸上凌厉严肃的神情还没散，语气有些不太好地接起来："喂？"

舒以安听见他的声音稍稍默了一下，过了一会儿才轻轻地说了一句："谢谢你哦。"

褚穆听见舒以安的声音眉间的表情才稍有松动，缓和了语气问道："签约还顺利吗？"

"顺利的，今天晚上老板慰劳员工，我可能会回去得晚一点儿。"

褚穆加快脚步出了大楼："结束打给我，我去接你。"

舒以安挂掉电话正转身往大堂里走，忽然迎面而来几个人，其中正中央的那个女人穿了一身得体的宝蓝色套装，精致的妆容大方得体。看着远处的舒以安，女人信步走到她面前，脸上甚至带着和善端庄的笑："舒学妹，还记得我吗？"

舒以安怔怔地看着面前耀眼的女人，感觉脑中轰的一声。过了好久，她才轻声开口：

"陶学姐，好久不见。"

陶云嘉施然一笑："是很久没见了呢。听说你结婚了？"说着，不禁把目光放到舒以安素白的手指上。一枚三环相扣的指环严丝合缝地贴着她的无名指，好不漂亮。

舒以安也不遮掩，大大方方地站在陶云嘉对面接受她的注视，一双干净透彻的眼睛里满是平静："是，我结婚了。"

陶云嘉闻言脸上的表情有一瞬间的停滞，随即又笑了起来："那我真是应该恭喜你了。毕竟，不是谁都有机会嫁到褚家的。"

褚家。

舒以安看着面前这张明艳动人的脸心中不禁有些唏嘘。如果陶云嘉当初能够放下"褚家"这两个字背后所代表的含义，也许……

"那应该说我很幸运了。"舒以安清浅地弯了弯唇，淡然得很。

陶云嘉看着舒以安这么平和的样子终于挂不住了，敛起之前的笑意打算直奔主题："我马上就要调到德国驻地任翻译组组长了，以后和褚穆也算是同事了。放心，以后你不能常常在他身边我会帮你照顾的。"

说完之后，陶云嘉一眨不眨地看着面前的女子，心里竟然有种隐隐的快意。谁知，舒以安听闻并未有任何的波澜，还是之前那副清浅平和的样子，只是再开口时却没了之前的退让。

"那该我恭喜学姐升迁才是，只不过……他还是我自己照顾比较好。假借别人之手的事我还不大习惯。"

"学姐，我还有事，先走一步。"

苏榴看着朝自己走过来的舒以安，小跑几步迎了上去，漂亮的脸上带着些戒备地盯了那边一眼，转头问她："那人是谁啊？看着姐们儿可不善。"

舒以安看着挽着自己手臂的苏榴，轻轻呼出口气，小脸一下子垮下来：

"一个朋友。"

哪个朋友能让你这么挫败，苏榀在心里默默腹诽了一句，又不安地回头看了看陶云嘉："快走吧，要开始了。"

席上菜色倒是十成十地下了血本的，海鲜生蔬满满地铺了一桌子。舒以安有些兴致缺缺，看着一桌子的东西却再也没了什么胃口。

和他一起去德国。

翻译组组长。

这些自己竟然是最后一个知道的，还是从陶云嘉的嘴里得知，舒以安不得不承认自己在听到之后还是很郁闷的。

有关褚穆和陶云嘉的六年，是舒以安心底最沉重苦涩的过去。她曾亲眼见证两个人从深爱到陌路的过程，如今却又见证了两个人变为亲密的同事。只不过前者她是无关的看客，后者她却变为主角的妻子。

一顿饭，没吃多少倒是被迫喝了不少酒。苏榀率领公司未婚的男女青年们一起拦着舒以安拿向果汁的手："哎哎哎！来公司这么久不管什么场合你都不喝酒，今天这么大的日子你好歹给兄弟姐妹们一个面子，庆祝一下。"

这么一劝，舒以安是怎么躲多多少少都被灌了一些。平时的舒以安很有分寸，知道什么东西都要适可而止。所以当一大帮人要再开一瓶的时候，她就主动告饶缩在角落休息去了。

肖克看着角落里不知垂眸思考什么的舒以安，随手拿了一杯温水走了过去："今晚的菜不合你的胃口吗？看你没怎么吃。"

舒以安看着身旁的肖克礼貌地接过他递过来的水，道谢："谢谢肖总，是我自己没什么胃口，菜很好。"

肖克是舒以安所在的跨国贸易公司大中华地区的执行总裁，年纪不过三十出头，做事却十分有手腕，二十六岁进入公司，不过几年就到了现在这个高度，他的能力可想而知。舒以安当年的面试官就是肖克。所以，她对这个年轻的老板，还是有些畏惧和崇敬的。

肖克好像察觉到舒以安对自己的态度，一双剑眉不自觉地向上挑了挑："你好像很怕我？"

舒以安双手握着透明的水晶杯，不置可否："您是老板我是员工，对您敬畏是应该的。"

肖克闻言倒也不生气，旋步坐到舒以安另一侧的软座上双腿交叠摆出一副长谈的态势："你是……外交学院毕业，成绩也还不错，怎么想到来贸易公司做文职呢？"

舒以安眨了眨长长的睫毛，不禁也想起这个问题。是啊，自己当年为什么选了这样一个工作呢？大概是那时看到他为了那个人身心疲惫的样子吧，她忽然害怕起有关两人的任何消息，所以她才会那么毅然决然地放弃了外交考试选择来到外企做一个小小的文员。一晃，都两年过去了。

"可能是……我并不是那么善于表达吧。"舒以安看着肖克探究的目光自嘲地笑了笑，"相比那里严苛的工作态度，我更散漫一点。"

肖克还想再开口说什么，舒以安的手机突然发出"叮"的一声响。

"不好意思。"

舒以安一面对着肖克道歉一面划开了手机锁屏。一条来自褚穆的消息。

"我到酒店外了，等你出来。"

一贯强势的命令口吻，舒以安几乎赌气地按黑了屏幕。暗自深呼吸几次还是没能忍住跟他妥协，她转身拿过一旁的包向肖克告辞。

"对不起肖总，我老公在外面等我，我可能得先走一步了。"

肖克几乎是一瞬间皱起了眉，带着质问的口气："你结婚了？"

舒以安觉得今天好像是撞了邪，怎么一个两个的都跑来问自己结没结婚这种问题。她以为肖克在意她隐瞒婚恋记录，坦诚解释："是，当初入职的时候人事那里是记录过的。"

其实话一出口肖克就意识到自己的失态，转而瞥到舒以安手指上的戒指才恢复了冷静。他不禁干咳一声掩饰自己的尴尬："对不起，我没别的意思，就是没想到你这么年轻就……"肖克伸手拿过自己放在一旁的外套，拍了拍手，"时间也不早了，既然这样大家就都散了吧。"

舒以安也没想到事情会变成这样，本来想无声无息地先走，现在竟然变成十几人一起同行的大队伍。苏楹迈着小步紧紧地扯过舒以安在她耳边嘟囔："不是想临阵脱逃吧？你家大神真来接你了？"

舒以安忧心忡忡地看着前面的那一帮人，心不在焉地"嗯"了一声。

"这么酷炫吗！话说我只在送你去机场的时候见过他一次啊！这回终于又能见到本尊了！"

舒以安脑补了一下苏楹口中的大神，心想着你这算什么，我嫁给他一年偶尔才能在电视上见着几面，福利已经大大的啊……

褚穆隔着车窗一眼就看到了从大堂里走出来的舒以安，同时也看到了她前面的人群，应该都是她公司的同事，既然一道走下不下车打个招呼是怎么都不合适的。

低下头不过思忖几秒，褚穆没有任何犹豫地开门下车。他站在十几级台阶下看着那个离自己越来越近的女人，扬声叫她的名字。

"以安。"

这一声，足以吸引在场所有人的目光。

褚穆站在车旁，一身精致剪裁的西装衬得他整个人挺拔颀长。清俊的脸上神色平静无波，他闲适地站在那里注视着台阶上的人，无须多余的言行已经让人移不开眼睛。同行的几个单身女子从看到褚穆的那一刻就开始窃窃私语，而且迅速对这个男人做出了判断。精英，而且是高端的精英。

苏楹在舒以安身边小声地自言自语："大神真的是太帅了……"

肖克显然也被这一声"以安"吸引了，出于一个男人的敏感和尊严，肖克不得不承认自己面前的这个男人，不一般。或者说，褚穆身上那种与生俱来的清冷矜贵让肖克感觉到，自己的胜算微乎其微。

可能是优秀男人心中那种急于表现的欲望作祟，肖克率先走上前去，伸出手："你好。我是肖克。"

舒以安听到褚穆的声音，抿了抿唇紧跟着肖克来到褚穆身边，下意识站在他身旁开口为他介绍。

"这是肖总，肖总，这是我老公，褚穆。"

褚穆看着肖克伸向自己的手，转而礼貌地笑了笑，也抽出自己原本插在裤袋里的手："你好，褚穆。"两只同样干净修长的手只短短相握几秒钟，褚穆就能感觉到来自对方身上的那种敌意和较量。

"既然你来了，以安就交给你了，我们回去了。"肖克看着一侧缓缓驶来的车，打算告别。

褚穆还是之前礼貌疏离的样子，轻轻点头，顺势打开副驾驶的车门示意舒以安上车："不劳您费心了。"

看着黑色顶配奥迪慢慢驶离自己的视线，肖克身后一大帮员工像忽然炸开了锅。

"没看出来啊！她怎么嫁了这么好一个老公？"

"就是啊！看见了吗？光那表就不止这个数……"一个识货并且对此十分有研究的女青年伸出手比了一个手势。

其中有见过场面的男同事适时插话进来："别看人家的穿戴，那车牌子才是真东西。"

汽车尾灯离人们的视线越来越远，终于化成两个红色的点消失不见。

肖克看着舒以安早已离开的方向，一言不发。

Chapter 02

示我以赤诚

褚穆现在心情很阴郁，不知是因为肖克看舒以安的眼神，还是此刻舒以安的反应。

两人都彼此沉默着谁也不打算先开口，褚穆的性子向来沉稳内敛，刚才肖克的种种行为分明是一种侵略，褚穆在人和人打交道的圈子里混了这么多年，谁什么意图根本不需过多的言语。他几乎在肖克伸出手的那一刻就能做出判断，肖克，在觊觎或者说嫉妒什么。

安静的车厢内甚至能清晰地听到两人的呼吸声。舒以安坐在副驾驶座上，目光平静地看着前方不发一言。

褚穆忽然间有些恼火："你没什么想说的？"

舒以安本来默默地想着把陶云嘉对自己说的话都装作不知道好了，可是听到他这样反问自己她也忽然孛了毛："你没什么想跟我说的吗？"

褚穆都有点儿被气笑了："我跟你有什么可说的？"

现在两人的思维根本不在一个频道上，所以无论对方问什么，彼此都想用最有力的言语来回击。一来二去竟然有种争吵的意味。

褚穆云淡风轻地瞟了一眼后视镜："那天你们公司年会，也是他送你回来的？"

舒以安小姐显然不想再和他一起讨论这个话题了，她缓了缓情绪，试图转换内容:"你什么时候回德国?"

这回褚穆是彻底怒了:"怎么着啊?这么急着把我撵走给别人腾地方啊。"

舒以安气得直接把手里的手机朝着褚穆扔了过去。

如果说陶云嘉对自己说的话是一把刀不偏不倚地插在舒以安的心口,那褚穆现在对自己的态度则是又把这把刀捅得更深了。

"你浑蛋!"

褚穆没想到舒以安反应这么大,空出一只手稳稳地接住她朝自己扔过来的手机,猛地一转方向盘把车停在路边。直到现在,他才发现舒以安的不对劲。因为按照舒以安一贯搓扁揉圆的性子是断不会出现今天这种情况的。

褚穆不禁有点儿茫然,随手打开车窗点了一支烟。两人一时间就这么僵持着。褚穆比舒以安大了六岁,两人虽然有的时候也会拌嘴但从来没有出现过今天这样的情况,一贯是他让着她。从不是谁也不肯让谁像是非要拼出个你死我活似的。

过了好久,褚穆才叹了口气把烟掐灭:"行了我的错,对不起。"

舒以安偏过头不理他,每次都是这样,他从来不会在意自己为什么这样,不去追究。好像她所有的不快乐和坏情绪都是他引起的,他只要道歉就觉得事情没什么大不了。舒以安忽然觉得有些疲倦,胃也隐隐地疼起来。

到了湖苑别墅门口的时候,两人一前一后下了车,谁也没搭理谁。

前半夜,褚穆一直在书房里处理各种文件,眼看着指针指向两点,他才起身打算去喝杯水。路过卧室的时候,还是稍微停下了脚步。本来是想看她睡得好不好,谁知这一开门,褚穆顿时就被惊着了。

舒以安细瘦的身体在床上蜷曲成一团,小脸深深地埋进膝盖里,五根手指捏着被角连关节都有些白了。

褚穆看着她额头尽湿的样子心里狠抽了一下,几步跑上前去一把捞过舒以安的身体焦急地问道:"怎么了?哪里不舒服?"

舒以安头枕在褚穆的胸前疼得说不出话来,额头被他温热干燥的手掌一碰,眼泪霎时扑簌簌地落了下来:"疼……"

温度高得吓人,褚穆一时也摸不清她到底是什么地方疼,只能从她的表情上来判断她一定病得挺严重。当下毫不犹豫地把人抱了起来，来不及给她换衣服只能扯过自己的西装给她裹上。胃里像是被硬生生钻了个洞一样，舒以安虚弱地依靠在座位上，好像没有了任何生气。褚穆一只手控着车一只手攥着她的手，生怕她出了什么要命的事儿。

"马上到了，忍忍。"

一路上不知道闯了多少个红灯，从家里到医院的路程至少需要四十分钟，却被褚穆硬生生飙出了二十分钟的速度。

医生仅仅粗粗检查了一下就得出了结论，胃穿孔，病人长期饮食不规律加上体质虚弱导致的疾病，需要马上手术。

褚穆闻言一颗悬着的心才稍稍落了地，拿过一旁的同意书匆匆签了字。一旁的护士心怀雀跃地看着患者关系那一栏，失望之情溢于言表。原来是夫妻啊……

主刀医生是认识褚穆的，一面命人准备手术一面安抚着他："放心，不会有生命危险的。"

褚穆立在手术室旁的走廊一侧，看着亮起的红灯开口嘱咐道："她对先锋类药物过敏。"

舒以安再次醒过来的时候已经是第二天中午了，褚穆趴在床头正在浅寐，身上穿的还是昨晚从家里跑出来时的灰色居家服。他从来就睡得很轻，听见床边窸窸窣窣的响声迅速睁开了眼睛。

看着渐渐清醒过来的女人，他无奈地乐了起来："舒以安，我不在家的日子你都吃什么了，生生能把自己弄成胃穿孔？"

手术刀口创面很小，舒以安除了麻药的劲头还没过精神并不错，还有力气和他顶嘴，眨了眨纤长浓密的睫毛语调平缓地回："吃花花草草啊，有时候饿极了抓起什么吃什么。"

褚穆拿着水杯的手一顿，险些洒了出来。

"难怪肠胃不好，下回吃点儿软的吧，沙发垫床单什么的也可以试一试。"说着把水递到她的唇边，他好脾气地示意她喝下去："先从它开始吧。"

正当两人的氛围从昨晚的冰点缓和至融化的时候，病房的门突然被大力打开。褚唯愿穿着 Dior 的蕾丝小黑裙风风火火闯进来,看上去就跟哪个秀场上刚走完台的模特似的。她看着病床上的舒以安一脸痛心疾首,作势欲抱:"我亲爱的小嫂嫂,你怎么就住院了呢?"

褚穆怕她毛手毛脚碰着舒以安的伤口,一把扯住褚唯愿的胳膊,把她拉离了病床边:"让你办的事儿办好了吗?"

褚唯愿,褚家的小女儿,褚穆的妹妹。一个从小被大院儿里众多哥哥姐姐宠大的小姑娘,因为只比舒以安小了俩月,所以一直称呼舒以安为小嫂嫂。

褚唯愿默默地翻了个白眼儿,恭恭敬敬朝褚穆作了个揖:"办好啦,我给小嫂子请了半个月的假呢,可是他们老板听说小嫂嫂住院了又多给了一个星期。"说到这儿,褚唯愿转过头对着舒以安比了个大拇指的手势,"嫂子,老板很赞哦。"

舒以安听见褚唯愿这话蹙眉看向褚穆:"你要愿愿去给我请假了?"

"我没让她给你辞职已经是我最大的让步了。"褚穆抬头阴阴地瞥了舒以安一眼,伸手摸了摸她的额头,已经不烫了,"我下午还有外事活动,先回去换衣服,晚上过来。"

他起身拿过一旁的外套同时威胁褚唯愿:"看好她,再敢像照顾妈一样中途跑了我就断绝你一切经济来源,想换车你就等下辈子吧。"

褚夫人三年前切除胆结石做手术,本来作为陪床的褚唯愿因为订的一只纯种萨摩耶空运到了,撇下自己亲妈去机场接狗狗……这件事就像是褚穆人生里的一场噩梦。

肖克坐在宽大的转椅上沉思了有半个小时了,思绪始终停留在上午褚唯愿来找自己的那个画面。桌面上,还端端正正搁着他吩咐人去查来的资料。其实哪里需要费什么大力气去查呢,外交世家,祖上就有人在清朝做使臣的褚氏一族谁人不知晓?

那个外交人才辈出的家庭不知创造了多少新闻和神话,那个家门里面每一个人几乎都能在网上查到他们辉煌的岁月。

褚穆……呵!还真是讽刺啊。

八点半,他刚刚进办公室就有秘书来敲门通报,说是一位小姐找他。还没等他同意，褚唯愿就踩着高跟鞋噔噔噔地走了进来，步伐那叫一个顾盼生姿、窈窕优雅。肖克混迹商场这么多年，只消打量褚唯愿一眼就知道，这姑娘，来头不小，来者不善。

褚唯愿今天打扮得极其高冷，一袭黑色蕾丝裙子妥帖地包裹着她凹凸有致的身体，五格戴妃的包包被她松松地拎着，手上、脖子上戴的全是宝格丽当季新款，就连妆容都是无懈可击的完美。姑娘端着一副礼貌的笑，直接表明意图："我是舒以安的妹妹，来给她请假的。"

舒以安，又是舒以安。肖克心底里琢磨了一会儿，点头致意："你好，先坐吧。"看着褚唯愿在一旁的沙发上坐定才对秘书低声吩咐道，"去倒杯茶。"

"你是……舒以安的妹妹？"肖克皱眉看着面前一身奢华的女孩儿有些疑惑。他不记得她有这么个妹妹啊。

褚唯愿看出了他的疑虑，接过秘书递过来的水道了谢："准确地说，她是我嫂子。

"昨晚她突然胃穿孔被送到医院手术，现在应该还没醒。所以我来给她请半个月的假。"

褚唯愿始终遵照着自家哥哥发来的圣旨。今天早上她人还迷糊地在床上睡着，昨天在夜店疯玩儿了半宿，听见电话铃响了半天才懒懒地接起来。褚穆也是太了解她，没有多余的废话，几句就交代了主旨。褚唯愿撩着眼皮惺忪地问："半个月啊？外企给个假期比抢银行都勉强，不给怎么办？"

接着就听见褚穆在电话那头冷笑一声："不给最好，你直接给她辞职。"

"怎么会胃穿孔呢？现在怎么样了？严重吗？"肖克紧锁眉头仔细地搜寻起来，她昨天一整天几乎都在陪着公司跟进合同的事儿，难道是晚上宴会用得不对劲了？

褚唯愿漂亮的眼睛微微挑起，一连三个问句让她心里隐隐约约不太舒服："手术很成功，也有家人在照顾她，您看假期？"

肖克也听出了褚唯愿话中的意思，轻咳一声来掩饰自己有些不稳的内心："好，告诉她我再多批一个星期，让她安心养病吧。"

褚唯愿看着桌上逐渐变冷的茶，提起包包欲走："那打扰您了，再见肖总。"

　　看着褚唯愿纤细的背影，肖克忽然出声拦住褚唯愿的脚步："褚小姐，你们褚家的人可真是如传闻中一样，一如既往的傲慢。"

　　褚唯愿微微一顿，她从进门起就没透露过自己的姓名，如今肖克竟然能这样提点她，无非想向自己证明他已经充分了解舒以安。褚唯愿走到门口时悠然转身，漂亮娇小的脸上带着不可侵犯的傲慢和矜贵，她看着肖克一字一句地说道：

　　"那您也应该知道，我们褚家的儿媳给您做员工，已然是降低了身价，您可千万不能有什么非分之想。

　　"您的茶叶不错，再见了。"

　　肖克心中一口郁结之气差点儿没让褚唯愿气得半死，他肖克踏入商场这么久，如此不留情面地看透自己戳破心事的，这小姑娘还真是第一个。

　　褚穆匆匆赶回家洗澡换了衣服，司机到他家楼下的时候他刚好穿戴完毕。看着整整一抽屉的袖扣，垂眸想了想还是拿了那对黑曜石的，他记得那是舒以安送给他的第一份礼物。

　　秘书拿着手机一项一项地翻看着行程，看到褚穆上了车，转过头递去一本文件："今天下午是您在京参加的最后一个组织会议，在洲际会议中心，大概两个小时。"

　　褚穆接过那本文件粗粗地扫了两眼："晚上推掉一切活动，我有事。"

　　秘书恭敬地点点头："好的，顺便提醒一下，您是后天晚八点飞德国的飞机。"

　　褚穆翻文件的手指一顿，皱眉道："这么快？"

　　可能他从没发现，相比其他几次回京，这次算是他待的时间较长的一次了。可是他怎么仍然觉得时间短了些呢……

　　车里的其他人大概是察觉到褚穆的沉思和不悦，一时谁也没敢说话。好在褚穆裤袋里嗡嗡振动的手机铃声一时缓解了车内的低气压。屏幕上"纪珩东"三个大字看得褚穆瞬间脑仁儿就疼了。

"喂?"

"不是怎么着啊褚大公仆,您这回来也有两天了什么时候打算接见小的们啊,这可是都排队等着呢。"

褚穆揉了揉眉心,时差加上一夜未睡让他看上去十分疲倦:"下次吧,后天我就回去了。"

"哎哎哎!"纪珩东扯着大嗓门阻止褚穆挂掉自己的电话,赶忙出声阻止,"正事儿正事儿!我听说你昨天一路飙车,到底怎么着了?"

褚穆也看不下去文件了,干脆一把合上冲着那头耐着最后的性子解释:"以安胃病,送她去医院了。你有事儿没事儿,我挂了。"

"有事儿,真的,今天我回家正好看见你二叔从你家出来。搞不好啊,是老太太又给他吹了耳边风要把你弄回来。"

褚夫人想把褚穆从不远万里的德国弄回来的想法早就不是一天两天了,褚洲同也早就见怪不怪。褚穆对于这个心里还是十分有数的。只要自己不提出申请,别说褚夫人了,就是亲爹都没用。当下就对纪珩东漫不经心地应了一句:"知道了。"

车子一路平稳地行驶到洲际会议中心,中心外的台阶上三三两两地站满了接他的人。陶云嘉穿着及膝的红色套裙立在最外侧,黑色的长发被她松散地披在脑后,明艳的脸上带着曾经不可一世的风发自信。远远看去,她就像是古希腊中屹立在海上的女神,高高在上却又谦卑得体。

褚穆看着车窗外的人下意识地问:"她怎么来了?"在场的女性本来就少,陶云嘉又是个显眼的,秘书几乎马上就领悟到褚穆口中的"她"是谁。

"有几位那边的大使也来了,陶小姐是特意来给您做翻译的。"

褚穆身后跟着浩浩荡荡的秘书、同声、文案、速记各种专业人员随着他一起进了会议中心二层,陶云嘉快步上前紧紧尾随着褚穆,声音正式:"您好,这次由我做您的翻译。"

褚穆单手扣上西装的扣子,往前走的脚步没停:"我不需要。"

陶云嘉没想到褚穆会拒绝自己,更没想到他会拒绝得这么彻底,一时有些不甘心:"我作为专业人员这也是我的工作,希望您能理解。"

025

褚穆恍若未闻地走到会议室大门，示意身后的人先进去，仅仅留了两人在外头。陶云嘉和自己只隔了几步，他用低沉却清晰可闻的声音对着陶云嘉说道："专业的？陶云嘉，你当年的 TestDaf 考试（德语语言考试）还是我给你辅导的，现在你跟我谈专业？"

陶云嘉明艳的脸上终于有些动容，语气不禁有些激动："你终于肯承认我们的过去了？褚穆，我一步一步地努力，不惜放弃你我之间的感情，现在我总算有机会和你并肩了，那你呢？除了不断拒绝我之外你又做了什么？"

"用牺牲感情来证明自己的能力？陶小姐好大的魄力。"褚穆不动声色地看了陶云嘉一眼，语气冷漠，就好像是从未见过面的陌生人，"我是你的上司，对我用质疑的语气多不礼貌。还有，陶小姐我希望你能分清自己的位置，别逾越了界限。"

看着褚穆高大挺拔的背影，饶是陶云嘉这般精明能干的女人都忍不住有些动容起来。分清自己的位置？褚穆，你还真是狠得下心啊。可是，终究是自己选择的放手不是吗……陶云嘉看着会议室中心端坐的男人，忽然生出一种浓烈的悲哀和遗憾来，那也是作为曾经拥有的不甘和愤恨。

曾经的自己是面前这个优秀的男人公认的女朋友，曾经的自己和他坐在外交学院的图书馆一起复习语法和发音，曾经的自己可以理所当然地享受他带来的所有优渥和外界的尊重……可是曾经的自己也亲口对着这个男人说——分手吧。

她看着他平静地对自己说"好可惜我已经结婚了"；她看着他妻子的无名指上的婚戒清晰耀眼地刻着他的名字；她看着他每天换不同的袖扣穿不同的衬衫，只是那里面再没有她一丝一毫的痕迹。

褚穆的人生里，以后的每一步她都再也没有什么资格去参与。

而这一切，恰好是她陶云嘉咎由自取。

会议结束的时候太阳已经落山了，褚穆回到医院已经是晚上六点。推开病房的门，舒以安和褚唯愿正并排躺在床上拿着笔记本电脑一起看电影。到底是年轻，两个女孩子不知看到了什么竟然一起抱作一团笑了起来，气氛安静而美好。

褚穆把两个纸袋轻轻搁在矮几上，伸手拿走两人专注看着的电脑。

"喂！"褚唯愿和舒以安同时抬起头鼓着嘴看向褚穆，一脸的不高兴。褚穆倒是镇定自若地把电脑随手扔在一边："她伤口还没愈合，笑出毛病来怎么办？"

褚唯愿背对着褚穆做了个鬼脸，偷偷地把自己的 iPad 塞进舒以安的枕头下面，悄声在她耳边念叨："这里面还有好多视频，晚上无聊的时候可以看。"

"褚唯愿。"褚穆眯着眼把人从床上揪了下来，"今天晚上回家住，我已经和妈说好了，要是一个小时之后她跟我说你没回去的话，后果自负。"

褚唯愿咬着嘴唇看着这个永远道高一尺的哥哥，恨得不得了。

"你玩儿阴的！褚穆你太损了！我好歹陪了嫂子一天呢我不回家！"

褚穆把她落在沙发上的包扔过去："再不管你你就要上天了，赶紧回去，明天早上八点准时过来。"

褚唯愿就这么含泪被她哥卸了磨又杀了驴地推出了病房门。

舒以安还苦着脸沉浸在小姑子的悲惨遭遇之中，看着一旁把纸袋里的东西一件一件放在桌子上的褚穆，小声给这个萌哒哒的小姑子辩白："干吗要让愿愿回家啊，回去了妈还能放过她吗……"

"不回去她今天晚上就得玩儿通宵，明天谁照顾你？等她来的时候估计你都能自己回家了。"

舒以安被他囧囧的话彻底雷倒了，连褚穆递到她唇边的小勺都没看见。

"张嘴。"

舒以安被褚穆喂进去一勺粥，口中滑嫩香醇的味道让她顿时弯起了眼睛。

"唔……江南寺？"

褚穆惜字如金地"嗯"了一声，直接把手里包装讲究的小碗递给她，不忘嘱咐她一句："慢点儿。"

舒以安乖乖地靠在床边一勺一勺地喝着粥："江南寺离这里好远，你特地去买的？"褚穆看着她认真地想了一会儿，还是如实回答："秘书买的。"

江南寺是一家专门做素食的私房店，坐落在郊区。每天招待的客人从不续桌，接满为止。做的吃食也是江南独有的清淡口味。

之前他带着舒以安去过，因为她是江南人，所以只吃了一次就高兴得弯起了眼睛，就像刚才那样。所以，他早在下车的时候就吩咐了秘书去买。褚穆看着靠在床边敛眉认真喝粥的舒以安，甚至感觉她有时候就像个小孩子容易满足，心中那一丝愧疚也因为她开心起来的样子稍稍消散了一些。

晚上九点的时候护士又来过一次给舒以安服了药，舒以安看着药瓶上一串外文忽然想起下午的情景。也是护士来提醒她吃消炎药，她接过水看着护士配药的身影出声提醒："麻烦您，我对先锋类药物过敏。"

护士温柔地笑了笑，递过一个小瓶盖："我知道，您爱人昨天就提醒过我们。他对您可真好，昨天一直守在外面等您出来。其实这种手术没什么风险的，不少家属通常不怎么担心。"

舒以安拿着药瓶的手微微动了一下，是啊，他还记得自己对药物过敏这件事。

那是两人刚刚认识不久的时候，舒以安可能因为天气骤变着了凉突然患上病毒性感冒。恰逢自己毕业论文答辩时期，一时只顾着修改论文就忽略病情忘记了吃药。

第二天早上轮到自己上场之前，同屋的室友怕她挺不住特意翻出了抗病毒的消炎药给她。她当时也没多想，匆匆服下就去了报告厅答辩。

褚穆当时作为外交学院特邀人员受部里要挖掘新人的嘱托也参与了这次毕业答辩评审。舒以安被排到上午的第一个。她学的是法语专业，加上自身专业素质很高，性格又向来很好，老师们都十分喜欢这个女孩子，所以提问时并未过多为难她。轮到褚穆的时候，他抬头对上了台上女孩儿清澈的眉眼，忽然问了一个无关论文内容的问题。

"请你告诉我，叶教授针对语法改革提出的主要词性对今后法语研究有什么影响。"

问题一出，当下几位老师就不得不佩服这个外交学院毕业的最出名的大神，问的问题果然刁钻。叶教授是今年四月才提出的语法变革，这个时期学生忙着毕业自然谁都不会去注意这个语法界的大事件，可这恰好能测试出一个学生最该具备的素质。

舒以安不知道是因为生了病还是看到了褚穆,一时脑子竟然有些昏昏沉沉的看不清他的脸,就连意识都有些模糊。心脏怦怦跳得让她难以呼吸。但是她还是强压住自己的不适,平稳呼吸答道:

"动词、名词、形容词的情态顺序会对法语研究有所影响,以往的顺序是根据传统语境来排列判断的。但是叶教授提出的是……是……"说到最后,舒以安已经难受得发不出声音,整个人也异常虚弱。

褚穆感觉到舒以安的不对劲,刚要停止发问,还没来得及开口,舒以安竟忽地向后晕了过去。

当下场面一片混乱。

褚穆是第一个到台上把人抱起来的,几位学校领导慌忙安排着现场。

褚穆看了一眼怀里的人抿唇迅速做出了决定:"我送她去医院,各位进行下一场吧。"这个时候出了这样的事儿的确会对学生产生影响,褚穆这样做无疑是影响最小的办法。

那个时候也是像昨晚一样,褚穆一路疾驰把人送到医院。实施急救之后舒以安被转移到了病房输液,褚穆才知道她是因为药物过敏。医生说,剂量已经很危险了,如果再晚一些可能性命都难保。

舒以安醒来的时候,就看到褚穆伸着两条长腿窝在沙发里满眼的探究。

"舒以安,你知道自己先锋类药物过敏吗?"

舒以安因为长时间没有喝水声音有些哑:"知道的。"

"知道还吃?舒以安小姐,你差点儿没命。"阳光下,他修长好看的手指拿着一杯干净剔透的纯净水,姿态太过于炫目。

舒以安接过水,忽然仰头神情认真地看着他:"你的问题我才回答了一半……"那模样又分明多了些单纯可爱。

褚穆有些无奈地摊了摊手,眼中笑意分明:"现在全校都知道法语二班的舒以安因为我的提问而昏了过去,我要是不批准你的论文,未免太不近人情。"

那是舒以安第一次看到褚穆那么明显的笑容,在这个下午被她小心妥藏了一辈子。

而褚穆,也因此知晓了舒以安小姐药物过敏这件事。

而这件事也成为褚穆为数不多记在心上的一个提醒。

舒以安吃过饭又服了药,可能药中成分含有安神镇定的作用,她躺在床上有些昏昏欲睡。褚穆一直倚在窗下的沙发上看书,见她偏着头恍恍惚惚的小样子,思考再三还是走了过去。

"干吗你……"舒以安被褚穆托着背靠着他坐了起来,某人一只手小心翼翼地覆在她的刀口上护着她倚向自己。

和自己上次见到她的样子没什么变化,柔顺乌黑的头发被她松松地散在肩窝,褚穆顺着宽大的病号服领口望去,能清晰地看到舒以安瘦削清晰的锁骨和圆润的肩膀。好像舒以安从来都是那个样子,没什么太大的欢喜或者悲伤,软软糯糯的性子从来不会中伤任何人。褚穆看着她柔软的发顶,伸出手轻轻摩挲着她细小的掌心,忽然有些不忍心说出接下来的话。

"以安。"

"嗯?"舒以安看着褚穆摩挲自己修长干净的手指,鼻间全是他身上的味道。她心里忽然有种不好的预感。

褚穆低声清晰地吐出几个字:"我明天就要走了。"

一室长久的静默,舒以安就好像睡着了一样静得没有一点儿声音。褚穆有些头疼地揉了揉眉心,他知道,这是舒以安低落的状态。

每次,她不高兴或者是难受时就死死地忍着不发出一点儿声音。

褚穆还记得两人刚结婚不久,他带着她去瑞士滑雪。当晚到达酒店的时候她就异常安静,等到自己洗完澡出来的时候她还是进来时那副样子,蜷曲在大床的一角垂着头不知道在想什么。

等到褚穆走过去才发现,她已经脸色发白额角有冷汗不断滑落。褚穆当下就心惊地把人抱过来,温声问了才知道,为了陪自己挑战高峰冲刺式滑雪,她强忍着生理期的不适硬是陪着他徒步走上了五百米的雪山,零下二十几度的天气,将近一个小时的雪天跋涉,足以让舒以安小腹痛得说不出话来。

褚穆知道以后,看着被自己哄睡的舒以安微微蹙起的眉眼,心慢慢细细密密地疼了起来。他也是从那一刻起,才真正了解这个叫舒以安的女人。

所以每一次舒以安沉默不语的时候，褚穆都会从心底涌出一股名叫愧疚的情绪，舒以安总是能轻而易举地让一向骄傲内敛的褚穆向她低头。

因为褚穆知道，每一次舒以安的沉默都代表着她最大的委曲和不舍。

夜里的风特别柔和，吹得外面的树叶沙沙作响。

褚穆忍不住低下头来轻轻将下颌抵在她的肩上："明晚的飞机，不用送我。我会争取下个月月底回来。

"你记得按时吃饭，每周去超市买好下个星期的水果和蔬菜。

"记得每周日叫上愿愿回家一次。不管妈说什么你答应就是，别反驳她。

"上次给你的卡我看你放在五斗橱里没动，以安，我不想和你在这种事上分得太清。

"还有，你记得……"

"褚穆。"正当褚穆低声在她耳边重复着这些不被自己重视的小事的时候，舒以安忽然出声闷闷地打断了他接下来要说的话。

"你真讨厌。"

你真讨厌，就这四个字却如此明了妥帖地表达了舒以安现在的心情。褚穆总是有这样的本事，把一件对于舒以安来说特别残酷的事情以这样一种平淡的方式叙述出来，让她束手无策地站在原地没有任何还手之力。

因为他在给她一记最狠烈的重击时也给了她最大的温柔。

那种温柔足以让舒以安产生错觉，足以让舒以安忘掉褚穆不爱自己这件事。

舒以安话音刚落，褚穆倏地低头。细密的吻落在她洁白精致的耳垂上，带着他特有的味道和灼热。

"对不起。"

舒以安鼻子一酸，险些因为他这三个字落下泪来。她轻轻仰起头顺势窝在褚穆的肩侧，眼中分明多了安慰。

"不用说对不起。"

褚穆吻着她的动作有一瞬间的停顿，随即单手捏起舒以安小巧的下巴，带着他一贯的强势和不容置疑的姿态重新把唇压了下去。舒以安被他拢在身前半强迫着仰起头承受着，唇齿厮磨间两人的气息都有些不稳。褚穆单手把舒以安控在怀里的感觉实在太过于美好，不禁吻得更深情。

过了半响，他才起身把手覆在她的眼上："你睡吧。"

舒以安默默地红着脸缩在被子里开始催眠自己，褚穆的手掌却再也没有离开过她。

看着床上逐渐恢复平稳轻柔呼吸的人儿，褚穆心中第一次有不舍的情绪悄悄弥漫。舒以安忽略的除却他的不舍之外，还有他那双不管发生什么都波澜不惊的眼睛里压抑着的浓烈歉意和愧疚。

褚穆走后的第二天，舒以安就被褚夫人接到大院里去疗养了。其实身体已经没什么事儿了，倒是褚唯愿回到家里大惊小怪地把以安如何手术如何转危为安的情节转达了一遍。褚父听完之后当下就蹙眉发了话，儿子不在就把儿媳妇接到家里来照顾，一个人算怎么回事儿，不像话。

褚夫人一大早就让司机去了医院接人，自己则在家里忙着炖汤收拾出房间。

说到底，褚家对舒以安都是带着感激和愧疚的。

感激舒以安可以给褚穆一个家，感激这个儿媳不管自己儿子在哪儿做什么，她都能规矩本分地让外界居心叵测的人挑不出任何过错。同时，褚家也对舒以安这个儿媳有些愧疚，愧疚她这样大的女孩子正是享受青春的时候选择嫁进了这样一个严谨的家庭，选择嫁给了心完全不属于自己的褚穆。

看着医院门口的车，舒以安下意识地打了个哆嗦，企图拽着褚唯愿小幅度地后退。

"愿愿，其实我真的不用爸妈照顾。我一个人可以的，真的。"

褚唯愿拉着舒以安的小手，满脸真诚："嫂子，你就回去吧。牺牲你一人，幸福千万家啊！"

舒以安苦着脸心想，哪里是幸福千万家啊。分明是牺牲我成全你啊。她一回去，褚家的重心就全放到自己身上了，哪里还会注意到褚唯愿的行踪。自己这个小姑子违反全家人的心意私下和城中庞家的唯一继承人庞泽勋交往,这些消息舒以安还是知道几分的。

所以,性格软绵绵的舒小姐就这么被亲小姑子推进了火坑。

为什么说是火坑呢?

除却褚父的威严不说,更有褚夫人无微不至的关怀和这位婆婆时不时的语惊四座。褚家是大户贵族,每天有着很严格的作息时间。舒以安常常觉得自己只睡了四五个小时就被叫醒,这么一来二去的,舒小姐常常晚上吃过饭陪着阿姨和褚夫人料理了家务就上楼补觉去了。

褚夫人每到这时候就忧心忡忡地端着补药上楼敲开舒以安的房门:"以安哪,你这身体怎么就补不好呢?天天睡这么早是不是精神头跟不上啊?快来,把这药喝了。"

舒小姐就这么被褚夫人莫名其妙地灌了一碗又一碗的苦药汤。

褚穆听说褚唯愿的壮举之后,特地挑了时间打电话来慰问舒小姐。

北京时间晚上八点,柏林时间下午两点。

舒以安窝在被子里翻了个身,对着电话那头的褚穆答道:"吃过了,爸今晚不在,家里只有妈和我。你在忙吗?"

褚穆看了一眼桌上的文件想了一会儿才提笔签上自己的大名,半晌才"嗯"了一声:"反正那边也是你一个人,我不放心。要不然你就先住在家里吧,等我回去再接你回来。"

舒以安听后果不其然地哀切恳求他:"不要啊!求你了跟妈说放我回去吧,我真的真的严重缺觉。"

褚穆低低地笑了一会儿才答应道:"你想好了?那我明天就给妈打电话,你随便找个理由出门就别回来了。"

"你别骗人哦。"舒以安笑得眼睛弯弯的,随手拿过他上次落在医院床边的表,"现在是下午两点,柏林的太阳好吗?你有没有晒太阳补钙呀?"

褚穆闻言眯眼看了看外面的天空,湛蓝色的天空带着刺眼的金色阳光洋洋洒洒地铺满了大半个办公室。不知因为这通电话还是天气,褚穆的心情一下子变得好起来:"还行,等下次我带你来看。"

刚刚说完,办公室的门一下子被秘书敲开。

"老大,我们该走了。"

舒以安好像听到那边的声音,马上小声对着电话嘱咐道:"那你快去忙吧,明天我就要上班啦。晚安。"

褚穆看着被舒以安匆匆挂掉的电话,竟然有些无语地笑了起来。

Chapter 03

国王与爱人

舒以安复职那一天,格子间里的办公桌上堆了厚厚的一摞文件夹。

苏楹从隔壁探出头来指了指走廊尽头的办公室,声音微弱:"大老板说近期所有译本需要校对入库,指明要你做。半个月的啊舒小姐!你任重而道远。"然后趁着舒以安还没把文件朝自己扔过来之前迅速把头缩了回去。

舒以安看着桌上那大大小小的十几本文件差点儿没哭出来,肖克从来没有让病假员工加大工作量的先例,这么做无疑是他给自己的一个下马威,可是至于为什么舒以安也茫然了。

东西很多,也很复杂。舒以安足足翻译修改了三天才弄好。肖克看着面前一一摆好的文件并未仔细查阅,粗粗地拢了一下就示意秘书带走入库了。

舒以安有些错愕地看着肖克的动作:"您不查一下吗?"

肖克恍若未闻地盖上手中的钢笔,微微上挑的眼锋冷漠得没有一丝色彩。

"要是你的办事能力如此不济,我也就没有雇佣你的必要了。""雇佣"二字被他刻意咬得音很重。

舒以安是一拳打在棉花上的人,不管你恶意的中伤也好还是故意刺激她也好,她始终都能保持最平和温润的样子,不温不火。

"那肖总要没有别的事情,我先出去了?"

"舒以安,你的个人条件很出色,你嫁得也很优秀,给我做工你就不委曲吗？"肖克忽然起身拦住了舒以安离开的脚步。不知怎么，就好像中了邪似的，一向自制冷漠的肖总如今却对着这样一个平淡的女子屡次试探出手，甚至丧失男人的风度和自己一贯的态度。

舒以安闻言倒是停住了脚步，再回头时依旧是原来平静的样子："我嫁人和我的工作有什么必然的联系吗？我不觉得委屈，还希望肖总也能用同等的眼光来对待我。"

舒以安想不通怎么短短半个月的时间肖克会对自己产生这样的误会。甚至是那种逾越上司与下属之间的质问，所以一时软绵绵的舒小姐也淡定不下来了。

肖克听后竟有长达一分钟的静默，久到舒以安快要转身离开的时候，他忽然淡漠地笑了笑："不过是多事随口问一句而已，你想多了。既然这样，法国那边的安雅尔集团需要在七月谈融资之前与我们有一个沟通，就派你去吧。"

舒以安得体地点了点头："好。"

肖克重新坐回自己的位置恢复了原来的样子，好像之前的一切都不曾发生过。

"那就先出去吧，具体事宜我会让秘书联系你。"

去法国的时间定在三天后，为时一周，舒以安看着手机里的行程安排仔细算了算，忽然弯了眼睛。她有三天的时间去谈合同，剩下的四天她可以自由活动。法国距离柏林的航程并不是很远，这么算来，她有三天的时间可以去看看某人……

而此时远在柏林的褚穆，却莫名其妙地感到眼皮剧烈一跳。

行李并不多，舒以安盘腿坐在地板上一件一件把衣服收卷好搁置在箱子里，收拾到一半的时候，像忽然想起什么似的。她又把铺得整整齐齐的行李卷儿重新打开分拣了一些出来。箱子一下就空出了一大块位置。

褚穆因为工作需要，对正装的要求极其高。加上他本人挑剔的性子，衣服的品质或者选材上就更是优中选优。每一件从来没有超过一年的使用期限，更换速度也十分频繁。舒以安站在衣帽间里看着褚副司长的半壁江山煞是头疼。

最后纠结了一个小时,终于选出了几件适合德国那边天气的衬衫和外装,收拾妥当之后,舒以安费力地把行李箱立在一旁长舒一口气。看着箱子上面零散地贴着几个托运条码,舒以安有些惴惴地想,不知他看到自己会是什么表情。

飞机是早上九点的,一大早公司就派了司机来接。

同行的还有苏椹和几个法务部的同事。一路上,法务部的同事一直在交代她合同谈判的几个细节。快要下车的时候,苏椹扯过舒以安附在她耳边嘱咐:"你要小心些,听说安雅尔的中华区负责人特别不好对付。人还特别猥琐。"

一个能被苏椹这样的女人说成猥琐的,应该是连节操碎一地都没处去找的人。舒以安当下就警惕起来:"这么可怕?"

"反正你多小心就是了,这是我们被派去的不少女员工得出的资深结论。也不知道肖克是真的手下没人了还是法国那边点你的名儿,怎么就轮到你这只小绵羊上战场了呢?"

伴着苏椹这一番忧心忡忡的教诲,舒以安小姐就这么被送上了去往法国的飞机。办理好了手续,离登机还有半个小时的时间。

国际候机厅今天人格外少,舒以安隔着巨大的落地窗看着一架一架的飞机呼啸着起航忽然想起不久前的那个晚上。

哪个晚上呢?

那天褚穆走的时候并未叫醒沉睡着的舒以安,直到晚上八点,他才起身悄悄离开了医院。

舒以安在听到门锁十分轻微的咔嗒声响后,才缓缓睁开眼睛。终究还是没能忍住啊,在褚穆离开后不久她还是起身去了机场。那天晚上下着小雨,空气里的氤氲湿气仿佛都带着离别的味道。

舒以安紧了紧身上的风衣,就这么萧瑟地站在风口处看着那个挺拔高大的男人在一众精英的簇拥下走进航站楼,身边毫无意外地跟着那个明艳动人的女子,陶云嘉。

她记得他要回来的前一天，对自己说：我直接回部里，你不用来。而他要走的前一天，也对自己说：我明晚的飞机，不用送我。

这个男人的每一次回归与离别都不是为了自己，也从来不让自己参与。舒以安那一晚怔怔地看着两人，忽然生出一种感觉。

好像那俩人从来都是在一起的，始终没有分开过。

那种感觉大概多久前出现的呢？

大概是四年前吧，自己初遇褚穆的那个夏天。

彼时舒以安是外交学院刚刚升入大二的学生，学校里因为新生和大四学长学姐们离校变得异常热闹。那天，她要去找语法教授提交一篇作业，偏偏其中的几个小问题自己无法确认而在门口踟蹰不定不敢去交，因为语法教授的严谨苛刻是出了名的，到最后舒以安干脆坐在二楼的台阶上思忖修改起来。

大概是她写得太认真了，连身后什么时候站了个人都不知道。

褚穆也实在是不忍看着这个姑娘再费脑筋，干脆出声提醒："这里动词 appartenir 是属于，不过不能直译，ce compte 也可以。"

舒以安闻声惊得仰起头来，阳光下，褚穆站在高她一级的台阶上一只手还揣在裤袋里，姿态随意而散漫，可那散漫中又分明多了些倨傲。

看着舒以安柔软的眉眼中带着还未敛起的疑问，褚穆迈开长腿向下走了一级，俯下身用手指轻点那张 A4 纸上书写娟秀的法文："这里，你的人称顺序错了。"

远远看去，他俯下身的动作刚好把这个瘦弱的女孩子罩在自己的包围圈里，看上去竟然有一种说不出来的和谐。

舒以安看着褚穆干净修长的手指，那一瞬间，心跳从未有过的强烈。

那是两人第一次见面，在教学楼的阶梯上。他开始以一种平静又耀眼的方式进驻她的人生。

最后这幅无声的场景是被陶云嘉的一声"褚穆"打断的。她穿着漂亮的学士服，黑色的袍下两条白皙的小腿十分显眼，漂亮的脸上带着灿烂的笑容看着台阶上的男子。

"和导师道过别啦，我们走吧！"

舒以安那一瞬间几乎是有些笨拙地站起身来看着面前的女子："陶学姐。"

"小学妹，来交作业吗？老头今天心情不错哦，快去吧。"

褚穆目光平静地看着舒以安纤细的背影，几步走下台阶，挑眉对陶云嘉示意："你的学妹？"

陶云嘉点点头晃着手中的学位证，作势要走："小我两届，人很聪明呢。快走啦！"

也是那个时候，舒以安才知道那个男子就是语言系系花陶云嘉的男朋友，外交学院被无数人奉为传奇神话的人，褚穆。

八点四十五分。

机场传来空姐甜美的登机提示，舒以安微微回过神来强迫自己停止对过去的回忆，她深吸一口气踏上了飞往法国的班机。

亚眠，法国北部索姆省省会城市，位于索姆河河畔。是这个悠久美丽的浪漫国家最著名的交通枢纽和工业城市。舒以安从戴高乐机场出来，又辗转了数个小时的火车才到达这个传说中繁华美丽的地方。

五月是法国多雨的季节，这座城市带着薄薄的凉意席卷了舒以安的神经，因为在北京走的时候她身上穿的是一件无袖连衣裙，到达巴黎临下飞机时才翻出一条质地柔软的披肩裹在身上，在来来往往的火车站站台上，这个清婉的东方女人与其身上繁复浓烈的颜色一时形成了极吸引人的风景线。

安雅尔集团早早派了执行秘书来接，对方是一个身材高挑的金发女人，叫杰奎娜。在公司之前的几次年会上，舒以安对这个精明强干的法国女人有印象，所以见面时并没有她想象的那么拘谨。

"你好，舒小姐。"杰奎娜示意身后的司机帮舒以安把行李提到商务车里，用有些生硬的中文向舒以安问好。

舒以安礼貌地伸出手去，直接用法文回应她："你好杰奎娜，很高兴见到你。"

杰奎娜没想到舒以安的口语这么好，一时惊讶欢喜得不得了。

"舒！太棒了！一路上我还怕我们的交流成问题。"

舒以安不置可否地笑了笑:"这是我的工作。"

安雅尔集团因为是以轻工业为主,因此工厂和行政楼都坐落在亚眠西部的郊外。车子沿着长长的高速公路平稳地行驶着,路旁净是农庄和田地。有妇人头戴着厚厚亚麻头巾拿着棕红色的陶罐挤牛奶,阳光大把大把地洒下来,无论是农场还是公路,都被镀上一层柔和灿烂的金黄色。舒以安眯着眼看着窗外掠过的景色,心情十分舒畅。

杰奎娜坐在副驾驶上查看着手中iPad上的日程表,有些犹豫:"舒小姐?"

"怎么?"

"您也知道,布莱恩先生是专程从巴黎回来和您商讨具体的谈判事项,时间非常有限。所以他请您在今晚九点在北亚里酒店与他见面。因为布莱恩先生明早就要离开这里了。"

杰奎娜有些遗憾地晃了晃手中的iPad,一脸无奈:"非常抱歉舒小姐。时间紧迫,我只能这么安排。"

舒以安看着杰奎娜真诚的神色,忽然想起苏榻在送自己上飞机前说的安雅尔驻中华区的负责人非常猥琐那番话。可是,自己又不能在这个当口拒绝。想了想只得硬着头皮答应下来:"好的,我会准时到达。"

入住酒店的时候是下午两点,舒以安精疲力竭地洗了澡一头栽倒在床上,脑中盘算着晚上和布莱恩谈合约的事儿。其间,还不忘给苏榻打个电话报平安。

苏榻那头一听舒以安晚上九点要去布莱恩那里,当场就乐不可支。

"哈哈哈哈哈,还真让我说中了,布莱恩真是冲你来的啊?怎么样啊小绵羊?听说他也还是很有魅力的,上回客户部的韩艺就是这么被他弄到手的。"

舒以安默默地翻了个白眼有些无力地开口:"那我这是活该为了资本主义事业奋不顾身了?"

"哎别别别!"苏榻腾出一只手把电话换了只耳朵听,"还当真了,能有什么事儿啊,现在是法治社会,我就不信那老东西还能怎么的。再说了没准儿是你想多了呢，万一人家布莱恩真的是特别忙呢？光听说他想法猥琐没听说举止特别生猛啊，你就别自己吓自己了。"

舒以安眨了眨眼觉得苏楹说得也有道理，便哼哼唧唧地扯了两句蒙上头打算大睡一场。

其实，苏楹猜得没错，布莱恩的这种行为被称作蓄谋已久也不为过。

这个四十岁的法国男人有着一切关于法国人骨子里的那种热情和浪漫，因为他是丧偶，所以生活作风并不是很检点，对女员工用了很多手段也是很多人都知道的事。初次来中国做调研的时候，舒以安作为公司的实习员工始终跟在肖克身后做临时翻译。

三天的时间，布莱恩对这个清瘦淡定的女子产生了很深刻的印象。临危不惧，风情十足。当下就向肖克要人，只可惜肖老板十分笃定地拒绝了他。所以这件事一直成为布莱恩的一个遗憾。

这次听说中华区派了舒以安前来，布莱恩更是高兴得不得了。费了一番心机把时间安排在晚上九点，地点也设置在四星级酒店里。这个无往不胜的法国男人坚信自己可以像之前的很多次一样轻而易举地攻下这个惦念已久的女人。

就像此时。

舒以安有些怔怔地看着自己面前穿着浴袍的男人，手中不禁攥紧了文件包，下意识地往后退了一步："不好意思布莱恩先生，也许我来得不是时候？"

布莱恩单手支在门边，态度十分随意："当然没有，我等你很久了。"

话一出口，舒以安顿时在心里暗叫不好，合着这人真是像自己猜想的这样，心怀鬼胎。虽说她是小绵羊的性子，但是遇着危险也不能任人宰割，一时脑中的警铃开始狂响不停，赶紧想了个理由要离开这里。

"布莱恩先生，这么晚恐怕会打扰到您休息，不如我把合约放在您这里，有任何条件或者意见您可以让您的助理联系我。"

可是舒以安错估了地域文化差异这件事，在中国人眼里看来最严肃的拒绝此时在布莱恩眼里看来，倒更像是一种欲拒还迎。

布莱恩向前跨了一步，抓住舒以安的一条手臂就把人往房间里带，用生硬的中文说道："你先进来，我们再来商讨合约的事儿。"

舒以安深吸一口气，看着被布莱恩关上的房门，才知道今晚究竟有多危险。

原本的落地窗被布莱恩拉上了厚厚的窗帘，所有的常设大灯已经关掉，亮起的净是夜间照明的暖黄色映射灯，长长的原木餐桌上放着的是一瓶已经开封的红酒，就连音乐都是具有浓厚情调的 Marvin Gaye 的 *Sexual Healing*。

当舒以安有些戒备地环顾着屋里的陈设时，布莱恩不知什么时候走到她身后，一只手撩起被她扎在脑后的头发。原本身材高大金发碧眼的男人在此时看来，竟带着一股浓烈迫切的焦灼之意。

"我们可以开始了吗？"

一股陌生灼热的气息喷在舒以安的颈边，像是导火索般瞬间让舒以安爹毛。就连平常柔和的眉眼间此刻也带着不可掩饰的怒意。退后几步，舒以安试图拉开两人的距离。

"我说得很清楚了布莱恩先生，我是来谈合约的。但是很显然我认为现在的你好像并不具备谈公事的态度，我现在代表中华区，还希望您能尊重一下彼此，拿出一个合适的环境和正确方式。"

布莱恩注视着几步之外的舒以安，未施粉黛的巴掌大的小脸上带着一种不容冒犯的坚定，一件剪裁十分得体的衬衫下是一条颜色很正的牛仔裤，她把自己包裹得滴水不漏。

见状，布莱恩也干干脆脆地摊了手，语气不再客气："舒，你是肖总派来的人，可至于为什么派你我以为凭借你的智慧一定早就了解。早在三年前我就向肖克要过你，但是他没给，如今再度让你出马来谈这桩合约我以为你是答应了的，现在你在这里和我演戏吗？"

语毕，布莱恩目光瞟到卧室内的大床胆子就更加大了，松了浴袍的腰带就往舒以安的方向走过去。

舒以安这才明白，原来肖克和他，早就把自己当成了一桩交易。当下没有任何犹豫，近乎带着所有愤怒把手中的文件掷了出去，转身就往门口跑。

布莱恩看着她的动作有些慌了，嘴里嚷着英文法文混合着的咒骂向舒以安冲过去。

"啊！"舒以安看着死死抓住自己的布莱恩失声尖叫起来，挣扎间布莱恩一把撕开了她的衬衣领口。暴露在空气中的肌肤瞬间让舒以安不知哪里来的勇气，囫囵中拿过一个东西就砸向了布莱恩的头。

趁着他捂着头的瞬间，舒以安挣脱他的束缚跑出了房门。

"Putain de merde!"（法语，用来骂人的俗语。）

布莱恩有些惊诧地看着顺着额角缓缓淌下的血，看着敞开的大门，终于愤怒了。

舒以安是强忍着眼泪从电梯里跑出来的，一只手还紧紧地攥着被撕开的领口，眼前的一片模糊让她根本看不清周围的人，其间有大堂的服务员向她礼貌地询问是否需要帮助也被她匆匆忽略掉。

混乱的脚步声中，舒以安感觉自己撞上一个人。

目光所及处纯黑色的西装里是洁白笔挺的衬衫，再抬头时对上那人的眼睛，舒以安忽然抱着那人的脖颈"哇"的一声哭了出来。

褚穆看着把头埋在自己颈窝处痛哭的人，有点儿蒙。

首先，褚穆认为这个此时此刻窝在自己身上掉眼泪的女人应该正在北京的家里熟睡，其次他也不大能理解她衣领那一大片被撕开的口子是怎么回事儿。

但是褚穆先生多年从事的工作让他练就了在万事面前都能波澜不惊的本事，纵使现在他心惊得厉害，也还是下意识单手把人抱在怀里温声哄着，试图平复她的情绪。

"以安？"

听到褚穆低沉安稳的声音，舒以安顿时更加委曲，心中的恐惧也一并迸发出来，双手死死地抱住褚穆把头往他身上埋得更深了些。

褚穆身后还有随行的秘书，看到这幅情景当时就惊呆了，一时只能傻傻地提着褚穆的外套站在原地。

颈窝处温热的濡湿感让褚穆感觉到事情严重，当下偏头一记眼风扫过去。

秘书顿时领悟，几步上前把外套递给褚穆，轻声询问道："我先进去？"

今天是褚穆的一个法国朋友外派归来的日子，本来约好时间打算趁着今晚见一面的，褚穆也只带了一个秘书出行。谁知两人快要进入酒店大堂时就遇上了舒以安低头往外跑的一幕。

褚穆拿过秘书手中的外套轻轻裹在舒以安身上，一只手不断摩挲着她头顶柔软的头发来安抚她："好了好了没事了，跟我出去？"

在褚穆的安抚下，舒以安渐渐止住了眼泪。这个一身精致气宇不凡的男人自始至终极其耐心地站在来来往往的大堂里拥着情绪崩溃的女人，企图给她最大的安心。

舒以安很瘦，带有江南人特有的体质——骨架小且看起来十分柔弱。褚穆看着她轻轻垂下头的样子并未多言，只是牢牢地牵着她的一只手向酒店外的停车场走去。

晚上十点的光景，亚眠这座独特美丽的城市刚刚开始属于它的夜晚。不同于往常的公务车，褚穆是开着一辆带有浓厚德国味道的梅赛德斯 SUV，黑色的车身在众多车型里显得低调稳重。

褚穆打开副驾驶的车门把人塞了进去，抬手看了一眼腕表。时间应该来得及。

车里有些闷，舒以安还是之前的样子垂着头不肯说话。大概过了几分钟，褚穆才微叹一声伸手把人揽了过来，声音中带了些许无奈："怎么来了也不提前跟我说一声？"

舒以安看着近在咫尺的人，渐渐从布莱恩的阴影里缓了过来。十根白嫩水葱似的手指头在褚穆脸上小心翼翼地摸了摸才真正觉得自己安全了，一时松了神色倚在他肩膀上，啜泣着开口："公司派我来出差，对方把时间安排在晚上要我来这儿找他们的负责人谈合同。"

晚上来谈合同？

褚穆何其聪明，心中顿时猜到了几分。看着舒以安睫毛上挂着的几颗泪珠和通红的鼻尖，他继续问道："然后呢？"

舒以安眨了眨眼，有些委屈地向褚穆说了事情经过："苏楹提醒过我的，可是没想到他真是这样的人。褚穆……对不起。"

其实舒以安也不明白为什么要道歉，就是觉得经历了今晚的事情之后尤其是在酒店遇见他的时候，自己是给他带来麻烦的。

但是显然，褚穆没把舒小姐的道歉当成重点，而是语气不太好地说了另一句话："所以今天晚上你要是没碰上我就不打算告诉我了？还有，你来法国为什么不说？"

可能是察觉到褚穆的不悦，舒小姐像个小虾米一样缩着，声音特别小："是有额外三天的假期的，我本来想直接去德国找你。上回你说这边的衣服少，天气又热了，所以打算直接给你带些薄一点的衣服过来……"

舒以安一副小学生犯了错的样子，任是褚穆想耳提面命地教育她一顿，现在也是说不出口的。都说男人的思维永远比女人要理性化，所以刚才在听舒以安说完之后，他就迅速找到了问题的核心。

他抬手将舒以安耳边散落的头发往耳后拢了拢，神情平和地嘱咐她一句："你在车里等我，我很快就回来。"

舒以安看着褚穆走入酒店的高大身影，恍惚间想起自己很久以前在 *King, Warrior, Magician, Lover* 上看到的话——他们沉稳，处事不惊，能够在危险中保持镇定，他们不容易被冒犯，却很容易给人带来安全和可靠感，他们习惯于慷慨地给予他人帮助，他们从来不为自己辩解，因为他们知道自己是谁。

无疑，褚穆在舒以安的生活中就扮演着这样一个角色。不管自己经历了如何的恐慌，褚穆总是能毫无预兆地出现在她身旁将她带离那种境地，就好像很久之前在那场滂沱暴雨中，他单手举着一把黑色的伞，站在她面前带着她未曾见过的矜贵和疏离表情轻声问道，

"舒以安，你愿意嫁给我吗？"

褚穆下了车匆匆几步走出舒以安的视线，转身步入酒店大堂的时候拿出手机按下几个号码。嘟嘟几声之后，电话那端响起一道很正式温厚的男声："您好，我是傅衡。"

褚穆闻言扬了扬嘴角:"这都快十点了,您这是还工作呢?"

傅衡大概是听清了电话这边的人是谁,明显松了口气,揉了揉疲倦的眉心换了个姿势听电话:"没,我以为是又出了什么突发事件。都这么晚了大神有何指示?"

褚穆也不再跟他开玩笑,直奔主题:"我记得你有个朋友是在亚眠做工业贸易的,得空帮我打听一下布莱恩这个人。"

傅衡微微蹙起眉:"得罪你了?"

褚穆没有多言。

傅衡跟了褚穆两年,最早还是他把自己从外交学院挑出来带到现在这个位置上的,所以对于褚穆的行事作风不能说是了解但至少也是能揣度心意的,顿时领悟了他的意思。

"我明白了,那……需要我做什么?"

"走正规程序,查清了事儿把人连证据往当地警察局送就成。"

到底是老大,做事滴水不漏。傅衡忍不住默默地膜拜了一下。大概是电话的声音吵醒了旁边熟睡的女孩儿,她小声地嘤咛了几句转身踢了傅衡一脚。

话筒里隐约传来傅衡耐心哄对方的声音,褚穆有点儿诧异:"喻苒在你那儿?"

傅衡牵制住小姑娘的手抱在自己怀里好半天才回:"她辞了那边的工作来陪我,现在又怀孕了,打算在这边定居了。

"爱情的力量你这种人是不会了解的。哎老大,你到这边有日子了,怎么不打算把嫂子接过来?我觉得吧这夫妻还是在一起的好,你听我跟你说……"

褚穆听着烦,没等他唠叨下一句就果断地挂了电话。

秘书老远瞧见旋转门外站着的人影,硬着头皮上前去。

"克鲁斯先生说他没什么要紧事,知道您刚才出了点儿意外情况说让您先回去,这边我留下?"

褚穆略微思忖了一下,就点头答应了:"都已经来了不见面不合适,我进去打个招呼,今晚你留在这儿明天一早来酒店接我。"

褚穆匆匆进到酒店和克鲁斯打了个招呼，克鲁斯笑得暧昧，对于今晚的事儿表示充分理解。褚穆临走时他还不忘用自己生硬蹩脚的中文欢送他："纯（春）晓（宵）前（千）紧（金）。"

上车的时候舒以安正在愣神，褚穆瞥见她情绪不高的样子随手摸了摸她柔软的耳垂："心情好点儿了吗？"

舒以安扁着嘴小幅度地点点头："好多了。"

"先去你的酒店拿行李，今天晚上住我那儿，明天一早你跟我回德国。"

"啊？"舒小姐瞬间有些呆萌地睁大了眼睛，"这么快？"

褚穆没好气地"哼"了一声："嫌快？行啊，那你就继续待在这儿谈工作吧。"

"不要！"舒小姐坚决地摇了摇头。为了表示忠诚，还自我肯定般碎碎念了两句，"这样很好，嗯，我跟你走。"

一路都很顺畅，到达酒店时，褚副司长提着"舒咩咩"的行李走在前面，舒小姐默默地跟在后面。刚刚打开的房门里面是一室的黑暗，舒以安因为看不清屋里的陈设，额头"咣"的一声撞在了褚穆的背上，闷响之后舒小姐感觉自己被一股大力推到一侧的墙壁上。

除却额头上的疼痛之外，向她袭来的，还有褚穆的薄唇。

"唔……"舒以安被褚穆抵在墙壁上有些喘不过气来，被迫仰起头承受他落下的灼热的吻，黑暗中褚穆的一只手还牢牢垫在舒以安的脑后。

厮磨间，舒以安两条腿被褚穆用力一顶有些不知所措地圈在他劲瘦的腰间，一时间画面看上去十分引人遐想。大概是太久没有见面，褚穆咬着舒以安柔软的唇瓣竟不舍得放开。原本只是想象征性地惩罚她的只身旅行，现在怎么演变成夫妻二人久别重逢？

舒小姐迷迷糊糊地抱着自家大神的脖子任由索取。偶尔被弄疼了小声嘤咛一下，这是两人结婚后少有的几次亲吻，但是每一次必定会带场近乎暴烈的情事。

这次，也不例外。

舒以安被撕开大片领口的衬衫纠缠着褚穆笔挺的白衬衣，纤细腰围的淡色牛仔裤混合着黑色剪裁精良的西装凌乱地铺了一地。

舒以安的身体很柔韧，这是褚穆多次实践得出的结论。

看着她背对着自己把头埋进枕头中一缩一缩小声哼的样子，褚穆才勉强了事让自己收了手。

可能是困极累极了，加上在布莱恩那里受到的惊吓，舒以安很快就抱着褚穆沉沉睡去。不知她什么时候养成的习惯，总是要下意识地抱住点儿什么才能睡着。洁白的床单上是她光裸柔软的身体，褚穆好似安抚般一下一下拍着舒以安的背，哄她安然入睡。

看着凌晨的天光衬出女子安静的睡颜，褚穆忽然觉得这次法国之行，他似乎来得不亏。

同时他也不敢去想如果昨天舒以安没有遇到自己，那这个晚上，她又该怎么度过？心念至此，他忽然伸出手去捏住女子小巧的鼻翼。

感觉到呼吸不顺畅，舒以安不满地睁开有些惺忪的眼睛："你干吗……"

褚穆见她醒了，顺势捞起她的腰把人带起来，不同于褚副司长平常风度翩翩精致高端的样子，此时此刻他的头发有些乱，身上的衣服被舒以安弄得乱七八糟，就连神情都是带些紧张和期待的。

"你要是没看到我会不会把这件事告诉我？"

舒以安被他捏着鼻子鼓着嘴一把打掉他的手，晕乎乎地往下滑试图找到枕头。

"褚穆你好无聊哦。"

应该是特别不满舒以安的答案，褚穆直接袭击到被子里女人最敏感柔软的位置，作势欲动，语气危险："说不说？"

舒以安蒙着头猛地尖叫一声，突然袭来的感觉快要让她支持不住："神经病啊你！"

褚大少爷恍若未闻地动着，丝毫不顾舒咩咩的反抗。原本一场好好的问话又演变成一场战事。

天已经蒙蒙亮的时候，舒以安才慢慢翻身伸出手臂来圈住褚穆的腰，嘴里含混不清地说了一句话："如果没看到你，我一定今早就飞到德国来投奔你……嗯……一定。"

而原本闭眼深寐的人听到这句话后，喉间竟然小幅度地动了动，转身抱紧了怀中的人。

幸好，幸好是我先遇到你，没有让你一个人带着委屈向我投奔而来。

这是褚穆第一次为自己的决定感到庆幸。

两人醒来的时候已经是上午十点的光景。秘书早早备好了车在酒店外等。

舒以安看着对着镜子系扣子神清气爽的人，忍不住一阵腹诽，简直就是一个披着精英外套的浑蛋啊！

"想什么呢？"

看着自己面前骨节分明的手舒以安吓了一跳，她接过他递来的水心虚地咕嘟咕嘟喝干了才龟毛地摇摇头："没想什么，衣服颜色挺好的。"

褚穆疑惑地看了一眼身上的白衬衫，颜色？挺好的？

回柏林是需要从巴黎坐飞机的，秘书经过昨天那么一闹才知道舒以安是大神的老婆，所以极其识相地准备了两辆车。一辆大神和老婆，一辆留给苦兮兮的自己。

这是舒以安第二次来法国，看着高速公路上唰唰路过的风景，之前的阴霾全都一扫而空。

褚穆单手支在车窗上看着舒以安毛茸茸的小脑袋，心情也变得特别好。车子驶出了快一个小时，褚穆才把想了一路的话说出口。

"下个月是我的年假，你要不然在这里陪我一段时间，等六月初一起回去？"

舒以安没说话，正当车里气氛安静的时候，一阵铃声突兀地响了起来。

不出意外，来电人，肖克。

是啊，出了那么大的事儿又怎么能瞒住呢？

褚穆看着她犹豫不决的样子忽然要伸出手去拿电话，舒以安却先他一步接听了起来，声音清朗。

"您好肖总。"

电话那边的肖克十分低气压，语气也不是很好："我派你去法国是为了谈合同，不是要给我搞砸的！"

舒以安垂下眼默了默:"对不起,是我的责任。"

肖克缓了缓语气,转而换另一个问法:"你在哪儿?马上回来,我叫秘书给你订好了机票,这边我再想办法。"

舒以安转头看了眼专心开车的褚穆,忽然做了一个决定。

"很抱歉肖总,我想我要辞职了。我并不适合在您的公司做事,这个项目造成的恶劣影响,我会承担相应的后果。"

肖克显然没想到是这个结果,眉头诧异地挑了起来:"你知道你自己在做什么吗?舒以安,这个后果你承担得起吗?我希望你能冷静地想想,马上回北京,我们好好谈谈。"

舒以安是做了决定就很难改变的人,大概就是那种性格色彩很浓烈的样子,虽然很容易搓扁揉圆,但是骨子里的那种偏强,是谁说也不听的。

"我已经决定了,辞呈和相关手续会在下个月月初递交总部。再见,肖总。"

鉴于刚才舒咩咩义正词严辞职的样子,褚穆甚欢,牵过她一旁的手搁在自己手里捏来捏去。

"辞了就辞了,我养你。反正老子早就看你那工作不顺眼了!"察觉到舒以安的反抗,褚穆迅速补了一句,"实在想工作,回北京再换一个就是了。"

"褚穆。"

舒以安坐直了身体一下子很认真,阳光下她大大的眼中满是坚定:"我辞职不是为了要你养我,而是这个工作给我的生活带来了很多的不开心,甚至给你也带来了麻烦……我可以自己养活自己的。"

大院里的男孩儿,几乎都有些大男子主义。尤其是褚穆这种习惯于独当一面的人,所以舒以安那番话根本就动摇不了他脑中打小就种下的"男人生来就要赚钱养家养老婆"的概念,以至于两人刚刚领证那天,舒以安就拿到了一张数额巨大的金卡。

所以一时间褚穆也没什么心思去反驳,只能先应了下来:"想怎么做回了北京都随你选择。"

舒以安握了握手机,看着褚穆一本正经的样子,就这么将信将疑地被骗上了飞往柏林的飞机。

Chapter 04

付诸难回头

而在亚眠酒店的肖克看着渐渐黑下去的手机屏幕,心里终究是哀叹一声。这场赌注,还是输了。

肖克以为舒以安足够聪明,所以特地派她只身一人前往法国去谈这个案子。其实像他这样一步一步坐到中华区执行总裁位置的人,又怎么会不懂布莱恩的意图呢?

从几年前的年会开始,肖克就能读出布莱恩眼里那种浓厚的渴望色彩,这之后他顶着压力大大小小拒绝过他数次。

在公司做了两年,舒以安始终被安放得太好,永远是妥帖没出过任何意外的翻译文员,她几乎没有任何机会接触到职业竞争的可怕。

所以肖克拿自己的权力和她的安危来赌这一场,但是很遗憾,舒以安让他失望了。而失望的原因就连肖克都不愿意承认。

他想过舒以安会失败,他甚至期待她会失败,因为这样,他就可以堂而皇之地以老板的姿态进驻她的人生左右她的方向。他跟着她一路来到法国,住在她和对方谈判的隔壁房间,他设想了一切英雄救美或者从天而降的桥段。可是任是这样费心的安排终究是百密一疏,让舒以安在那样一个不出所料却又惊恐万分的夜里遇上了褚穆。

一个远远比自己更强大更高深的男人,那才是肖克真正愤怒的所在。

当他在电话里听到那头柔和清越的女声一字一句地提出辞职时，心还是没能忍住地往下沉了沉。因为这场赌局惨败的后果就是，他会失去她，哪怕是以最普通的员工方式。

看着灰蒙蒙的天色，肖克有些认命地闭了闭眼睛。有些人，可能注定会在某些地方做一个失败者吧。

远远看去，二十八层挺拔的黑色身影显得无比寂寥。

而此刻远在柏林的舒小姐，莫名其妙地打了个喷嚏。

褚穆抬头瞟了一眼室内空调的恒温显示屏，懒洋洋地抓过遥控器将温度升高了两度。

这是褚穆德国的房子，还是那年他刚刚得到委任时江北辰联合纪珩东送他的礼物。用纪珩东的话说，男人嘛，升官发财死老婆哪一个来了都是要随份子的，褚穆无疑占全了前两样。

房子不大，一百六十平方米的公寓被装修得极富高端格调，灰色为主色调看上去特别奢华大气，客厅里一整面巨大的落地窗使得采光特别好。舒小姐穿着宽松的大T恤盘着腿坐在地板上一件一件倒腾行李卷。

"这几件是衬衫，深蓝色和灰色是年初买的，那件浅粉色的是愿愿去罗马带给你的，现在穿都刚刚好。"

阳光下，她干净白皙的手指灵巧地穿梭在一个一个衣卷中，然后仔细地打开抚平上面的褶皱。原本及肩胛处的头发也被她松松地团在脑后，从褚穆的方向看去，阳光下的她纤细而美好。

"浅粉色？"褚穆从沙发处慢慢踱步过来，也盘腿坐在舒以安身边，一根手指嫌弃地挑起那件满是小弓箭刺绣的粉色衬衫厌恶地摇头，"我不穿。"

"喂！"舒以安打掉他的手，又把衣服拿了过来，"好歹是愿愿的心意啊，这个颜色很好的，你看真的很适合你。"说完，还一脸笃定地搁在某人身前比了比。

"还有这些是你平常穿的休闲装，给你放在衣橱的下层了。"

"哦对了。"舒以安像想起什么似的，从箱子的内袋里拿出一个小盒子，"你走的时候把表落在家里了，难道你没发现吗？"

看着舒以安递过盒子的手以及她落在自己腕上的目光，褚穆下意识地动了动手腕，有些不自然地接过来，神色却一如既往的波澜不惊，就连声音都是平稳的。

"可能走得急，忘了戴。"

舒以安的目光在褚穆的左手上有一秒钟的停滞，却细微得让任何人都察觉不到。她转身抱起一摞衣服向衣帽间走去："我去把它们挂好。"

舒以安从衣帽间出来，见褚穆还坐在那里不禁有些奇怪："你不去上班吗？"

"今天周日。"褚穆低头不知道在摆弄什么，好半天才应了一句。

"哦……"舒以安有些茫然地抓了抓头，也不知道说点儿什么。

褚穆微微偏头，正好看到她倒在沙发上怔怔的样子，他忽然生出一种不真实的感觉。她俏生生地躺在他的房子里，眉眼弯弯，刚刚还在为自己收拾衣橱，就好像平常夫妻般自然。

而这种感觉无疑对褚穆来说陌生又新奇，心念至此，他摸了摸正在游魂的人的脸蛋儿，心情好得很。

"起来，带你去超市。"

超市，这是舒小姐除了家以外最乐意去的地方。为什么呢？因为家里能睡觉，超市则能满足她对生活的一切需要。

柏林二十度的傍晚，就连呼吸都带着舒畅自由的味道。

超市和褚穆的公寓仅隔了一个街区，步行十几分钟就能够走到。

舒以安穿着柔软的平底鞋，上身则换了一件淡蓝色的连衣裙。褚穆从大门出来的时候挑眉看了看她的装束，慢吞吞地吐出几个字："很合适。"

舒以安被褚穆牵着手跟在后头，她看着他那件浅蓝色的套头衫，琢磨着他是说这衣服合适自己呢？还是合适他？

六点的光景，在距离超市不远的拐角处有几位老人组成的街头乐队，曲子欢快而浪漫，下班回家的人们从这儿经过脸上都带了些善良的笑意。

一位吹圆号蓄满大胡子的德国老人远远地看见走过来的两个人，几步上前对着舒以安绅士地欠了欠身，站在她面前吹完了最后几个音符，接着牵起舒以安的另一只手叽里咕噜说了一大串德文。

舒以安专修法语，哪里听得懂老人在说什么，一时有些尴尬地转头向褚穆求救。

褚穆对老人的动作倒也不恼火，反而谦和地笑了笑也十分清晰地回了一句德语。

褚穆讲德语的时候声调很低且极具磁性，老人听后哈哈大笑几声放开了舒以安的手，把路让给两人，同时又给身后的乐队一个手势，欢送两人似的重新奏起了曲子。

舒以安被褚穆牵着往前走，有些莫名其妙。

"喂！他到底和我说了什么啊？"

褚穆盯着十字路口来来往往的车，把人往身后带了带："没说什么。"

"骗人。"舒以安鼓起嘴一脸不信，"那他怎么能笑成那个样子？"

"说你长得丑。"褚穆带着舒小姐过了马路往超市里走去，终于没忍住戏谑地说出几个字，"他说，从来没见过这么丑的东方人。我对他说受惊了，马上带你走。"

"没看到走的时候他还奏乐欢送你吗？"

"……"这回舒小姐是真的郁闷了，"我长得丑好像你很骄傲哦。"

"弗洛特说，如果你不能拥有最好的，那拥有一个最独一无二的。很显然，你是后者。丑得独一无二的东方人。唔？枕果拿几个？"

舒以安看着摆满整个货架的新鲜水果，赌气般踮起脚："不想吃枕果，石榴吧。"

奈何她人瘦小，蹦起来也才将将能碰到货架边的价格牌。几次下来，东西没拿到，脸色倒是红润了不少。

褚穆看着舒以安赌气的样子，忽然站在她身后，伸手轻而易举拿下两个石榴，顺势把人圈在胸前，用仅仅两人能听到的声音说："大胡子说你是他见到的最美的中国女人，他想娶你回家。我说很抱歉，你已经是我的太太了。"

褚穆醒过来的时候，舒以安正在给他熨衬衫袖口上的褶皱。

大少爷起床的时候低气压很严重，懒洋洋地直接绕过她开始洗漱。舒以安深知他这个恶劣的生活习惯，一时也不敢大着胆子招惹他。之前几次她因为早起被褚穆压在床上折磨得长了记性。

平常都是褚穆一个人住，所以每天闹钟都会准时在早上七点响起。熨衣服这种事他是断不会做的，通常是买了新的原封不动地挂在那里，送洗的时候再由专业的洗衣人员整理好。如今看到舒以安软绵绵低着头的样子，褚大少爷咬着牙刷心情舒坦得不得了。

每周一的八点半，是褚穆去开会的日子。

舒以安打开衣袖的最后一个扣子，把衣服递给刚刚洗漱完毕的人。

褚穆接过来看着她站在自己胸前打领带，直接顺手摸了摸她的头顶："今天在家做什么？"

"嗯……睡觉，写辞职报告。"

"没了？"

"没了。还是你有别的事情要我做？"舒以安仰头看着褚穆。说话间，那条深蓝色的领带已经在舒小姐的手中变得工整精致。

舒以安打领带的手艺，还要从两人刚结婚的时候说起。

那是结婚的第一天清晨，褚穆要去参加一个外事活动，因为是很严肃的场合秘书还特地提醒过他，着装不仅要正式，而且要肃穆。作为一个外交官，褚穆深谙其中的规则，所以早早就起床准备了。

谁知道最后打领带的时候出了问题，领带就好像故意和自己做对似的，褚穆怎么弄看起来都不规整。

舒以安在床上实在听不下去他窸窸窣窣的声音了，于是赤着脚走到里间浴室探出一颗小脑袋弱弱地问："需要帮忙吗？"

褚穆有点儿质疑地挑眉看着门口的女人："你行吗？"

褚穆这个人对于品牌有一种近乎于执着的热衷，HUGO BOSS 和 Ermenegildo Zegna 这两个奢侈的男装品牌几乎占据了衣帽间的全部空间。

舒以安看着领带侧面那个不起眼的标志，忽然动手打起了一个极其繁复的结。

褚穆微微低头就能看到她洁白圆润的双足。可能是浴室的地砖很凉，她十个脚趾都微微蜷曲了起来。

清晨的舒以安看起来和之前特别不同，不同于以往的淡然温和，穿着及膝的白色睡裙，甚至还带着些天真和小女人的娇气。

那个时候，褚穆也是看着舒以安柔软的发顶，忽然伸出手来圈住她把人抱了起来，让那光裸的双足刚好踩在他的脚上。

舒以安一时有些不知所措，双手扶着褚穆的肩膀，一双圆圆的眼睛都睁大了："喂，我很重的……"

谁知褚穆却好像没听到似的又把人往自己身前带了带，让她站得更稳些："女孩子，别着凉。"

当时。舒以安认识褚穆有一段时间了，也不是第一次感受到他对自己的关心。但是在两人结婚的第一个清晨，她还是因他这样一个举动彻底沦陷了。

那是一个很漂亮的领结，看着镜子中那条黑色尖脚真丝领带，褚穆下意识地说："埃尔德雷奇，你会这个？"

Eldredge Knot，一个非常美但是非常复杂的领带结，充分体现了领带的完美、饱满、三角和层次感。之前的几个步骤是要半温莎结的打法，在完成第一层领带结以后，再在此基础上绕上一层。结束以后要把多出来的一小截儿领带藏到领带结后面去。是极其考验智商和手艺的一种打法。之前褚唯愿也曾心血来潮去自己的衣柜里翻出几条领带尝试过，但因为太过于复杂都被她放弃了，如今竟然在舒以安的手中变得完美得不可思议。

舒以安有些尴尬地低下头解释："之前在学校选修过服饰礼仪，所以会一点……"

就是从那个领结开始，褚穆几乎在着装这件事上开始完全依赖她，有时候她还在睡梦中也会被他弄醒，惺忪着眼睛爬起来。

褚穆最后整理了一下衣领，拿过挂在门口的西装上衣打算出门，临走还不放心地嘱咐舒以安一句："要是闷就出去走走，但是记得拿好电话别走丢了。还有，辞职报告一定要写。"

在去单位的路上，褚穆接到了来自江北辰的视频邀请。

视频那头的江北辰显然是在家，头发乱糟糟的，手里还晃荡着一个奶瓶子。褚穆嫌弃地把电脑离自己远了点儿，看着江北辰身上那件粉色印满卡通猪的衣服开口打击他。

"江总您这是打算转行干婴幼儿护理的行业？你身上穿的那是什么东西啊？"

江北辰看着摄像头那边褚穆神清气爽的样子，一脸嘚瑟地长叹一声："你根本不懂，儿子的爱好像你这种没当过爹的人是理解不了的。我儿子喜欢这个，当爹的就得满足他！父爱，父爱你明白吗？"

"你要是大早上的就是为了跟我谈父爱，我建议你带着儿子回大院儿看看你老爹。"

眼看着褚穆就要把屏幕反转过去了，江北辰才说了正事儿："别啊别啊，我下个月结婚，你赶上年假可想着回来。"

褚穆被江北辰的样子给逗乐了："等儿子满月的时候才说结婚这事儿，全北京也就你干得出来，成，我知道了，下个月一定回去。怎么？楚晗也同意了？"

江北辰满脸得意："当然同意了。"

褚穆瞧他那样子直犯恶心，"啪嗒"一声扣了屏幕。

褚穆还记得自己快要结婚的前几天，江北辰和楚晗正处在冷战期，也是两个人最艰难的时候。如今自己的婚姻还和一年多前一样，可是江北辰已经和楚晗有了孩子。

还真是幸福啊！褚穆看着窗外来来往往的人这么想。

例会的内容不外乎千篇一律，总结过去，安排将来。褚穆的行政助理给他手边重新放了一杯茶，顶级的正山小种在干净的玻璃杯中透出一种纯净通透的颜色。

"副司，三处那儿说要管咱借个翻译过去，今天那边儿有活动。"

褚穆翻看着今天申报的文件漫不经心地"嗯"了一声："翻译组不还有闲着的吗，借一个过去。"

"关键是……人家要女翻译，现在就剩下陶组长了，您看？"行政助理的话音刚落，褚穆办公室的门就被敲响了。

陶云嘉一身黑色的职业套装，脑后梳了一个利落的马尾。

褚穆抬头看了进来的人一眼，冲助理仰了仰下颌："正好，三处那边缺个人要借调你去当个临时翻译，一会儿你准备一下走吧。"

陶云嘉没想到自己进来当头就是一个外派的命令，脸色有些不好看。她微微挺直了腰板，从一直抱在怀里的一沓文件中抽出一张卡片，声音正式："这是联谊会那边发出来的请柬，今晚哈伦德先生以个人名义发起的，希望能够和我们促进进一步友好关系。"

哈伦德先生是德国外交界一个极富有声望的人，年逾四十，其手段的老练常常让人在背后议论赞叹。褚穆也跟他交过几次手，两人也算是朋友。

以外交的名义进行私人聚会，是褚穆最想拒绝的事情，之前都不知道推过多少次了。看着卡片尾部哈伦德龙飞凤舞的签名，他有点儿头疼。

陶云嘉看了一眼褚穆的脸色，又补了一句："哈伦德先生说最好带家属或者是女伴，今晚有舞会。我也在受邀之列。"

这话一出，连一旁的行政助理都听得一哆嗦。

都说陶组长做事利落直接，看起来特别有侵略性，这话说得还真是没错。只不过……这姑娘的野心也太大了吧！褚穆结婚的事儿很少人知道，就算身边有几个亲近的人知晓也都明白夫妻二人一直两地分居。所以每次一有什么私人聚会邀请褚穆，褚穆都是推掉的。陶云嘉这话无疑就是告诉褚穆你一个人在这儿，既然要求带女伴，我也受邀请可以带我去啊。

褚穆听完陶云嘉这番话，面无表情地抬起头来看着她，浓黑的眸子里看不出什么情绪："请你告诉哈伦德先生，晚上我会准时带着妻子出席。"

"妻子"这两个字，褚穆说得轻缓而慎重。

Chapter 05

沉默最情深

舒以安在电脑上最后敲下自己名字的时候,搁在一旁的电话便开始嗡嗡响了起来。

"六点我让人去接你,今天晚上这边组织了联谊会。"

舒以安闻言微微蹙眉:"很正式吗?"

褚穆拿过那张卡片大略看了一眼,斟酌着想了想:"算是吧。"

"可是我没有衣服,都是些工作装,参加这种场合也不太合适。"

这倒是个问题。褚穆一时也被这个问题难住了。

"就没有一件差不多的吗?"

仔细思考了一会儿,褚穆想到了一个办法:"这样,我打给愿愿吧。等我电话。"

褚唯愿作为国际时尚杂志的购物编辑,解决一件礼服应该不是什么问题。

事实证明,褚穆的办事效率还是很高的。

舒以安按着褚唯愿发给自己的地址,终于找到了这个署名为 HarperDaff 的工作室。刚推门进去,就有一个蓝眼睛金头发小辫子后面绑了一根粉色丝巾的男人迎了上来。

"哎哟小嫂子您总算来了,奉我们家公主的命全在这儿恭候多时呢!这不接着电话就给您清了场,全为您服务哟!"说完,还不忘翘起兰花指冲着身后的几个设计师点了点。

舒以安觉得自己现在血气上涌,有点儿蒙。她实在是理解不了怎么这个看起来是西方人的男人能讲一口流利的普通话,并且这么……妩媚。

一时准备好的话也默默地打了转咽回肚子里。舒以安有些尴尬地抓了抓头发,试探着跟金发男交流:"其实不用这么……正式的。"

"哎哟那可不行!您是谁啊!必须伺候好了。小嫂子您放心啊,这是褚大小姐的私人工作室,礼服什么的都备好了,还有几个小时,咱马上开始。"说着话的工夫就拽着舒以安的胳膊往里走。

舒以安也没想到自家小姑子的口味这么独特,就这么被金发男带着上了二楼。

二楼整整一圈都是通体的壁橱和衣架,上面码放的东西有的让舒以安这么淡定的人都忍不住小小惊讶了一把。

金发男看着这些作品有些得意地拍了拍手掌,骄傲地解释:"这些都是我和她设计的,有的是费尽心思搞来的经典款。"

金发男叫达夫,英文名 Daff,是褚唯愿在法国进修时认识的同学。后来毕了业褚唯愿突发奇想想成立个工作室,达夫因为是单亲家庭,干脆就和她一拍即合共同成立了工作室。

达夫拉开一旁挂着帘子的衣橱小心地取出一件黑色礼服,递给舒以安:"这件是我们最得意的作品,愿愿特地嘱咐我给您的,说它一定合适您。"

"谢谢。"舒以安接过来对达夫礼貌地道了谢,转身问一旁的女助手,"试衣间在哪儿?"

不得不说,这件被褚唯愿特地嘱咐过的礼服真的很适合她。

舒以安看着落地镜中的自己,听着身后众人的鼓掌赞叹,愣住了。

她从来不去尝试那么浓烈近乎于偏执的黑色,可如今这种颜色大片大片地着在她身上,与她本身光洁白皙的皮肤相呼应,竟有一种说不出的妖娆媚态。后背呈"V"字镂空,紧紧地贴合着她匀称修长的曲线,她原本温婉清丽的五官又添了些高贵素雅之意。

这让身后见惯无数佳丽的达夫都忍不住捂脸哀叹:"太神奇了!明明是

杯清水怎么这一换就变成烈酒了呢!"

舒以安看着镜中从未见过的自己,拘谨地攥着裙角转身指了指背后:"这个……太多了吧?"

"这有什么!"达夫不顾她的顾虑直接把人送到化妆台,"这已经算很少了好不好。"

舒以安肯定地点点头:"是呀,布料太少了。"

达夫无奈地摇摇头,转身去鞋架挑鞋子,似乎不打算再理她。

给她化妆的一位女化妆师笑着用英文解释道:"他说的是你露得已经很少了。"

"……"

一系列化妆造型,当一切都准备好后时间已然快到六点。达夫看着舒以安这件"成品"骄傲得不得了,原本及肩的柔顺头发被利落地盘在脑后,目光所及无一处不是完美的。

"最后一步。"达夫挑眉指了指身后那双让人拿着的鞋,"褚唯愿放在我这里好几年了,也没见她穿过,不过倒是很配您。"

那双通体水晶打造的鞋跟上,Jimmy Choo 的标识熠熠生辉。

当舒以安这边一切都料理妥当时,褚穆正对着窗外微微愣神,脑中不断回想着下午和褚唯愿的对话。

时间推回到几个小时前。

褚唯愿正在机场出入境的闸口,看到手机上的来电显示,眼睛顿时惊恐地睁大了一圈。站在她身旁的庞泽勋好看的薄唇嘲讽地扬了扬:"不敢接?"

庞泽勋很高,褚唯愿又身材十分娇小,得微微仰头才能对上他一双浓黑英挺的眉眼。她几乎是挑衅般摁了绿色的通话键:"我有什么不敢的。"

"哥?"

"我记得你和达夫在德国有一个工作室。"

褚唯愿慢慢地随着长队往前走了走:"对呀,那个地方还是你给我找的,怎么了?"

褚穆言简意赅地表明主旨:"我晚上有个宴会,但是以安没带能出席的衣服。"

两人智商都很高，不需要任何繁复的解释就能明白彼此的意思。褚唯愿马上答应道："没问题，保证完成任务。"

褚穆随口"嗯"了一声，打算挂掉电话，却听到电话背景声太过于嘈杂，下意识问了一句："你在哪儿？"

褚唯愿闻言拿着护照的手一动，心中大惊，又看了一眼身边的庞泽勋，尽量稳住自己，开口："机场。"

"和庞泽勋。"这句话被褚穆平静叙述，他坐在宽大的办公桌后，眼中没有一点儿温度，"褚唯愿，你胆子真大。"

胆子真大，大到去和庞家的人交往。

褚唯愿最怕褚穆这个样子，他不是暴怒，不是激动，是几乎没有任何情绪地叙述事实。那代表他最大的无奈和失望。

听着那头哥哥的声音，褚唯愿瞬间红了眼圈，眼泪大颗大颗地砸在手背上。

机场来来往往的行人，依次排队等候的队伍，大包小件的行李。褚唯愿忽然蹲下来抱住自己，声音哽咽："哥……可是我爱他……我想和他在一起啊。你不能因为自己不幸福就阻止我去爱别人啊……"

褚唯愿什么都好，就是太倔，甚至倔得能伤人。

褚穆听着她近乎于哀求的哭声，忽然合上眼，心里细细密密地疼了起来。但是，这些柔软的情绪此时他都不能泄漏一分一毫，再开口时声音还如往常一样清冽分明："褚唯愿，我给你时间。你想清楚。"

接着就是电话里无穷无尽的忙音。褚唯愿攥着手里的电话忽然再也控制不住地放声大哭，就像一个受了委屈的孩子。

庞泽勋还是之前的样子，沉默地站在她身边，冷静地看着这个女孩子所有的崩溃。

过了好久好久，他才蹲下身子轻轻抱住女孩儿哭泣得颤抖的身体，声音低沉而诱人："愿愿，我不逼你。你要是想走，还来得及。"

机场大厅传来空姐甜美的声音："各位旅客，十七点三十分飞往美国的AH869次航班即将起飞，未登机的旅客请尽快登机。谢谢……"

褚唯愿透过泪水看着那张机票，慢慢站了起来，眼中是从未有过的坚决："我跟你走。"

我跟你走。

就这四个字，成为很多年后当庞泽勋身处高位时依然会感觉到的温暖与柔软。

车子六点准时驶到工作室的大门口，褚穆一直靠在后座闭眼假寐，听到开门声响才睁开眼揉了揉额角。

舒以安提着裙摆轻轻地坐入车中，实在受不住某人的目光，微微红了脸问："你干吗？"

褚穆挑眉戏谑地笑了笑，清俊的脸上多了些平日没有的赞赏："很漂亮。"

宴会设在一个酒店的顶层大厅，司机把车稳稳地停在大门前。褚穆下了车走到舒以安那一侧，把人带了出来。

像是依赖般，舒以安每次到一个陌生的地方都会习惯性地双手交握钩住自己的两根手指。起初褚穆只觉得是她平日里一个习惯性的小动作，时间久了才发现她是真的因为紧张害怕。

这次也不例外。

褚穆看着她钩起的食指，轻轻牵起她的右手搁在自己的臂弯，目光望向远处站着的哈伦德温声安抚她："没什么好怕的，一会儿跟着我就行。"

行至哈伦德面前，褚穆先是和他握了握手，两人互相聊了一会儿转而向彼此介绍一旁的妻子。

因为两人一直在用德语交谈，舒以安只能寥寥听懂数个词语。感觉到哈伦德的目光落到自己身上，她礼貌地向对方笑了笑微微点头致意。

哈伦德是一个十分开朗的人，见到这么美丽的东方女人当下就对褚穆毫不掩饰地表达了自己的想法："褚，我要是有你这么漂亮的妻子一定不会留在这里，什么工作都不及她重要啊。"

褚穆面上笑得十分温润，私下里一只手则对舒以安施了力让她离自己更近了些，心里不禁腹诽了一句，老狐狸。

哈伦德不知是真的高兴还是故意为之，用手指了指里面铺满红色地毯的大厅:"既然如此,这舞就由你们夫妇开场吧。"

所有的外交联谊都逃不过这个环节,也不外乎开场舞,致辞,众多熟知的人彼此恭维,然后结束。

而褚穆,无疑是被哈伦德推上了这场宴会最精彩的一段。他面色如常地牵着舒以安往里面走,心里再明白不过。不过他纵横声色场多年,作为一个出色的外交官开场舞又算得了什么?

舒以安能感觉到褚穆身上气场的变化,趁着往里走的间隙她小声询问:"怎么了?他刁难你了吗?"

褚穆嘲讽地扬了扬嘴角:"刁难只会发生在我和他的谈判上,我相信他吃的亏已经足够让他长记性了。"

"一会儿不管做什么,你跟着我做就对了,听我说的话。"

话音刚落,大厅中央的乐队忽然奏响,一曲舒缓的音乐随之响起。大厅周围站满了今天来参加宴会的人,其中不乏褚穆的对手或者朋友。这么一来,两人站在大厅中央倒是显眼得很。

舒以安瞪大了眼睛看着褚穆,慢慢地开口:"这是要……"

"开场舞,准备好了吗,舒小姐?"

灯光下,这个身姿挺拔修长的男人微微弯腰,对着大厅中央那个懵懂美丽的女人伸出了自己的手。

舒以安看着面前这只干净修长的手,整个人不知所措地愣在原地。

直到现在舒以安才真正明白"开场舞"这三个字的含义,也真正理解了褚穆刚才说的话。周围满是参加宴会的人,所有人的目光统统聚焦在两人身上,眼中的期待显而易见,他们都想看看如褚穆这般出色的男人到底会和妻子带来怎样的开场。

就连乐队都适时地奏起了最经典的勃拉姆斯圆舞曲。

舒以安虽然有些怕,但她更怕褚穆会因为自己而尴尬。所以此时的她看着面前坦然自若的褚穆,慢慢伸出了自己的手。

华尔兹,来自古德文 Walzer,意即旋舞,这种 18 世纪来自欧洲上流社会的交谊舞蹈几乎成为所有外交场合的对白。

舒以安忽然仔细回想起那段与自己有关的，很长远很长远的日子。

褚穆握着舒以安的手顺势把人拉得离自己更近了些，另一只手则扶在她的腰后，微微倾身在她耳边说道："把手搭上来，一会儿跟着我走，别怕。"

舒以安听话地把手搭在他的肩上，并没有丝毫的局促。在灯光的映衬下，她眼底落了星星点点的光，褚穆只见她向自己小幅度地探了探头轻声回应道："应该不会让你失望的，褚先生。"

一个悠长的G调响起，两人就这样随着尾音开始了这支勃拉姆斯圆舞曲。

圆舞曲最重要的是姿态和旋转，如果说褚穆的步伐如同20世纪英国的绅士，那么舒以安则丝毫不逊色于乱世中的郝斯嘉。

她美丽、骄傲、自信，面对只有两人的舞池，她甚至没有一丝紧张和混乱。

如果说此时的褚穆舞姿足以让在场的人惊艳，那么舒以安，则是让他们叹为观止。

黑色的礼服在她雪白的右腿处开了一道长长的衩，随着她每一次的后退和旋转都能看到她修长优美的曲线，脚上那双璀璨的水晶鞋也随着她的舞步折射出耀眼的光芒。

从舒以安迈出第一步开始，褚穆就发觉此时的她是超出自己想象的。与其说自己在带着她跳舞，倒不如说是在配合着她。

舒以安被褚穆揽着腰完成这支舞的最后一个离地旋转，因为突然落地带来的疼痛让她暗自缓了缓膝盖。褚穆盯着她那么一瞬间细微皱眉的表情，趁她揽住自己转身的时候忽然向后退了一步。

舒以安原本要向前的脚步有一秒钟的停顿，眼中忽然闪过一丝惊讶的情绪，但是动作没有任何犹豫地向自己身后仰了过去。

随着这个动作，褚穆才看清了她今晚的装扮，除却那件足以让人移不开视线的礼服，那双鞋竟然也让他有瞬间的失神。

圆舞曲的终结，最难的莫过于这个半身下腰的动作，可是舒以安完成得如行云流水般自如。

一曲终了，远远看去，两人好似定格在舞池中央，彼此的目光牢牢地锁定对方。

一秒、两秒、三秒……人群中忽然爆发出震耳的掌声，赞叹的、欢呼的、谈论的，都为着场中两个人的这支完美的舞蹈。

哈伦德站在一旁轻轻摇着头，嘴里难以置信地喃喃着。真不可思议，这个让自己在谈判桌媒体会前屡战屡败的年轻男子，竟然拥有这样一位出色的妻子，就连娶了英国王室远亲的自己，都生出一种自愧不如的感觉。

向后弯身的动作太猛烈，舒以安隐隐觉得刚才的疼痛大有加重的趋势，眼中再也掩饰不住那种痛楚，再次看向褚穆的时候，原本对峙般的对视分明多了些乞求的意味。

褚穆扫了她一眼，托在她腰下的手忽然施力把人带了起来。隔着周围一层一层的人群和掌声，褚穆拿过舒以安垂落一旁的手，轻轻搁在唇边落下一个吻。可是声音，再也不复之前的温和。

"出人意料啊，舒以安。"

"不是的，我……"舒以安有些不知所措地和褚穆解释，可是还没说几个字，站在场外的人纷纷走过来向两人致意聊天。

舒以安就这么看着褚穆离自己越来越远，被众人拥出了舞池。

没人注意到，褚穆在离开舒以安的时候，没有任何留恋或者是担忧地回头。

也没人注意到，舒以安微微屈起的膝盖和吃痛的眉眼。

而站在入场口的陶云嘉，将两人刚刚拥舞的过程一秒不落地看在了眼里。她留心的除了那支舞，还有舒以安那双闪闪发光的水晶鞋。

晚上八点半，正是各种活动的中场期。

彼此交谈的人们纷纷找了借口去洗手间，或者去向服务员要一杯酒来缓解自己高速运转的大脑。东道主哈伦德先生在妻子的陪同下去了酒店房间换衣服。众多宾客三三两两地聚在一旁谈着无关工作的话题。

褚穆谢绝了一位同事的邀约，回头朝着大厅扫了一眼，并没有某人的身影。

他低头捏着酒杯轻轻摩挲着剔透的杯沿，旋步走出了大厅。

而刚刚从大厅角落里起身的舒以安看着褚穆离去的背影，忽然提起裙摆起身追了出去。

因为语言不通,她只能和人用英语交谈,还不到一个小时,自己就有点儿坚持不住了。

其间往他的方向看过数次,可是他每一次无不是专心地和别人聊天,再或是接受其他女性共舞的邀约。

酒店大厅侧面是一条纯观光玻璃打造的走廊,一排的墙壁上码了数十棵盆栽。

褚穆扯了扯领口,看着脚下灯光闪烁的车流,漫不经心地从盒里咬出一支烟来。

正要拿打火机,一只白皙的手从他面前伸过"啪"的一声送上了火苗。

陶云嘉一袭鲜红色的短款礼服,头发也被松松地烫了大卷,脚下八厘米高的黑色台底鞋给她添了不少气势。

褚穆偏头看了看她,就着她递过来的火点着了烟,隔着一片浓浓的烟雾眯眼看着来人:"什么时候来的?"

"不久,一直在这儿等你。怕小学妹见到我误会。"

陶云嘉把玩着手里的打火机,带着些嘲笑的口吻问眼前的男人:"怎么?不太能接受吧,一向绵羊般的小学妹竟然会跳这么高标准的国际舞蹈,还是在你狠下心来决定因为她丢脸的时候。我要是你,一定特别生她的气。"

褚穆恍若未闻地看着窗外的光景,低低地问:"三处那边的事儿你处理好了?"

陶云嘉见他答非所问,上前几步一把拉过褚穆的手臂,美艳的脸上带着些许气愤和恼怒:"你真的了解她吗?你确定你和她跳舞的时候想的不是我?其实说来也奇怪,那么平淡无奇的女孩儿见到这种场面竟然一点儿也不害怕。褚穆你确定你是她的第一个男人?看她那样子可像是见过世面的。"

"你什么时候说话变得这么刻薄?"褚穆看着面前近乎失态的女人平静地问道,"我了不了解她是我的事,至于你,从三年前的订婚宴上和我分开的那一刻起,我们就没有任何关系了。"

陶云嘉最怕他否认两人的过去,眼中因他的话蓄满了泪水,语气几乎有些哽咽:"不可能!如果你不爱我怎么可能让她穿着我的鞋?那双鞋是我们订婚的时候你让愿愿特地定做给我的!上面还有我的名字啊……还有那支圆舞曲,我们那天跳的也是这首曲子你记得吗?明明什么都一样,怎么那个人就不是我啊……"

陶云嘉近乎崩溃地抱住褚穆,把脸埋在他的胸前:"褚穆,我走是有原因的,我怕我会配不上你,所以我才选择离开,所以我才会努力地爬到现在这个位置和你并肩……"

"云嘉。"

褚穆掐灭了手中的烟把她从自己怀里拉开,沙哑地出声叫她的名字。

"不是每一次我都会等你。"

站在几米远的舒以安,看着玻璃窗旁相拥的两人,忽然绝望地闭了闭眼。

原本她想要追出来找他解释,原本她想要告诉他那些他不曾知道的事,原本她想告诉他自己所有的过去和被她藏在心底里的伤疤……

可是她就那么站在那里,隔着几十步的距离看着别的女人抱着他,亲耳听到了他不曾告诉过自己的事。她甚至用自己最不愿意回忆的惨痛过去帮他唤起了和别人最甜蜜的记忆。

可是,他不愿意听她的一句解释,就那么被别人簇拥着离去,丝毫不管语言不通的自己。

舒以安,你真傻啊……

看着脚下那双被无数人艳羡的鞋,她忽然转身向酒店外跑去。

柏林的晚上很凉,舒以安站在街上茫然地看着车一辆一辆地从自己面前驶过,忽然不知道自己该去哪儿,又能去哪儿。

灯火霓虹正浓时,一位东方女子穿得如此正式华丽却赤着脚走在人行道上,并且看起来特别失落无措,任是谁都忍不住侧目。

大概是走得累了,大概是膝盖疼得让她无法再坚持走下去,又或者是天空细细密密的雨打得她没了走下去的勇气。舒以安空洞地向四周看了看,不远处的广场上不少行人为了避雨匆匆地从那里离开了,倒显得原本热闹的广场有些凄凉。

舒以安把鞋子扔在一旁，抱着双腿呆呆地看着鞋跟处那几个名字拼音，忽然像个孩子一样放声大哭。

到底有多委曲呢？她也不知道。

她只知道自己心里闷得快要喘不上气了。在舒以安二十几年的人生里好像只有幼时才经历过这样的恸哭，眼泪大滴大滴地砸在她的裙摆上、膝盖上、手背上，好像怎么擦也擦不干净。

路上有几个好心人上前询问她到底发生了什么事，是否需要帮助，她也只是胡乱摇头，声音越来越哽咽。

她现在才发现，自己其实并没有任何地方可以去。德国的房子不是她的家，北京的别墅也不是她的家，那些统统是被冠以褚穆的名字赐给她的容身之所，她小心地存活在两人的婚姻之间，甚至都没有提出先走的勇气。

因为在这场婚姻里，她，凭爱而生。

膝盖被雨水淋湿，骨肉深处好似被扎了密密麻麻的针，一直疼到舒以安的心底里。

如果仔细看，就会发现她的两条腿的膝盖处有道很清浅细微的疤痕，就连膝盖骨都不同于常人地微凸。

这些疤痕从舒以安十八岁那年起，就深深刻在了她今后的生命里。

故事，要从六年前说起。

舒以安出生在江南，也长在江南。舒爸爸当时是 A 市一所大学的哲学系教授，年轻、风度翩翩，有着鸿儒之志。舒妈妈在 A 市的一所舞蹈学院任教师，温婉、大气，出自书香门第。

舒以安四岁那一年，就被母亲带到舞蹈学院接受舞蹈的熏陶。年少的舒以安话很少，不似平常小孩子般哭闹，对于那些严苛的舞蹈动作也都一丝不苟地去做。

可能和基因也有关系，舒以安对舞蹈有着独特的天赋。

十五岁那年，她已经在全国青少年舞蹈比赛中获得极其出色的奖项了。当时舒爸爸和舒妈妈仔细地商量了很久，也征求了小以安的意见。因为很多女孩子都是在这个年龄放弃舞蹈专心学习文化课的，可是小小的以安告诉爸爸妈妈她喜欢舞蹈，想一直跳下去。

舒爸爸舒妈妈是很宠爱女儿的，对于女儿的人生并没有太多的期望，只希望她能平安地过完这一生，于是就随着她的喜好去了。十五岁到十八岁这几年，舒以安这个名字在同批学习舞蹈的孩子里知名度是很高的，因为她在不断深造舞功的同时，文化课的成绩也极高。

国际国内的奖项不知被她拿了多少。

到了高考的时候，舒以安忽然收到了来自北京舞蹈学院的艺考通知，并且如果有机会还会被选入去加拿大的学院深造。

舒爸爸舒妈妈很高兴，当下决定带着她去北京考试。

可是上天总会在你的人生最高点搁置一些障碍，用来改变你的轨迹。

飞机到达北京的时候是艺考的前一天下午，三口人乘着机场出租车打算去预订好的酒店。谁知刚下了飞机，天空竟然下起了暴雨，高速上的能见度极其低。

高速路上有一段路段检修并未设置告示牌，出租车司机也走了神，竟直直地把车开了过去，正好开进在挖的深坑里。舒以安还没来得及反应，就听到车子"轰隆"一声翻了过去。

随着车身翻出的，还有舒爸爸和舒妈妈。

十八岁的她在昏迷中醒来，旁边是破碎的玻璃和不知生死的出租车司机，她整个人被倒着卡在车里。车外是闪烁的警灯，120医护人员来来回回的嘈杂声。她拼着一丝清明的意识想出去寻找爸爸妈妈，却只能感受到双腿钻心的疼痛。

再度醒来的时候，是在医院里。

医生悲悯地告诉她，她双腿的膝盖位置在车祸中正好卡在了前座上，损伤了半月板，今后想要再跳舞是不可能的事了。此外她需要超强的意志力和足够好的休养才能恢复基本的行走能力。

舒以安什么都听不下去，睁着干涩空洞的眼睛怔怔地问："我爸妈呢？"

医生看着这个美丽年轻的女孩子不知道如何开口。因为从高速路上抬回那对夫妇是当场所有医护人员都感到心酸的一幕。医生安慰般拍了拍她瘦弱的肩膀，语气悲伤："孩子，节哀吧。"

就这几个字，造就了舒以安今后所有的噩梦。

因为舞蹈，舒以安十八岁之前的人生无比闪亮。

也是因为舞蹈，舒以安失去了双亲和继续跳舞的资格。

她看着病房外灰蒙蒙的天空曾经绝望地想，如果她不来参加考试，如果她不曾跳舞，也许她的爸爸妈妈还会幸福地生活着，她也不会变得茕茕孑立在这人世间。

所以舞蹈是舒以安这辈子都不愿意再提起的过去。

那是她最惨烈最悔恨的过去，她为此付出了太大的代价。

她发誓此生再不跳舞。

可是在自己二十四岁这一年，她因为她的丈夫重新记起了那段日子。

她看着褚穆伸向自己的手，回想起学习舞蹈的那段时光，她穿着塑身服在空旷的排练室里一次次地转身，一次次地弯腰旋转，妈妈拿着洁白的毛巾温柔地给她擦汗，爸爸坐在台下欣慰地笑……

可是当她想告诉褚穆这些的时候，却听到了陶云嘉的那番话。

她终于明白，自己用那段记忆陪他跳这段舞的时候，恰恰让他想起了和陶云嘉最甜蜜的日子。

这让她，如何是好。

褚穆皱着眉看着窗外越下越大的雨，耳边再一次传来通话失败的忙音。

抬手看了眼手表，已经快十点了。

陶云嘉拿着酒杯跟在他身后试图宽慰他："一定是先回家了。你今晚对她这么冷淡，生气也能理解。"

打电话不接，她第一次来德国对路线毫不熟悉，她语言不通甚至在德国没有一个朋友，她一个人穿着那么引人注目的礼服在晚上离开，这些条件在褚穆的大脑里迅速过了一遍，让他越想越心惊。

"和哈伦德说我有事，先走了。"

"喂！"

陶云嘉看着褚穆毫不犹豫离开的身影,突然感觉自己是这么无能为力。因为此时的褚穆,心中想的念的全是舒以安一个人,丝毫没有自己的身影。

手机淋了水,屏幕忽明忽暗地闪烁不定。舒以安吸了吸鼻子看着浓黑的天色,打算起身离开。

舒以安是那种会狠下心来重伤自己的人,所以她一旦做了什么决定,不会提前哭闹,不会像别的女孩儿一样虚张声势,只会默默地起身没有任何言语地去做她想做的事。所以就连离开都是平静的。

走到褚穆的公寓门前,时间是十点半。

舒以安冷静地站在房间门口思索了一下,这么晚又下着雨,今晚离开的想法显然是不明智的,倒不如趁着这么狼狈的时候洗个澡然后睡一觉,明早再走。

所以说,就算生活再糟心,舒小姐的某些想法也还是有些呆萌的,哭过了发泄过了事情就变得没那么难处理了。

泡在浴缸里的时候,她甚至因为双腿的疼痛得到缓解舒服得眯了眯眼,其间还不忘用笔记本电脑给自己订了一张回北京的机票。邮件界面上,苏榶发给她的邮件一闪一闪地提示她查看。

"听说你霸气地辞职了?怎么,大神决定圈养你一辈子了吗?快回话老实交代!"

舒以安看着"圈养你一辈子"这几个字,忽然悲伤地垂下了嘴角。

是啊,自己现在连工作都没有了,就这么被遣送回北京了,哪里来的一辈子,又跟谁一辈子呢?

Chapter 06

离别才悔觉

雨刷一遍又一遍地从挡风玻璃上划过，褚穆从街口把车拐进来，看着远远的那幢公寓忽地松了一口气。

高处那个小小的窗口透出了暖色的灯光，这盏小小的灯在这个夜晚却显得无比明亮。褚穆匆匆地把车驶入车场，走回去的这一路还是对自己的判断给出了肯定。他了解舒以安，她是断不可能一个人赌气跑到哪里泄愤的，凭她的性格，只可能遇到了什么不开心的事先独自离开。

隔着一扇门，褚穆深吸一口气试图平复自己的情绪。

客厅的大灯并没打开，只有落地窗前开了一盏地灯，舒以安身上裹着厚厚的毯子，头倚在玻璃上不知道在想些什么，就连听到开门的声音也没有任何反应。从褚穆的角度，只能看到她半干不干的头发和缩成一团的侧影。

直到看到她活生生地坐在那儿，褚穆一颗心才算是真正落了地，同时竟然还有一丝为她担心的恼怒。

脱掉身上淋了雨的西装外套，褚穆一边往屋里走一边平静地问："这么晚怎么不等我就回来了？"

舒以安闻言长长的睫毛动了动，用比他还平静几乎是没有任何情绪的声音吐出四个字："不想等你。"

褚穆拿着睡衣的手一顿，也没了再哄她的耐性，干脆径直走到她面前一字一句地问:"舒以安,你到底怎么了?"

舒以安听着窗外淅淅沥沥的雨声,心底的绝望和悲凉因他这句话毫无预兆地弥漫了出来。

圆舞曲结束的时候,他冷漠地看着自己说"出人意料啊,舒以安"。

现在他又这样站在自己面前满是不耐地说"舒以安,你怎么了"。

她动了动蜷着的双腿,终于忍受不了把手里拿的东西朝褚穆打了过去,随即用毯子把自己裹得更紧了一点儿。她的语气很冷:"褚穆,你真是个浑蛋。"

昏暗的灯光下,舒以安鼓起勇气忽然仰起头对上他的眼睛,字正腔圆地说出这几个字。

褚穆听着她的控诉,冷静地看了看带着戒备姿势的女人,语气轻而缓慢:"我浑蛋?舒以安,我到底做了什么会让你产生这样的想法?你倒是说说看。"

舒以安一时也被他的反问激怒了,小绵羊不禁有些愤慨地要起义:"我每天必须按照你的预想存在于你的人生,一旦有一天你发现我和你想的不一样你就会很生气,凭什么?本来就是不一样的啊!可是为什么不一样时你从来不问我也不想去了解,这样对我,你觉得真的公平吗?

"你是吃准了我会依赖你不敢离开你。

"看到这样一个落魄卑微的我,你是不是特别高兴?所以你可以肆无忌惮地挥霍我所有的感情和付出。"

褚穆手中捏着她朝自己打过来的那块热毛巾,看着她越来越红的双眼忽然讽刺地笑了笑:"我这么恶劣,那你怎么不走啊?"说完愤然离去。

窗外的雨声越来越大,舒以安看着那扇被重重关上的大门像是丧失了所有力气重新跌坐在地板上。

走廊静谧,褚穆的手机忽然突兀地响了起来。

他脸色很不好,接起来:"喂?"

那头秘书的声音焦急严肃:"老大,出事儿了!"

一辆载满中国游客的旅游巴士因为山体泥泞导致翻车,现在正在全力实施救援行动。褚穆代表中方理应迅速到现场交涉给予本国人民应有的帮助。

褚穆攥着电话原本向电梯走的脚步倏地停住，低声应道："我知道了，马上组织驻地的医护人员，半个小时之后你让司机来大使馆接我。"

站在原地沉思了半分钟，褚穆还是叹息一声准备转身向屋中那个女人认输妥协。

舒以安趴在地板上昏昏沉沉的，隐约感觉有关门的声音，还没来得及反应就被打横抱进了一个温暖熟悉的怀抱。

褚穆看着她在自己怀中由惊讶转变为平静的眼神，看着她的手从下意识地环住自己脖颈到慢慢垂下来，还是忍住情绪慢慢把人搁在了床上。

毯子滑落在了地板上，这么一来舒以安原本掩着的双腿就这么暴露在空气中。褚穆这才完整地看到她红肿的膝盖和脚上的伤痕。

时间越来越少，褚穆来不及多问，只是匆匆地找出几个药贴给她包扎好，重新烫了两块毛巾分别敷在舒以安的膝盖上。

舒以安从他进来抱住自己的那一刻起就抑制不住地鼻酸。

看着她一滴一滴落在手背上的眼泪，褚穆伸出手去捏住她的下巴，半强迫她看着自己。

"有游客在这边出了事儿，我得赶过去处理。不管怎么样，有些事等我回来我们再谈。"

舒以安看着眼前清俊成熟的男人哽咽着泣不成声，他总是有这样的本事，在自己心灰意懒之后用最简单温情的方式让她陷入两难。

催促的电话一遍一遍地响起，褚穆最后不放心地看了一眼床上的人，给她盖好被子关灯离开。

舒小姐这次可能是真的难过了，所以第二天太阳升起来的时候，她还是决定要走。但是她是一个很知恩图报的人，为了感恩他收留自己这几天，临走时还不忘把房间收拾得干干净净。

就连衣橱里的衣服都是洗干净熨烫好之后按照时节仔细地摆放整齐。

她刚来的时候褚穆给过她钥匙，舒以安看着掌心亮亮的门禁卡还是轻轻搁在了茶几上。在这个地方不过待了三天，却好像三年那么漫长，她提着箱子看着屋子里的一切,还真是有一种犹恐相逢是梦中的感觉。

他在自己受到侵犯最惊怒的时候出现把她带离;他和自己去超市买食材和家居用品;他带她去常去的那家店给她挑了一双合适的拖鞋。

他对自己那么好,可是你看啊,还是要走了。

舒以安再去HarperDaff工作室时,达夫正在给别的客人设计造型,见到舒以安提着箱子忙打开店门把人让了进来。

"您怎么不说一声,拿着这么多东西我好去接您啊。"

舒以安递过手中洁白的纸盒:"这是那天在你这里拿的鞋子和礼服,真的非常感谢你。"

达夫奇怪地看着那两只纸盒茫然地摆了摆手:"还给我干什么?这本来就是给您的啊……您不喜欢?"

舒以安若有所思看了看那双镶满水晶的鞋子,慢慢地摇了摇头:"不是不喜欢,是不适合我。"

见达夫没有把东西收起来的架势,她干脆直接把东西搁在了一旁的化妆台上:"谢谢啦,我走了哦。"

"诶!您提着这么多东西去哪儿啊?"

舒以安推着店门的手忽地停住了,转而回头对达夫灿烂一笑:"回家。"

回我自己的家。

另一边,褚穆坐进公路边的商务车接过秘书递来的水,沙哑着嗓子问道:"让你查的查清楚了吗?"

"应该正在往这边给我传,毕竟跨国申请调档案没那么容易。"

褚穆点点头,拧开瓶盖儿仰头喝了一口水。一天一夜的工作让他有些吃不消,一边安抚被救上来的同胞,一边还要和德国这边的救援队进行沟通商,实在不是件简单的事。

"老大,有件事儿不知道该不该跟您说……"秘书犹犹豫豫地看着褚穆有些疲惫的样子。

"说。"

"嫂子她今天上午坐了回北京的飞机,已经走了。"

褚穆拿着水的动作微微停滞了一下,随即将其搁在桌上下了车:"我知道了,查到的东西别过第二个人的手。"

"好的,我明白。"

在候机厅的时候,舒以安给苏椹发了信息。

苏椹正在外面吃饭,看到舒以安的短信虽然知道一定发生了什么事儿但并没有问,只噼里啪啦地回短信:

"钥匙在门口的地垫下面,我要是还没回家你就自己进去。下飞机报平安给我。"

飞机到达北京的时候,已经是晚上九点多了。舒以安正从闸口拿着行李出来的空当儿就碰上了熟人。

纪珩东也没寻思能在这里遇见舒以安,只远远地瞧见那人像她,就停住了脚步看了一会儿,没想到走近了才发现,还真是!

"嫂子!"

舒以安本来都已经从纪珩东跟前儿走过去了,冷不丁听见这么一句热情激动的呼唤还有点儿愣。茫然地一回头,才发现纪珩东就站在离自己不远的地方。

纪珩东穿着件烟灰色的针织衫,同色的休闲长裤,整个人立在那里配上那张面皮倒还真算是风流倜傥,大厅里有候机的年轻女子时不时朝着两人的方向看上几眼。舒以安默默地腹诽了一句,他的兄弟怎么都一个德行。

纪珩东和褚穆是大院儿里从小长到大的倒霉弟兄,每天也不做些什么正经事儿,吃喝玩乐倒是把好手,按照岁数舒以安是比纪珩东要小的,但是按照褚穆那儿论,他是怎么都得叫声嫂子的。寻思间,他已经信步站在舒以安面前笑得十分纯良。

"嫂子你在这儿干吗呢?这是从哪儿刚回来?"

舒以安下意识地把手中的箱子往身后拖了拖,礼貌地朝他笑笑:"去出差,刚回来。你在这儿是……"

纪珩东晃了晃手里的车钥匙:"送一个朋友。没想到这么巧,我送你回去吧。"说着便要伸手去接舒以安的行李。

"不用麻烦了,我打个车回家就行,你忙你的吧。"舒以安赶紧出声推辞,试图阻止纪珩东的动作。

有关一年以前的记忆舒以安到现在都还心有余悸。

记得去年褚穆和战骋难得回来,纪珩东、江北辰就连在一块儿组了个局。平常玩得好的朋友喝开了都兴致大发地要去飙车。褚穆看了看身边的舒以安,江北辰看了看旁边的楚晗,两人一致决定要先把老婆送回家。怎奈何舒以安和楚晗不放心他们几个,死也不肯回去,就这么陪着四个爷一起上了环山高速。

因为楚晗跟江北辰两人一起厮混了很长时间,对于那一套她也是了解的。只是为难了舒以安被纪珩东骗到了车上。

因为纪珩东说:"嫂子,一会儿褚穆开我这个跑,你要是不放心就坐在副驾上陪他吧!"

结果,褚穆满场找媳妇的时候纪珩东已经拉着舒以安"嗖"一声跑了,只听见舒以安一声比较遥远的尖叫。

当时褚穆就炸毛了:"那是我媳妇啊!"

接着就看见褚穆速度极快地跟在后头追了出去,一旁的江北辰和战骋想看纪珩东受虐的戏码,也紧紧跟在后头。

都是些性能极好的跑车加上褚穆是真怕了,加速得很快,没有几分钟的工夫就追上了。整整八公里,四辆车几乎是同一时间压上终止线。

停车的时候,舒以安脸都吓白了,褚穆把她从车里拖出来,她抱着褚穆"哇"的一声就哭了,在场的江北辰和战骋冲着纪珩东比了个大拇指笑得快要直不起身来。

褚穆轻轻拍着舒以安微微颤抖的身体,对着纪珩东就是一通捶,临了把他反手压在车前盖儿上让他发誓,纪珩东大着舌头含混不清地冲着舒以安道歉:"对不住啊舒妹妹,没寻思你胆儿这么小。以后我再也不敢了。"

从那以后,只要纪珩东在车上哪怕有人跟他提起"舒以安"这三个字,他都能下意识地哆嗦着把油门放得很轻很轻。

"打我脸啊你这是,都碰上了还能让你自己打车回去?别说褚穆不乐意了,让江三儿他们知道不得拿话晒我啊。"纪珩东往前走了几步,忽然回头冲舒以安坏坏一笑,"舒妹妹,保证把车速控制在60以下。"

舒以安深知他们几个人的关系,也知道自己不能一再推托,要不反而容易让纪珩东感觉到什么,只能跟上他的脚步:"那谢谢你了。"

纪珩东今天开的是一辆红色的跑车,符合他一贯骚气冲天的风格。但是这么一辆车如此规矩地行驶在高速上甚至比限速都要慢,不得不让过路的车纷纷侧目。

纪珩东透过后视镜瞟了一眼后面的行李箱,在心里琢磨着开口:"嫂子,送你回大院儿啊还是回湖苑?"

舒以安心里想说我哪里也不想回,和苏楹说好了去她那里啊!但是纪珩东太精了,她哪里敢告诉他实话,垂下眼帘想了想,抬头对纪珩东说道:"回湖苑吧。"

"成!"

趁着等红灯的工夫,纪珩东像忽然想起什么似的:"下个月六号,北辰跟楚晗在海南补办个婚礼,都是咱们自己这圈人,老大跟你说了吗?"

舒以安闻言愣怔,摇了摇头:"可能没来得及,楚晗的宝宝现在应该有……百天了吧?"

"嗯。"纪珩东看着前面的路况点点头,"都已经过了,我去看过,那小子白胖白胖的,长得秀气。"

舒以安想着楚晗刚生下宝宝的时候,褚穆不在家,她一个人去医院探望,一向骄傲跋扈的江北辰抱着儿子站在楚晗床边满脸疼惜,那种感觉和一年前的他判若两人。

纪珩东车技很好,不到一个小时就把舒以安送到了湖苑别墅。看着舒以安上了楼亮起灯才发动车子呼啸着离去。

原本上飞机前就答应苏楹去她那里,现在都十点多了,也不能再去。舒以安换好衣服打算给她打个电话,表达一下自己爽约的歉意,但是打了好几遍都没人接。

因为手机淋了雨,她一直没开机。回了北京才发现上面满是信息提示。

有苏楹询问她下机了没的信息,有肖克告知自己去公司办离职手续的信息,还有来自褚穆的。

"下飞机告诉我。"

纪珩东在车里寻思了好一会儿,还是戴上耳机打给了褚穆。

国际长途接线很慢。

褚穆穿过医院嘈杂的诊疗大厅,从秘书手里接过电话旋步进入楼梯间。一天一夜没睡了,他整个人显得有些疲惫,就连声音都是有些沙哑的:"喂?"

纪珩东也没什么心思跟他开玩笑,干干脆脆地交代了今晚的事情经过:"褚老大,今晚上我在机场看见舒妹妹了,她看起来可不是那么好啊。人家好不容易去你那儿一趟怎么还吵架了呢?"

褚穆拿着打火机的手一顿:"你怎么知道她来我这儿了?"

"我是谁啊,江爷爷老话说得好,东子这小子要是长了毛比猴儿都精!她那箱子上贴着柏林的入境签和条码呢,不是从你那里回来还能是哪儿啊。"

"她回家了?"

"回了,我送她回去的。"

褚穆抬手看了眼腕上的表,辅表盘上显示的北京时间正好十一点。到底是兄弟,纪珩东打在机场见到舒以安的第一眼,就能感觉到她不对。于是干脆不要脸到底一直把人送到家里,也不管人家乐不乐意。

"谢了。"

听着那边有气无力的声音,纪珩东哧笑一声:"做得好有奖励吗?按理说你这调回来她应该高兴啊,这么大的牺牲你没告诉她?"

褚穆烦躁地揉了揉眉心:"回不回去的,再说吧。"

话音刚落,秘书从楼梯间大门处轻轻探进头,伸手晃了晃拿着的黄色文件袋。褚穆看了一眼点点头,示意他等一会儿。

"先挂了吧,我这边有事儿。"

纪珩东知道褚穆现在忙,便懂事地没再啰唆。

秘书瞧着褚穆挂掉了电话,轻声关上门走了进来,把手中那个盖有绝密的文件袋递给褚穆:"那边加了戳,一路急送,您放心,提出来之后就在我手里,没人看过。"

褚穆接过来轻轻用手指划了划密封很严的粘贴线,面沉如水:"告诉那边,东西放在我这儿不送回去了。"

"好。那我先出去?"

"去吧。"

隔着一扇门,听着医院里各种嘈杂的声音,褚穆倚在楼梯间的墙上冷静地将手中的文件袋拆封。薄薄的几页纸,上面满满地记录了舒以安幼时得过的所有奖项,以及六年前机场高速上那场惨烈车祸的现场记录和照片。

舒以安是在第二天的上午去公司办理离职的,她起床的时候看着衣帽间里的衣服发怔了好久,想来想去,还是挑了件最常穿的衣裤。

公司早上八点半上班,九点钟,舒以安站在高高的大厦下面还是忍不住有点儿伤感。自己从毕了业之后就来到这里,整整两年,即使没有太大的欢喜但也没有太大的厌恶。虽然布莱恩这件事给她留下了很沉重的阴影,但是那也仅限于某个人,如今就要离开了,那种怅然若失的感觉还是一点一点从心底里弥漫出来。

一进入格子间,办公室里原本安静的气氛就被打断了。大家纷纷停下手里的工作看着走进来的舒以安彼此交头接耳。

肖克的秘书拿着一个文件夹举止从容地朝她走来,好似等待多时:"你好,舒小姐。"

舒以安停住脚步同样对她点头致意:"你好,薇安。"

"肖总吩咐过,请跟我这边走。"

人事部在格子间的上一层,待薇安和舒以安走进电梯间的时候格子间里的男男女女一下喧哗起来。

"哎,听说了吗?法国总部那边特别生气,布莱恩是真的被送到警局了,还有咱们公司韩艺和他的……那个呢。"

"韩艺?她不是自愿的吗?这事儿早在公司传开了啊……"

"人家官方发出的通告,连带着咱们公司有关人员全受到了审查,估计是布莱恩在舒以安那儿吃了亏。"

"哎……不过说起来这以安同志到底有什么背景啊，法国人都收拾得了？"

"谁知道呢？"

"得了得了，干活吧，咱可没人那命。"

"对，对，都散了，散了吧。"

办理离职的过程十分简单，确认之后签署一系列解除劳务的合同就差不多了。因为是外企，对于员工有着很严格的制度要求，通常是每两年一次的合同聘用制，现在离舒以安的合同期限还有一个半月。

薇安指着那张 A4 纸上的某一条款解释道："肖总说不追究你提前离职需承担的违约费用，签上这个就差执行人签字了，等下你自己进去吧。"

舒以安顺着薇安手指的方向，"执行总裁"四个字的名牌在走廊尽头那道门上闪闪发亮。

肖克一早就坐在办公室里等，甚至比他常来的时间还要早。听到清晰缓慢的三声敲门声之后，脑中一直紧绷的那根弦才算稍稍有所松懈。

"请进。"

舒以安穿着鹅黄色的上衣，着了一条浅灰色牛仔裤，不同于之前的职业化装扮，此时的她看起来年轻了很多，像一个刚刚从学校里毕业的学生。

肖克抬起眼帘不动声色地看了她一眼，指了指窗户下面的那排沙发："坐吧。"

"谢谢肖总。"舒以安规矩地在沙发上坐定之后，才把手中等待肖克签字的离职同意书递给他，"这是我的离职手续。"

之前那一通电话，已经让舒以安心里对肖克有了一些芥蒂，再见面时心里难免有些尴尬。

肖克顺着她推过来的同意书看了一眼，忽然沉声问了一个无关的问题："舒以安，你觉得你过得好吗？"

舒以安惊得瞬间抬起头，一下子对上了肖克深邃的双眸。

她倒是也没躲闪，清越柔和的声音一字一句地回答他："我很好。"

肖克听后半嘲讽半自嘲地笑了笑，起身踱步到窗台前，声音中好像带了一丝无奈:"舒以安,如果是我更早一点儿遇上你,你一定不会这么说。"

肖克知道舒以安很聪明,话都已经说到现在这个份儿上也就没必要继续隐瞒。他垂眼看着楼下川流不息的车辆,说出了自己压在心底最沉重的情感。

"我没想过你已经结婚。那天从酒店出来,看到你丈夫的那一刻我才明白,有些事情不会按照你所想的发展。你很爱他,从你的眼神里我就能看出来。但是舒以安,一个幸福的女人不该是你这副样子,在爱人面前她应该是嚣张的,甚至是跋扈的。

"可能是我太自私了吧,如果把你招进公司那天就表明心意,也许一切就都不一样了。

"我承认布莱恩的事情是我有意为之,或许是我忌妒心作祟,没有考虑后果,这是我的错。

"舒以安,我再问你一遍,你觉得你快乐吗?"

如果说一开始舒以安害怕见到肖克,那么从听到他的这些话起她变得更冷静更坦然。她慢慢地做了一个深呼吸,看着窗前站着的男人坚定和缓地说道:"肖总,一个人的快乐与不快乐不是由她的生活状态来决定的,而是她觉得值不值得。至少,在爱情和婚姻上我觉得我很值得。哪怕有一天我会一无所有,可是我依然能记得我很认真地爱过一个人,并且从不遗憾为这段感情付出全部。

"感谢您这段时间对我的厚爱,但是很抱歉,我必须离开。"

肖克认命地闭了闭眼:"你坚持?"

"是,我坚持。"

二十四岁的舒以安站在落满阳光的地毯中央,目光没有丝毫退却和畏惧,就好像她做的所有决定都是自己心甘情愿并且甘之如饴的。

肖克忽然想到自己面试她的那个下午,他看着面容青涩的女孩儿问:"舒小姐,你的成绩很出色,但你坚持放弃外交工作愿意来我这里做翻译文员吗?"

刚刚毕业的女孩儿手里握着那份还不具备任何质感的简历,轻轻地点头:"是,我坚持。"

还真是承受不住一丝回忆的重量啊，哪怕他这么直白地挽留和提醒也依旧无法得到她一丝一毫的心软和接近。她又何其聪明，用了当初面试她时一模一样的回答来反驳他。

曾经她来，他问："你坚持来这里工作？不后悔？"

她说："是，我坚持。"

现在她走，他又问："你坚持从这里离开？"

她说："是，我坚持。"

爱过就不遗憾，都无需费尽心思去得到。

舒以安啊舒以安，你当真这么潇洒吗？

肖克伸手无力地指了指身后的那张纸，声音平淡："你走吧，手续我会签字的。"

"那您保重，再见。"

她没有任何留恋地转身，肖克忽然出声制止住她的脚步。

"如果哪一天你觉得不值得了或者你不想再坚持了，我一直在这里。"

舒以安的脚步却只是停了一瞬，随即打开门走出了他的办公室。

薇安一直在门口等候，打算亲自送舒以安出门。两人一路下到一楼，薇安友好地对她伸出了自己的右手："那么舒小姐，我们再见了。"

舒以安同样伸出手来回应，想到自己在格子间看到的那个空座位，忙拦住转身欲走的薇安。

"等等！"

薇安疑惑地转过头来："还有什么事吗？"

舒以安指了指大厦里面："不好意思，我想问问苏榴今天怎么没来上班？"

"哦。她请了两天假，按理说今天应该来销假的，可是都这个时间还没来，我也打算一会儿上楼去联系她呢。你找她有事儿？需要我转告吗？"

"不用了，我自己再联系她吧。"

舒以安联想到昨天打给苏榴的电话，心中忽然有种不好的预感。

此时市中心一座公寓里的苏榴，看着大亮的天色目光空洞得没有一点神采，原本漂亮娇艳的脸上此时也是憔悴不堪。她静静地趴在地板上，身上只盖了一条薄薄的床单，床单下不难看到她不着寸缕的身体。

她努力地爬到手机旁边，颤抖着抓起电话按了一串号码。

舒以安正在去苏楹家的路上，看到苏楹的来电迅速接听了电话："苏楹？你在哪儿啊？怎么从昨天就不接我的电话，我还以为你出什么事儿了呢！"

苏楹嘴唇干涩得快要说不出话来，听到电话那头舒以安熟悉的声音整个人崩溃地大声号啕，像是劫后余生恐惧的释放，也像是受了无尽委曲的心酸。

舒以安从来没见到过苏楹这个样子，当下脚步走得更快了。

"你别哭啊！到底发生什么事儿了你告诉我，我在去你家的路上。你现在安全吗？在家吗？"

苏楹全身哆嗦着点点头，好半天才哽咽着声音冲着舒以安答道："你来我家吧，以安……我快要死了，真的。"

听着电话忙音，舒以安冲到路边招手拦了一辆出租车。

苏楹的家住在十七楼，舒以安抱着从公司清理出来的一箱子物品噔噔噔上了电梯。

舒以安敲了好久的门，苏楹才打开细细的一条门缝，待看清门外站着的人，她才松了一口气。

舒以安一进门，苏楹整个人一下子就扑上去死死地抱住了她。舒以安慌乱地腾出手来安抚她，这么一碰她才清楚地看到苏楹后背上那些深浅不一的伤口。水泡、瘀青，大大小小能有十几块。听着苏楹在耳边伤心欲绝的哭声，舒以安也有些找不到头绪："你先别哭，告诉我到底发生什么了！"

微微把苏楹拉离了自己的身体，舒以安才觉得她不对劲儿，怎么大白天的不好好穿着衣服只裹了一条床单呢？

苏楹拉着舒以安的手抽噎了好久，好半晌才顺了顺呼吸："杨柯来找过我了。"

"什么？"舒以安大吃一惊，"你怎么还和他有联系！"

苏楹今年二十八岁，典型的风韵熟女型，都说熟女不经历过男人是没法表现出那种世故和风韵的，苏楹就是这句话的典型。

她上大学的时候有一个男朋友，两人在大一入校的时候迅速产生了好感，不到半年两人就情不自禁地搬到了学校外面住。当时她男朋友家境好，信誓旦旦地对苏榕说将来一定会娶她。结果到了大二苏榕就怀孕了，正赶上期末考试，男朋友听说这事儿以后忽然不见了踪影，苏榕通过多方打听才知道人去了澳洲留学。

　　苏榕家里知道这件事以后是又羞愧又恼怒，一气之下说要和她断绝关系，就连生活费都不再按月给她打了。苏榕那段时间也是伤心至极，每天酗酒抽烟，最后还是舍友给她凑的钱把人送到了医院去做手术。

　　但是八卦在校园里往往是传播速度最快的，苏榕的事情不胫而走，校领导研究决定将她开除。

　　二十岁的她年纪轻轻就经历了男友的背叛、骨肉的分离、亲情的冷漠、学校的无情。之后的她在社会上换过无数工作，接触过形形色色的人，但是舒以安印象最深的就是自己刚刚毕业来到公司时，这个化着黑眉红唇的女人对自己说："别觉得这个活儿很枯燥，至少它干净。"

　　人人都觉得苏榕世故、圆滑，但是只有真正了解她的人才知道，那是一种对这个世界的无奈和无措，她的本性依然有那种小女人的特质，她愿意去相信爱情甚至给伤害自己的人一次又一次机会。

　　至于那个背叛她的男朋友，就是杨柯。

　　舒以安是知道这段过往的，所以在听到这个名字的时候才会这么惊讶和愤怒。

　　"你们是怎么联系上的？"

　　大概是舒以安的到来给了苏榕勇气，她平复了一下心情拿过一旁厚厚的浴袍把自己裹了个严实，靠在窗台上点了支烟。

　　"其实我工作这几年他一直都有找过我，但是我都拒绝了。我也是从别人那里听说他家破产了他生活得并不好。

　　"直到你出差的前一天，他又约我见面，说想跟我道歉，态度很诚恳。我想事情都过去了那么久，可能他是真的发现自己做错了，吃顿饭也没什么大不了的。于是送走你之后，我就去了。

"也还真是像他说的那样,有道歉的花,有红酒有蜡烛,他比我之前记忆中的样子成熟很多。那天晚上都喝了不少酒。我们……"苏榀狠狠地抽了一口烟,不想再往下说。

"我也真够傻,直到他昨天拿了我的照片来威胁我,我才知道他的真实意图,他管我要钱。我说我哪有啊,还没等我说完他就怒了,人渣!"

舒以安跑上前去把人搂在怀里安抚,别说是苏榀,就是连自己听完手都隐隐有些颤抖。她试探着看了一眼脸色苍白的苏榀。

"那他有没有说照片的事儿怎么处理?"

"说了。"苏榀有些悲怆地闭了闭眼,"五十万,如果明天拿不出来他就要公布出去。

"可是以安,就算拿了钱他也根本不可能把照片给我。昨天我隐约能感觉到,他是一个瘾君子。

"这些人为了钱什么都敢做的!我拿了第一笔就会有第二笔、第三笔……"

舒以安是一个活得很干净的人,也从来没有想过这种事情会发生在自己身边或者朋友身上,或者说四年的大学生活把自己保护得太好,还没来得及接触社会上的人心险恶就结婚嫁人。在外界,被褚穆的光环包围着,她根本感受不到这么黑暗的一面。

所以出了这样的事,她脑子里的第一反应是找警察。

"报警吧。苏榀,我们报警。"

苏榀吸了吸鼻子,心里有点儿害怕:"报警?可以吗?杨柯可是一个真正的卑鄙小人啊,如果被他知道他会不会报复我?"

"管不了那么多了,总比现在你这样子好。"舒以安把苏榀从窗边拽起来,"起来振作一下,洗个澡我们去医院检查检查,然后去报警。"

苏榀坐在窗台上思量很久,做了好半天的思想斗争。

"好。"

车子慢慢驶离小区,苏榀公寓的楼下不远处,三个相貌颓废的年轻男人各自踩灭了手中的烟。

"杨哥,那女的好像找来了帮手,她们会不会报警啊?"其中一个矮个子男人有些警觉地看了看车子离开的方向。

被叫作杨哥的男子显然是三个人里的主心骨,他摸了摸下巴若有所思地想了一会儿:"那是她一个朋友,但是看上去也很有货,干脆咱们一不做二不休,反正她要是敢跟我撕破脸也不在乎多个人。"

其他两个人心有灵犀般眼睛一亮,不约而同地点点头:"那就这么办吧!"

Chapter 07
投之以木瓜

褚穆看着办公桌上的那几张纸有些出神，从拿到这份档案到现在已经两天了，他还是没能从得知事情真相的震惊中缓过来。

看着高速公路现场那些照片，看着她爸爸妈妈血肉模糊的身体，看着她被禁锢在车中的双腿，褚穆心中第一次产生了这么浓烈的歉疚和心疼。

不是同情的感觉，是真正从心底里传来的阵阵绞痛。他不敢去想只有十八岁的舒以安面对双亲身亡，失去任何希望的景象。

半月板撕裂。那是一个能够把人的行走能力摧毁为零的专业名词。褚穆在电脑上一遍又一遍地搜索着相关信息，可是他发现，每一个词条的显示都给自己的罪孽添上了一枚更沉重的砝码。

幼时的舒以安拿着奖杯在台上笑得很漂亮，褚穆看着那仅有的几段视频资料才不得不承认：舒以安二十岁之前的岁月，他丝毫不知。

褚穆不记得那天在楼梯间站了多久，只记得烟盒里十几支烟都变成脚下的烟蒂，而心中的郁闷分毫没有减退。他特别想打电话给她，可是又不知道该说些什么。就这样屏幕开开关关十几次，通话记录里始终只是长长的未完成通话的字样。

直到看见那些资料的时候，褚穆才忽然明白那一晚她微微皱起的眉眼是为什么，才忽然理解那一晚她打向自己的那块热毛巾是因何而来，也忽然明白为什么自己送给她的车一直搁在车库里几乎没有动过。

他才忽然明白,两人在很久很久以前的那场对话。

那是已经商讨好结婚日期的某一天,天气已经入秋,褚穆被褚夫人逼着从德国赶回来听她唠叨婚礼的事项。褚家的大厅里,褚夫人拿着支通体鳄鱼纹镶着一圈宝蓝色钻石的钢笔点了点精致的宾客名单。

"这是我跟你爸商量出来的名单,你的那页留在后头了,填完了就交给你妹妹让她给你整理请柬。

"对了,把名单拿给以安看看,预留出的位置也在后面,别回头让人家娘家挑理,唉……你俩这婚结得太仓促了,弄得我都没怎么准备。"

褚穆都记不清这是他妈妈在得知自己要结婚后第多少次唠叨了,当下就拿着名单去找舒以安交差。

舒以安正在宿舍整理马上要离校带走的行李,接到褚穆的电话连大衣都没来得及穿就匆匆跑下了楼。

褚穆见到她身上那件单薄的针织衫皱眉:"怎么穿这么少?"

舒以安指了指玻璃外那条长长的路:"没来得及,怕你等太久。"

车里并不冷,所以褚穆的外套一直搁在后座没动过,见她隐隐冻得发红的手指正好随手拿了过来盖在舒以安身上,随即拿起一沓卡片给她:"婚礼的宾客名单,你看看有没有遗漏补充的。另外你爸爸妈妈我还没见过,找个时间我过去或者是接他们过来吧。"

毕竟结婚这种事,虽然两人在一定程度上达到了某种默契,但是该有的流程褚穆是不可能没了礼数和尊重的。

舒以安看着褚穆递过来的精致卡片,迟迟没有去接。原本清透的眼睛也微微颤动,像是想起了什么不好的事情。

"怎么?"

"褚穆。"舒以安忽然抬眼平静地叫了他的名字,"我爸爸妈妈在我十八岁那一年就去世了,因为车祸。"

这句话说完,车厢里原本就有些静谧的气氛变得更沉寂。褚穆只知道舒以安是江南人,只身来到北京上学,但没想到她是这样的家庭背景。

"以安……"

"没关系。"舒以安善意地对他笑了笑,"事情都过去了,这几年我是和祖父一起过的,但是祖父年纪大不想来北京了。我想……以后有机会我们再一起回去看他。还有我们之间的事知道的人并不多,阿姨应该想得比我更妥当,就不用给我了吧。"

褚穆敛眉看着手中的卡片,最后把礼单搁了起来,扯了扯唇:"随你吧。"

敲门声打断了褚穆的思绪,秘书看了看不知在想什么的大神出声提示道:"有人要见您。"

话音刚落,一身平常装扮的褚洲同就从秘书身后走进屋来。

褚穆一惊:"您怎么来了?"

秘书见两尊大神似乎有事要聊,便识相地关门出去了。

褚洲同不似往常在电视上那般严肃,自己找了个座位坐下:"我还不能来?你小子都要给我撂挑子了,再不来我怕你又提出什么我承受不了的要求。"

褚穆心里明白自家二叔提的是什么事儿,面上无波地四两拨千斤把话打回去:"您说这话可有点儿谦虚,我一个小兵提什么要求还能是您满足不了的啊。"

"你少来!"褚洲同没心思再跟褚穆打哈哈,严肃地往桌上一拍,"是谁上次跟我说不回来的?你妈找了我那么多回,我为了你是一直在她那儿唱红脸,现在可倒好,你要自己回去?褚穆啊,这回游客的事情你处理得很好,连上头都批下来说要好好嘉奖你,这个当口你提这事儿你这是自毁前程知不知道?"

褚穆把桌上的材料拢好收到抽屉里,才起身姿态随意地坐到褚洲同对面:"您在这个圈子干了少说也有三十年了,我究竟有没有自毁前程您老可比我清楚。不过是早了那么几年,这个位置……"清俊倨傲的男人伸手指了指办公桌后那张椅子,语气轻缓,"您放谁怕是都无所谓吧,何苦顶着我收成绩。"

褚洲同一口气被这小子噎得哽在胸腔里气得不行,叔侄俩坐在宽大的沙发上你看看我我看看你，谁也不肯先收回目光。好半天，可能褚洲同到底是老了，还是长叹一口气，眼中带着少许遗憾，语气也不复刚才的公事公办，反而更多的是大家长的无奈："你呀你呀……什么都好，就是心不够狠，豁不出去，要是再坚持个三五年，唉！"

褚穆给褚洲同的茶杯里添了一些热水，敛起淡淡的神色："都一样。"

褚洲同从自己搁在一旁的灰色夹克衫中拿出一沓半厚不厚的申请，慢慢地戴上老花镜看了起来："你交到司里以后隔天就报到我这儿来了，人家不敢处理，说到底还以为是家务事。不过，你可得给我说清楚了，调回去到底是为了什么？是因为跟你一起来德国的那个丫头？你俩又……"

褚穆莫名其妙："跟她有什么关系？"

褚洲同放心地舒了一口气："那是为了什么？起初我以为你递上来是心里不痛快，也没当回事儿，直到你昨天给我打电话我才感觉事挺严重，就提前来问个明白。就算让我批，也得把话说清楚。"

是啊为了什么呢，褚穆也想问问自己怎么就像走火入魔一样提交了调职申请呢。

那是他刚回德国不久的一个下午，舒以安给他打过电话后他看到窗外一位母亲带着儿子走在街上忽然产生的想法。那次回德国，他几乎每天都会想起那个女人好几次。想起她在湖苑别墅里睡在沙发上等自己的样子，想起她鼓着嘴生气不理他的样子，想起她惨兮兮地躺在病床上却还是强打起笑颜对自己说"不用对不起"的样子。

那么多那么多舒以安的样子，想得褚穆心中全是他不愿意承认的舍不得。

于是褚穆趁着那个阳光满满的午后，递交了自己上任以来第一篇调职报告。

所以他才会对来法国的舒以安说等月底一起回去，因为那是他在德国的最后一个月，一起回去他也许就再也不回来了。

只是好可惜，司里不敢批复他的调任申请，不久就被驳回了。彼时正赶上两人吵架，于是褚穆恼怒地想，她又不领情，自己何苦顶着压力回去呢？算了吧……

直到看到这份档案，褚穆才深深地感觉到自己对舒以安究竟有多少亏欠和失责。他想，至少应该离开这里，才算是真正迈出心底里的那道坎儿。

"我都三十了，再不回去儿子就该着急了。"

跟着褚洲同从贝尔维尤宫的大门出来，浩浩荡荡的人中两人也显得十分打眼。褚洲同趁着等司机来的空当用手点了点褚穆西装上的扣子，精神矍铄的脸上带着些许欣慰："首长对你很满意，在这儿的最后一关你也算是闯过去了。驻地这块儿今天起就可以卸任交接，但是回去以后工作要跟刘冯换一换。"

褚穆知道二叔为了自己也算是竭尽全力了，十分领情："今天下午我去办交接，明天回去找刘冯吧。"

褚洲同惊讶地挑了挑眉："这么急？"

看着缓缓驶来的车，褚穆不动声色地给褚洲同拉开后排的门，淡然的脸上又多了些自嘲："和您一样，归心似箭。"

秘书站在褚穆身后看着一帮平时只能在电视上见到的大神离去，有些茫然地挠了挠头："老大，您要去哪儿啊？"

褚穆认真地拿掉西装领上那枚标志，搁在手里掂了掂："回家。"

褚穆的办事速度很快，中午回到单位就召集所有人员开会宣布了新的人事任命。转眼间秘书已经帮他把办公室所有的私人物品整理出来了。对于这么大的新闻，驻外的所有工作人员仿佛都经历了一场地震，有些缓不过神儿来。尤其是几个新分来的女同事，看着一脸平静地坐在会议室主位上的男人心碎了一地。

毕竟家世好能力强颜值高的精英上司不是谁都有机会一起共事的，好不容易通过测试选拔千辛万苦地来到这儿，大神却要调走了，什么运气！

"就这样吧，希望大家可以配合新的领导完成工作，一起共事这两年，很感谢你们对我的支持。"褚穆看着一众表情凝重的人微微鞠躬致意，起身离开。

陶云嘉站在会议室门外，双手冰冷，听着里面的动静她感觉自己快要溺死了。褚穆刚从会议室走出来，她就跟了上去："你疯了吗？褚穆你这么做值得吗？这样你心里会很痛快是不是，这么伤害我你很有成就感是不是？"

褚穆恍若未闻地往外走，目光毫无波澜地看着前方，就连声音都是一贯的冷静自持："陶小姐，我们的工作关系在刚才那一刻起就结束了，至于私人关系我们好像从来就没有。所以请收起你质问的语气。"

陶云嘉一把扣住褚穆打开车门的手，眼泪在眼圈里快要溢出来："为什么？褚穆，你告诉我为什么？你知道我来这里受了多少苦吗？你知道我为了和你在一起能够呼吸到你身边的空气用了多大的力气吗？褚穆，你敢说你已经一丁点儿都不爱我了吗？"

褚穆听完她这句话几乎是有些冷漠地抽回自己的手，一双眸子满是悲悯："那我等你的那三年又算什么呢？"

"陶云嘉，你不能总仗着我和你的过去来要挟我的现在，这个毛病你真是怎么也改不了。"

"那舒以安呢？"陶云嘉看着转身上车的人，红着眼圈忽然出声问道，"难道她就没有拿过去来要挟你吗？你要不是知道她死了爸妈，你会离开这里吗！"

褚穆一僵，猛地回过头看她："你调查她？"

陶云嘉从没见过这样的褚穆，一时也不知道该说些什么，也不敢再说什么。

褚穆上前一步看着陶云嘉漂亮的眼睛，语气轻缓："纵容你跟我来到这儿已经是我对你最大的忍让了，非洲那边上次还和我抱怨说缺人，你应该不想去吧？"

看着黑色的车潇洒离开，陶云嘉跌坐在地上，完全不顾她冷傲美人的形象大哭起来。

凭什么？

凭什么舒以安什么都没做就可以得到他这么大的牺牲？

凭什么自己用了这么多年放弃了那么多，却还是得不到他丝毫的心软和回头？

不公平啊……

褚穆坐在车里看着后视镜里哭得惨烈的女人，忽地合上了眼睛。

医院里。

医生戴着薄薄的橡胶手套从屏风后面出来，扬声冲里面喊道："可以了，出来吧。"

舒以安见状忙迎了上去："医生，怎么样？"

医生抬头瞅了舒以安一眼，摇了摇头："你们这些年轻人啊，真是太不自爱了，一会儿做个化验看看有没有什么传染病毒，开一些消炎外用药，但是我建议你们留院观察一夜，明早出了化验结果好放心。"

苏楹闻声已经从里面整理好衣服出来，接过医生开的化验单不发一言。舒以安没太懂医生的话，蹙着细细的眉："传染病毒？什么意思？"

苏楹有些尴尬地低下头，医生奇怪地瞪了舒以安一眼："HIV，你朋友说怀疑自己感染了HIV。"

苏楹小声地在舒以安身边耳语，脸上此时全是担忧和憔悴："他都那么颓废了，谁知道干不干净。"

结果医生说的留院观察，就是隔离。

苏楹被隔离在无菌观察室，连带着舒以安都做了一遍消毒。两个人透着巨大的玻璃窗你看看我我看看你，全然是女孩子心中那些悲伤柔软的小情绪。

不知怎么的，舒以安看着一身隔离服的苏楹，忽然特别想远在德国的那个人。

虽然他会莫名其妙地发脾气，虽然他有时候会低气压得让自己不敢靠近。虽然……他并不爱自己，但是他把自己小心收藏、不着风雨，任何委曲和黑暗都没有让她遭受半分。

她不必为了房贷而奔波，不必为了一件大衣或一件首饰去节食，相比苏楹，舒以安垂下头默默地想着自己，真是太幸运了。

她的手指摩挲着屏幕上那个名字，却怎么也不敢按下去。正当自己纠结却又赌气的时候，电话竟然嗡嗡地持续振动起来，吓了她一跳。

来电人正是刚才她心里碎碎念的褚先生。

舒以安有些羞愧地捂着脸按了接听，把电话搁在耳边却一直没有先开口说话。倒是褚穆，低沉性感的声线透过遥远的大洋彼岸从听筒传来，让舒小姐觉得无比熟悉和……想念。

"在哪儿？"

舒以安无意识地转着手指上的戒指，特别龟毛地回答："在医院。"

褚穆拿着机票的动作有所停顿，转身绕开长长的队伍皱眉问："膝盖上的伤很严重吗？在哪个医院？"

舒以安下意识地摆了摆手，结果才傻兮兮地发现某人根本看不到："不是我，是苏楹。她身体不舒服，我陪她来看医生。"

褚穆低头看了一下时间，思忖道："都快十点了，早点儿回去吧。"

舒以安默默地回头看了苏楹一眼，有点儿难过："她得留院观察，我今晚在医院陪她。"舒小姐作为一个有骨气的人，始终没忘了自己是和褚穆处于吵架状态，所以声调很是平缓。

褚穆也知道舒以安在生气，但是看着机票上标注的时间还是清浅地笑了下："好。那你自己小心。"

提醒飞往北京的旅客检票的提示响起，褚穆拿起电话往里走："就这样吧，明天我打给你。"

舒以安郁闷地看着突然黑下来的屏幕，心里有些怅然若失。

她不知道，就在十几个小时以后，当褚先生出现在她眼前的时候，那是她终其一生都无法忘记的一幕。那一幕的感动，让舒以安过尽千帆心如死灰时，依旧会热泪盈眶。

远在医院大楼外的三个男人，坐在树林里胡乱地猜想着。

"老大，两人这么晚都没出来，会不会是有什么猫腻？"

杨柯嘴里咬着烟，流里流气地摇摇头："不会。这样，一会儿你俩出去找个建材店买两捆粗麻绳，越结实的越好，再弄点儿家伙。"

"什么家伙啊？"一旁的男人茫然地挠了挠头，"药？"

"傻啊你！"杨柯一巴掌打在他身上，"明天要是情况不对，就绑了人直接要钱，我就不信那种照片就算她舍得流出去她家人也舍得？"

"那个女的怎么办？放了？"

"呸！"杨柯狠狠地往地上啐了一口，"放了？留着她找警察去通风报信儿？"

经过紧张难挨的一夜，检查结果终于出来了。

大夫打开隔离室的门示意几个护士帮助苏楹脱掉隔离服，同时把手中的检查结果递过来。

"挺幸运的，没事儿。"

门外听到这句话的舒以安顿时松了一口气，苏楹也是难得露了笑脸。姐妹两个像劫后余生一样抱在一起深深地庆幸了一把。

舒以安挽着苏楹慢慢走到了医院外的停车场，两个人决定一起去派出所报警。

苏楹直到现在才真正感觉到自己是存在于这个世界中的，在得知检查结果的那一刻，她才知道自己能够活下来是多么幸运，同时她心中对杨柯的恨意和怒意也是从未有过的强烈。

而此时拿着一副粗制滥造的望远镜躲在树林里观察的杨柯，见着两个人从医院的大门出来，急忙伸脚丫子踹醒了一旁打盹的两个跟班："别睡了别睡了，她们出来了。快跟上！"

杨柯坐在副驾驶上心神不安地咒骂旁边开车的跟班："你快点儿开，太远了就跟不上了，谁知道她们去哪儿？"

开车的小弟尴尬地挠了挠头，磕磕巴巴地说道："大哥，这已经很快了，咱……咱这车不到一万块钱的不能跟……跟……跟她们那个比啊。"

苏楹的车是一辆日系红色尼桑，还是在她工作后的第二年用存下来的所有工资按揭买的。

二人到了派出所，接待她们的是一个四十几岁的女警，眉间那股英气加上那一身深蓝色的警服让她看上去不怒自威，同时也给了苏楹极大的安全感。

苏楹仔仔细细把事情给女警说了一遍，女警认真地听着时不时拿笔做记录，在询问了一些细节之后，女警才给出了肯定的答案。可以立案，但是要有足够的证据才能对嫌疑人实施抓捕。

苏楹为难地想了想："哪有什么证据呢？他都是直接来我家威胁的，指纹什么的算吗？"

女警有些同情地摇了摇头:"你没有足够的证据说他对你实施暴力,在屋内没有监控的情况下是不构成这种情况的,但是他要挟你的事情可以,况且你也提过他是个瘾君子。

"我刚才也查过这个人的资料,他的确是有前科的。加上你这些医院证明,应该可以对他进行传唤调查。

"你放心,都是女人我能理解你,绝对不会让他逍遥法外的。"

杨柯三人坐在车里看着不远处那块蓝底银字的牌子嘴唇哆嗦得快要说不出话来。

"她这是真去报警了啊!杨哥你不是说这事儿没问题吗?我们哥俩儿跟你出来混可不能把我们送进去啊!你可别忘了上回你买货的钱还是找我们拿的!"

杨柯也是烦躁得不行,原本不羁放荡的脸上全是恼怒:"你啰唆什么!"

杨柯也没想到苏楹竟然能把事儿做得这么绝,竟然连自己的面子都不顾地去毁她。一时不光在兄弟面前抬不起头来,原本对苏楹手到擒来的想法也给了他一记响亮的耳光。都说男人走投无路的时候是最可怕的。他回头望了望一麻袋的粗绳和匕首,眼中全是贪婪。

"警察立案需要一段时间,就是抓我们也没那么容易。咱一不做二不休,等她俩出来我们就行动!怎么样?敢不敢?"

兄弟俩在老家已经犯过不少事儿,为了混把老爹的养老钱都弄了出来。现在已经在杨柯身上搭进去那么多,与其离开他倒不如跟着他冒险狠狠捞一笔。

两个人你看看我我看看你,都像是下了多大的狠心似的冲着杨柯点点头:"敢!干!"

原本三人商量好的计划是跟着她们一直到住的地方,然后趁着走廊寂静无人的时候进行绑架。但是三个人平时都是干些小偷小摸的勾当,就连对苏楹做出那种禽兽不如的事都是在杨柯喝了酒的情况下才干的,现在,让他们绑架勒索,还真是有点儿犹豫。

大概是心中太紧张了,开车的小弟一直速度比较快,正赶上苏楹前方的车看到了过马路的行人紧急踩了刹车,苏楹也赶忙一脚刹车停住了。这一停不要紧,吓得身后紧跟着她们不放的杨柯的车也"咣"的一声追了尾。

苏楹大概是觉得自己太不顺了,猛地爆了一句粗口,接着就气势汹汹地下了车。舒以安看着苏楹生怕她出什么事儿,也跟着下去。

开车的小弟看着朝自己走过来的两个女人,慌张得不知如何是好:"大哥大哥,怎么办啊?"

杨柯看着离自己越来越近的人,忽然抓住时机大喝一声:"快,赶紧拿绳子绑了!"

苏楹的手刚碰到那辆二手捷达,车上三个人就分别拿着匕首和麻绳从车的两边冲了下来,杨柯和其中的一个兄弟冲着苏楹,另一个则冲着舒以安。

"啊!"

两个女人的尖叫在这样一个车流量多的地方很容易就引起了注意,三个人见情形不好手忙脚乱地就把绳子往两个人身上捆。舒以安感觉自己还没来得及反应就已经被人狠狠扭住了手,粗硬的麻绳在她的挣扎下摩擦着她细嫩的皮肤,抵在自己脖颈下的刀让她害怕得说不出话来。一旁的苏楹显然也是吓着了,剧烈反抗的同时还被杨柯踹了好几脚。

车来车往的辅助街道,三个丧心病狂的禽兽就这么硬生生地绑了人。

有路过的司机和行人试图包围他们冲上去,杨柯和兄弟两个一手死死拽着两人的头发一手拿着刀冲企图过来的人威胁道:"别过来!谁来我杀了谁!"

都是些手无寸铁的老百姓,一时也不敢硬来。有机智的当下就拿出电话报了警。

原本一场小心策划的勒索,就这么演变成一场严重的拦路绑架。

苏楹看着钳制自己的杨柯终于忍不住破口大骂:"杨柯你到底要干什么!"

杨柯哪里还顾得上她说什么呢,冲着苏楹小腹就又是一脚,钳制住舒以安的小弟见状也是一脚,痛得舒以安险些跪在地上。

"上车!快点儿上车!"杨柯示意同伙把她们塞进车里。

舒以安的头皮上传来剧烈的疼痛,男人身上那种肮脏的味道快要让她窒息,她惊恐地看着突如其来的一幕才算是明白,自己被绑架了!

与此同时,褚穆乘坐的从柏林飞往北京的飞机,刚好降落。

纪珩东和江北辰远远地看着褚穆出来,欢快得那叫一个搔首弄姿。

转眼好几个月没见了,褚穆再次看见两个兄弟神情放松不少。刚站在两人跟前,还没等褚穆说话,纪珩东跟江北辰就一脸太监相地弯身给褚穆打了个千儿:"小的恭迎褚员外回宫,褚员外金安哪!"

褚穆利索地赏了两人一人一脚,笑骂道:"看看你俩那没骨气的德行,北辰让儿子和楚晗拿得死,你怎么也学他啊?"

纪珩东皮笑肉不笑地从鼻腔里哼哼两声:"嘖嘖嘖,您没让媳妇拿得死,您跟我们不一样,不一样您回来干什么?哎北辰你是不知道,前脚舒妹妹苦着脸从德国回来,这褚员外后脚就跟着来了!也就……"纪珩东皱眉摆弄了一下手指头好像认真地算了算,"也就三天吧!"

"不说话没人拿你当哑巴。"褚穆递过手里的行李箱瞪了他一眼。江北辰安慰地拍了拍纪珩东也跟上去添油加醋:"怎么着啊?是送您回单位还是回家?"

原本以为有江北辰跟纪珩东就够自己一路受的了,但是褚穆出了航站楼才发现自己错了。

战骋正戴着副墨镜靠在一辆勇士车旁,他穿着黑色的作战T恤,精窄有型的腰间系着一条镶着军徽的腰带,下头穿着同样的迷彩作训裤和靴子,一看就是打队里刚回来。

看见褚穆,战大队上去就是一个熊抱,这回兄弟四人算是真的凑齐了。

宽大拉风的勇士车上载着四个最是身家不凡的男人轰然离去。

车上,褚穆看了一眼驾驶座上的战骋:"上次你不是说在山里拉练吗,怎么回来了?"

战骋偏头示意了一下后备厢,精短的头发衬得他异常英俊威猛:"来开武器持有证明,后天执行任务。"

"这次执行完我就带着盛曦见她爸妈。然后就能在这边驻训了。"

"哦?"褚穆挑了挑眉表示惊讶,"修成正果了,恭喜啊。"

战骋的恋情来得不易，能步入婚姻十分难得，四个人极其有默契地笑了笑，这时，褚穆的电话突然响了起来。

"喂？"褚穆看了眼屏幕上那串陌生的号码，接起来。

电话那头响起一道严肃的男声："您好，这里是市公安局，请问舒以安是您的妻子吗？"

褚穆直起身："是，怎么了？"

"她和她的朋友在路上遇到了一起交通事故，在下车查看的过程中被肇事车辆的三个人绑架，歹徒持有管制刀具，现在驾驶着肇事车辆由东向西逃窜。

"这是一起非常严重恶劣的犯罪事件，给社会造成了极大影响，我们通过户籍资料联系到您，想向您咨询一下舒以安的情况，她近期与人发生过什么矛盾或者口角吗？是否存在报复的怀疑对象？"

褚穆脑中"嗡"的一声："现在什么情况？她还安全吗？"

车上的三个人听完这句话隐约感觉气氛不对，都齐齐地把目光瞟向他。

"歹徒情绪很激烈，手里有刀，现在逃窜到了G29高速上，我们已经沿路设立关卡进行了堵截。"

褚穆攥紧了电话，语调平静："车牌号是多少？"

对方一愣，从警这些年倒从来没见过这么有气势的家属，就好像他才是这个案件发号施令的人："我们是向您咨询情况的，具体案件信息稍后会有人联系……"

"我问你车牌号是多少！"

警员明显是吓着了，伸了伸脖子怯懦地说："J……J48××。"刚说完电话就被挂断了。

挂掉电话，褚穆一脸冰霜，半晌才说出一句话："去G29。"

战骋重新启动车子掉头奔着另一个路口而去，三人在后视镜你看看我，我看看你，还是由纪珩东不怕死地问了一句："出什么事儿了？"

褚穆深吸口气，心里乱得不得了："以安被绑架了，歹徒现在正往G29国道那边跑。"

纪珩东一哆嗦："啊？"

"人有事儿没事儿啊？"

褚穆皱眉摇了摇头："不知道，只知道手里有刀，特警已经追上去了。"

其实江北辰特别能理解褚穆的心情，当初楚晗出事儿的时候，自己已然恨不得亲手宰了那几个王八蛋。何况是被褚穆一直保护完好的舒以安呢？他伸手拍了拍褚穆的肩膀，试图安慰他："没事儿，绑架总得有个原因，我就不信还能在咱眼皮子底下做出什么事儿来。"

一旁开车的战骋也出声宽慰道："咱这边离 G29 近，肯定比他们先到。兵来将挡水来土掩，出不了大事儿。"

褚穆把脸埋在手掌里狠狠地搓了搓，第一次体会到束手无策心乱如麻的感觉。

高速公路上。

杨柯看着周围不断鸣着警笛的防爆车气得脸色煞白。一辆二手捷达哪里是装备精良的战斗车的对手呢？G29 高速上因为得知出现紧急情况早就被戒严了，兄弟两人在后头一边紧紧拽着舒以安和苏楹一边朝外面看："杨哥，我们跑不了啊！"

杨柯也不傻，知道自己肯定跑不掉了，猛地往窗外啐了一口："呸！"

紧咬着捷达不放的防爆车也怒了，特警子弹顿时上了膛冲着车轮胎就是一枪。

"啊！"舒以安和苏楹被枪声吓得猛地弯下身去。

杨柯见情况不好，看了一眼后视镜里的两个人，忽然冒出一个大胆疯狂的想法。特警队大概察觉到了什么，队长坐在前方探出头看着捷达，果断抓起对讲机下了命令："估计是要弃车，减速减速！"

来不及了，趁着防爆车紧跟在自己身后咬得胶着的时候，杨柯对着后座大喝一声："一会儿车停下来，带着她俩马上下车！"

还没来得及反应，只见杨柯猛地向右打了方向盘直直地冲路边防护带撞了过去。紧跟在后面的防爆车也因躲闪不及发出巨大的响声。

舒以安这回才算明白什么叫飞来横祸了，车身因为惯性猛地往前，后座上的四个人都重重地磕在前排的座椅上。杨柯三人快速地拉开车门扯出舒以安和苏榀挡在自己胸前往身后的荒草地里退。

舒以安都快摔得没什么意识了,幸好身体柔韧地躲过了几个要害部位,一旁的苏榀状况就没那么好了,好像是手臂骨折了,哀哀地叫着。

特警队长从车上下来一个手势,十几名特警迅速把几个人包围。与此同时,战骋开着的勇士车也拉风地驶到,四人刚好看见这一幕。

通身绿色的大勇士在这个场景里显得特别格格不入,同时也给这种危险紧张的气氛平添了一种安定,而后从车两边下来的四个人则让在场的警方摸不着头脑。

"对不起同志,你们马上离开,我们在执行公务。"一个年轻的警员试图拉上警戒线阻挡四个人。

随后赶来的特警队长一把推开了试图阻止的警员,脸上全是惊讶:"战大队?你怎么来了?难道这事儿也惊动你们了?"

战骋站在包围圈外摆了摆手,脸色严肃:"劫持的是我嫂子。"

"嫂子?"特警队长瞪大了眼睛,在军警界提起战家,就像是提起一段信仰,这个骁勇善战的家族几乎都可以称为历史上的丰碑,战骋作为战家最年轻的孙子也不例外。所以特警队看着这个出身军人家族的少校,就知道事情一定大了。

褚穆站在战骋身旁,一眼就能认出舒以安,她被身后的人威胁着,苍白的脸上没有一丝血色,好像因为痛或是恐惧,额头上净是细密的汗珠。

褚穆一双浓黑内敛的眸子盯着面前的杨柯,努力稳住了自己,微微偏头跟队长说了句话:"让我跟他谈谈行吗?"

队长从来没见过褚穆,但也是知道跟着战骋来的人不能得罪。有些为难地看了褚穆一眼:"这,您……"

褚穆看着紧闭双眼的舒以安,镇静道:"她是我妻子。"

战骋跟在褚穆身后小声提醒:"你小心点儿。"

褚穆弯腰进了警戒线,慢慢朝着前方走过去。

杨柯看着这个缓步朝自己走过来的男人,哆嗦着往后退了退:"你别过来!"可能是太过于紧张,手里的刀也往舒以安脖子上划得重了些。

褚穆看着舒以安脖颈上那道浅浅的血痕再也控制不住自己的情绪:"你的手离她远点儿!"

舒以安倏地睁开眼睛。

直到亲眼见到这个一身风尘的男人立在自己面前,她才真的相信,在最绝望最痛苦的时候想念的人,正站在自己面前。因为嘴被麻绳勒着,舒以安一双眼睛蓄满了泪水,只能看着褚穆发出呜咽的声音,就像一只受了伤的小兽。

特警队长看着发生的这一幕有些心焦,冲着战骋指了指褚穆的身影:"战队,他真的行吗?别回头伤了自己啊。"

战骋透着墨镜嗤笑了一声:"他不行你行?

"放心吧,这是专业的谈判专家。"

褚穆强迫自己移开落在舒以安脸上的目光看向杨柯,不卑不亢,声音轻缓:"说吧,你到底想要什么?只要你放人,我能答应你任何条件。"

大概是和太多的人谈判过,褚穆一眼就能判断出此时的杨柯在害怕,同时也在期待着什么,而他的这种期待,恰好是自己最好拿捏的七寸。

杨柯也是被这场面吓得腿软了,把舒以安往身后挡了挡大声喊道:"我要钱!只要你给我钱,我不想伤人!"

褚穆笑了笑,尽量稳住对方的情绪:"可以,多少?"

杨柯没想到这么痛快,一时也愣住了:"一……不!两百万!"

"账号给我,现在就打给你。"

杨柯也不傻,拽着舒以安又往后退了几步:"我凭什么相信你。"

纪珩东大概是实在听不下去了,几步上前冲三人喊道:"啰唆什么啊!说给你钱就给你钱!把账号给我现在就让人给你打!快点儿!"

大概是从来没见过这种谈判场面,倒像是人质家属在威胁歹徒。原本神经紧张的众人都有些蒙了。

褚穆心里知道江北辰和纪珩东想干什么,继续耐着性子和杨柯谈判:"她是我妻子,我只要她不出意外。"

江北辰顺势把卡递给褚穆示意他上前,那只干净修长的手拿着一张黑卡伸到了杨柯面前。都说小人难过金钱关,杨柯看着那张充满诱惑的卡片,终究是没能忍住地探出头来。几乎就在那一秒,褚穆猛地上前一脚踢掉了杨柯架在舒以安脖子上的刀,速度极快地把舒以安从他胳膊中扯了出来,抱着她瘦弱的身体倒了下去。

然后周遭一片混乱,舒以安只记得自己落到了一个味道熟悉的怀抱,还有一双宽厚的手挡住了她的眼睛。

他的声音低沉性感,轻轻地在她耳边说:"以安,别抬头。"

Chapter 08

报之以琼琚

周围很乱,有警笛声,救护车的声音,还有凌乱的脚步声。舒以安的眼睛一直被褚穆盖着,所以听觉异常敏感,同样敏感的还有身上传来的清晰痛感。

舒以安醒过来的时候感觉自己肚皮上凉凉的,室内虽然拉上了窗帘但是光线还是很强烈。她下意识地嘤咛了一声伸手挡住了眼睛。

医生见她苏醒过来,忙阻止她的动作:"哎!别怕,只是耦合剂,给你做一个B超看看伤没伤到。"

舒以安这才慢慢看清室内的摆设,白色的床,白色的帘子,什么都是白色的。她不知道自己是怎么到这里来的,直到躺在这儿才真正感知到自己已经从那场噩梦里转危为安了。

医生拿过一旁的纸巾轻轻擦掉舒以安柔软平坦的小腹上的耦合剂,帮她往下扯了扯衣服:"没什么内伤,已经给你推过一针安神药了,静静养一段时间就好了。"

舒以安眨了眨眼借着扶手的力量坐了起来,眼睛里有些茫然:"我是怎么来的这里?"

医生指了指门外:"你家人送你来的,在外面等你呢。"

家人?

舒以安有些恍惚地念了一遍这两个字，有点儿陌生。大脑此时运行得很慢，她一闭上眼耳边全是那一声闷响和凌乱的警笛，待反应过来出门看到本尊时，她才明白医生说的是褚穆。

不同于他往常无可挑剔的样子，衬衫的领口处松松散散地开了两粒纽扣，袖口还有些褶皱。他就这么倚在墙壁上低头不知在想些什么。

见到对面诊室的门开了，他才信步走过去从医生手里接过舒以安："她怎么样？"

舒以安听到他的声音有些心惊地抬起头，这才发现他的眉间脸上全是疲倦。

医生把刚才对舒以安说过的话重复了一遍："没什么事儿，就是精神不好需要静养，打过安神针了，在这儿或回家都行。"

褚穆想了想还是询问舒以安的意见，摸了摸她瘦削单薄的肩膀："想在哪儿？回家还是这儿？"

舒以安现在因为苏楹的事特别厌倦医院，摇了摇头："回家吧。"

褚穆握着她的右手点点头："好，回家。"

可能刚刚经历了可怕的事情，舒以安到现在都还没缓过来，所以乖顺得不像话，任由褚穆牵着自己走。一直到上了车，褚穆拿着个红彤彤的东西往她眼前凑过去，她才反应剧烈地往后一躲。

"你干吗？"

褚穆瞟了她一眼，随手拉下车里顶棚上的遮光镜，示意她看看自己。

因为之前一直被麻绳勒着，舒小姐挣扎得又厉害，所以原本柔嫩的脸庞两边都是些破皮的痕迹，看起来有点儿触目惊心。

"上点儿药，别留下疤。"

舒以安皱眉看着棉签上红红的药水，有点儿不情愿地放下了手。

"哎！"

"别动！"褚穆腾出一只手来捏住她乱动的两只手，仔细地给她擦药水。

距离太近了，因为褚穆是倾身过来的，恰好把她圈在自己怀里，她稍稍垂下眼就能看到他紧锁的眉毛和认真的眼神。不知怎么，她好像不受控制般眼睛一酸，眼泪噼里啪啦地就落了下来。

那是恐惧，是感恩，是庆幸。

褚穆看着她停下了动作，转而用温热的指腹轻轻拭过她的眼角。

因为舒以安脸颊两边都被涂上了红药水，鼻子哭得也是红红的，配上她白皙的肤色和伤心的表情，看起来特别滑稽。褚穆忽然闷闷地笑了起来，舒以安看见他这副表情，哭得更伤心了。

"好了好了，别哭了。"褚穆也觉得自己有点儿过分，忍着笑伸出长臂把人抱在怀里一下一下地给抽泣不止的舒小姐顺毛，"以后还敢不敢背着我跑回来了？"

趁着这个机会对舒小姐进行心理安全教育，实在是再好不过的机会。其实现在舒以安的心情就像是犯了错的小学生惹出了大祸，心里全是委曲和羞愧，压根就不记得几天前两人在德国吵架的事。

舒以安把精巧的下巴抵在褚穆的肩上，可怜兮兮地吸了吸鼻子："不敢了。"

"那长记性了？"

舒小姐哀号一声直接把脸埋到褚穆的肩膀上，狠狠地点了点头。

长记性了，真的长了。

路上舒以安原本垂着头，忽然抬了起来，顶着一张花猫脸问："苏楹呢？她还好吗？"

褚穆打了转向把车拐到辅路上，语气有点儿遗憾："骨折了精神也不太好，在医院住着呢，等过一段时间你再去看她吧。"

舒以安有点儿难过，揪了揪衣角还是打算把事情真相告诉褚穆："这次是因为……"

"我知道。"褚穆立即出声阻止舒以安接下来的话，他知道她是想告诉自己被绑架的原因，他却不想让她再说下去，毕竟不是什么好的记忆。

早在送她来医院的时候，纪珩东就弄明白了原因，站在车门外跟他交代了。褚穆皱眉看着车里昏过去的舒以安，仔细想了想，就是那一晚他给她打电话的时候事情就已经发生了，可是自己没耐心一点询问她缘由。

"我知道为什么。"

舒以安咬了咬下唇把准备好的话咽了回去，问了一个一直想问的问题："那你……怎么忽然回来了？"

褚穆搭在方向盘上的手指无意识地敲了敲，也不知道该怎么回答她："巧合，我回来述职。"

"……"

"那战骋他们怎么也来了？"

褚穆趁着倒库的时候微哂地咧了咧嘴："你今天问题怎么这么多？

"他们三个刚好来机场接我，听说你出了事儿就直接过来了。"

车子精准地停在湖苑别墅的车库里，褚穆上前摘掉舒以安身上的安全带让她下车。进到屋里，看着熟悉的陈设和家具才让舒以安找到一丝安全感。

褚穆瞥了一眼搁在门口的行李箱，带着舒小姐面色无常地往楼上走："洗个澡然后去睡觉，什么都别想。"

浴室被放出来的热水染得十分氤氲，隔着水汽舒小姐拘谨地看着站在浴缸旁边的褚穆，瞪着一双大眼睛："你出去啊！"

褚穆挑眉问道："你一个人可以？"

"出去啦，两个人才是不可以。"

褚穆无辜地拿过一旁干净的睡衣递给她，默默走出了浴室。也不知道为什么，明明两个人裸裎相见过那么多次，连最亲密的事情都做过，可是舒以安还是不习惯在褚穆面前袒露自己。

一个在浴室里小心地泡着热水，另一个则在二楼的凉台上抽烟出神。

她回家两天，可是连行李都没有动过，一直就那么放在门口，很显然，舒以安并不想住在这儿。或许，如果中途没有出过这档子事儿她就真的搬走了，现在褚穆满脑子都混乱得不得了。

褚唯愿在美国的事儿他要处理；调回工作和舒以安出事儿还得瞒着家里，都说好了月初回去就不能让妈知道；部里还需要他做调职报告和陈词；还有和舒以安那些说不清道不明的矛盾和隔阂……

嗡嗡的振动声传来，江北辰的慰问电话及时而至："舒妹妹的情况还好吗？在医院的话我让楚晗过去守着，你先回来换换衣服。"

"不用了，没什么事儿我接她回来了，就是点儿皮外伤。"

听着脚步声江北辰好像换了一个地方，声音小了些，也严肃了许多："你上点儿心，上回楚晗那事儿给她就留了阴影，有时候晚上睡觉还做噩梦，别回头给她弄出什么毛病来。"

楚晗在深夜里的那场遭遇还是褚穆着手处理的后续，他又怎么不知道这种事对女孩子的影响。

褚穆攥着电话"嗯"了一声："战骋回去了？"

"早就回去了。对了，事儿我跟江宜桐说了，这几天有时间你就带着以安去看吧，她这段时间一直住在上山。"

"行，我知道了。"

舒以安一出来就被屋子里浓烈的烟味呛着了，轻声咳了几下。褚穆回头瞥见穿着厚厚浴袍的人转手掐了烟挂掉了电话。

晚上六点了，天色微微地暗下来。

褚穆掀起被子的一角示意她睡觉，舒以安打了安神的药加上热水一泡，一直紧绷的神经放松下来也是困得不行，干脆听话地钻进去闭上眼睛催眠自己。

褚穆拿过一旁的毛巾随意地坐在床头柜上有一下没一下地擦着舒以安半干的头发，试图哄她入睡。

气氛忽然变得安静沉寂下来。

舒以安觉得自己很累，哪怕是睡着了眉头都还是紧紧蹙着的。

几天内的场景反反复复地在梦里交织呈现：柏林下着雨的夜晚，那支绵长优雅的圆舞曲，穿在脚上闪闪发亮的水晶鞋，还有被陌生男子强行绑住双手的压抑恐惧……

终于，舒以安感觉到一种强烈的失重感，尖叫一声猛地睁开眼睛从床上坐了起来。

现在的她看起来特别狼狈。颜色惨淡的双唇微微张着，大口大口地喘息着真实的空气，额头上满是细细密密的冷汗。就连那双一眼望去比秋水还要动人的眸子此时也没有了往日的清明。

褚穆隔着一室黑暗静静地坐在椅子上听着舒以安越来越急促的呼吸,眼底一片沉寂。他迅速伸手"啪"的一声按亮了屋子里所有的灯。

突如其来的光线让舒以安有些不适应,她抬手用宽大的浴袍袖子半遮住眼睛,再抬眼时刚好看到一身干净平常的褚穆站在自己面前。

她下意识舔了舔干涩的唇,有些尴尬地看了一眼墙上的挂钟:"这么晚了,你还不睡觉?"

褚穆无奈地走到床边示意舒小姐看被她踢下去的枕头和牢牢卷在她身上的被子。

舒以安羞愧地弯腰,把地上的枕头捡起来默默地放在自己旁边,又慢吞吞地把卷在自己身上的被子分出来一半:"好了……"

褚穆瞧见她那副样子轻叹了一口气,微微施力把人从背后抱了起来。

透过寂静的夜色,他的声音如同大提琴一般醇厚低沉:"做噩梦了?"

舒以安的目光有些躲避:"没有,可能是穿得多了热的吧。"

褚穆抬手摸了摸她柔软的耳垂,忽然问了另一个问题:"那是害怕了?"

舒以安的头刚好枕在他深蓝色线衫的领口处,背靠着他眼观鼻鼻观心的有些不愿意回答这个问题。都已经让他见过自己那么狼狈的样子,怎么能再让他见到自己的软弱呢。

褚穆见舒以安垂头不语的样子,无所谓地笑了笑:"人所有的恐惧都来自脑中产生的精神幻象。以安,说到底你在怕些什么呢?"

就这一句话,让舒以安原本平静的眼睛瞬间颤动。

褚穆感受到来自舒以安的反应,心里蓦地往下一沉。如他所料,他的妻子足够聪明,却也足够令他失望。

环着舒以安的手臂一松,褚穆放开她径直踱步到窗边,声音也突然淡漠下来。

"我好像真的做了很多让你心灰意冷的事,不然你怎么会到现在都不选择相信我。"

舒以安闻言急急地掀开被子走到褚穆的身后解释道:"不是的,我只是不想让你看到我这么、这么不堪一击……"

细白的小手有些怯懦地捉住他垂下来的手臂:"褚穆,我从二十岁认识你到现在已经四年了。我不能什么事都去依赖你啊,从大二到现在,可能你自己都不记得帮了我多少次,好像之后我所有的生活都是依附于你的保护下,这让我感觉自己很失败。"说到最后,舒以安的一双手已经有些无力地落下,声音也越来越小。

褚穆侧身看着她的样子,第一次觉得自己很无力。重新握住她的手,有些挫败地捏起她的下巴强迫她看向自己,浓黑深沉的眼睛里全是舒以安看不懂的情绪。

"我跟你结婚,不单单是为了和你做夫妻,还是为了以一种比较合理的方式介入你的生活。舒以安,这些都是我于你来说需要承担的责任,我不会逃避,你更不需要有什么心理负担。"

他的目光渐渐下移,看到她赤着的双脚弯腰打横把人抱起来重新搁回床上:"这些话,我也不知道要跟你重复多少次你才能懂。"

褚穆有些无奈地帮她掖好被角,调暗了灯光:"睡吧,明天还得带你去个地方。"

"那你呢?"舒以安有些着急地扯住他的袖口,眉眼间竟然带了些属于小女人的娇柔之意。

褚穆一顿,瞅了一眼她牵住袖口的手指,心里知道这是她想认错却又不想承认的小动作,有些抑制不住嘴角的笑意:"你扯着我我怎么睡?"

舒以安悄悄地撒开手,一颗小脑袋羞愧得快缩进被子下面去了。直到感觉一双沉稳有力的手臂环住自己,她才沉沉睡去。

在环山高速上跑了快一个小时了,舒以安看着窗外不断掠过的树木有点儿无聊,忍不住戳了戳正在开车的人第好几次问:"你要带我去哪儿?爬山吗?"

褚穆看了一眼仪表盘上的公里数,不置可否:"算是吧。"

褚穆按照江北辰给自己的地址摸索了好几次才找到须沉山的位置,心里不禁为江家的格调暗自感慨了一把,资本家啊……

须沉山是掩藏在两座高大的山体之中的,并不引人注目,甚至没人发现在距离几百公里外的郊区还有这样一个地方。山脚有大片的农田,农田边上依稀坐落着几户人家,远远看去,竟然好像《桃花源记》里写的那样,阡陌交通,鸡犬相闻。

褚穆把车停在山脚的一片空地上,舒以安有些惊奇地看着这幕景象,心情变得特别平和:"你从哪儿找的这地方?很漂亮。"

褚穆也扫了一眼山脚的景象,淡淡地"嗯"了一声:"是很漂亮。"同时也不禁为江宜桐所折服。姜还是老的辣,这么不似人间的地方能被她找出来,确实是任凭江家谁都无可奈何的人。

褚穆牵起一旁看景的舒以安继续往山上走,因为两人今天穿的都是宽松的休闲装,打远了看,倒是十分默契养眼。

山上种了很多高大青葱的树木,偶尔还能听到山泉潺潺流过的水声,淳朴颜色的石板垒了长长的通往山顶的台阶。

舒以安被褚穆一边带着往上爬,一边好奇地左看看右看看,自言自语:"真的好奇怪……"

"奇怪什么?"

舒以安指了指山间的几座木桥和水潭:"这么漂亮的地方没有景观树,而且这山上种了不少药,味道很独特。"

褚穆惊讶地挑了挑眉,看了一眼舒以安因为攀爬而红润的小脸:"你怎么知道?"

"我小的时候生病就常常喝中药,和祖父出去写生的时候也认过。"

"唔,不简单。"褚穆抬起长腿迈过一个水坑,伸手把舒以安拉过来,"说得没错,是中药。"

褚穆深深呼吸,慢慢平复气息,指了指不远处那扇棕红色的古朴木门:"到了。"

舒以安这才明白过来,他压根就不是带自己来爬山的,是来看住在这里的人。

褚穆轻轻叩了门,不待多大一会儿就有身着宽袍的妇人来开门。先是一道缝隙，待看清门外站着的两人后才放心地把门敞开了，雍容端庄的脸上带着笑容："就猜是你小子！"

褚穆对妇人笑了笑："您是从哪儿寻摸了这么个地方，我可是费了不少劲。"

江宜桐往身后让了让示意两人进来："你呀你呀，要说这嘴真是比江北辰那浑小子还厉害！进来，我看看，这是你媳妇？"说着目光就往舒以安身上打量了几番。

褚穆捏了捏舒以安的手："是，以安，叫小姑姑。"

虽然舒以安有点儿摸不着头脑，但还是礼貌地冲着江宜桐鞠了一躬："小姑姑。"

"哎。"江宜桐高高兴兴地应了一声，"快进来！"

褚穆带着舒以安往里走："姑父不在？"

"上山采药去了。你俩先坐，我熬着水呢，马上给你端出来。"

进了门才知道这院子里别有洞天，正儿八经的四合院布局东厢西厢的屋子外面一水儿的古式风格。院子里全玻璃打造的暖房通透亮堂，正中央面对面摆放了两把太师椅，黄花梨木的桌子上搁置了一大块石茶海，两米高的架子上堆放了满满的线装古书，周围搁置的几个大青瓷缸里养了些许荷花和锦鲤。这种排场，说成是哪个前清遗老也不为过。

舒以安站在院子中央看着周遭这些摆设，偷偷回头看了褚穆一眼。趁着江宜桐去屋里拿茶的工夫，褚穆站在她耳边小声解释："江爷爷的小女儿，北辰的姑姑。早年和家里闹翻就搬出来了，一直将养在外头。"

舒以安睁着圆圆的眼睛十分惊奇："难怪你要让我叫她小姑姑，我们今天来是看她的？"

褚穆拉开椅子让她坐下："是看你。"

"啊？"

正当这个时候，江宜桐恰好端了茶出来，虽然五十几岁但风韵犹存，眉眼带笑地端端正正坐到两人旁边，看着喝茶的舒以安忽然说道："来，把裤子掀起来我看看。"

114

舒以安刚咽下的这口茶就这么哽在嗓子中央，差点儿没呛得背过气去。

矮矮的红木脚凳上，江宜桐伸手捏了捏舒以安搁着的一双小腿，斟酌着加大了一点儿力度。

舒以安顿时倒抽了一口冷气，眼泪汪汪地看着江宜桐："小姑姑，疼。"

江宜桐安抚地点点头又换了个手势敲了敲膝盖周围的地方，手法沉稳精准。

褚穆一圈一圈地把玩着手里的紫砂杯，目光却始终没有离开过江宜桐的脸。她每沉默一分，他的心就跟着往下沉一分。

江宜桐，江家江老爷子的女儿，长到二十几岁的年纪就违背父命毅然决然地离开江家和丈夫一起修医学，如今在这行钻研三十年，许多繁复杂难的病在她这儿一看，用些个常人想不到的方子一准就好。但因为性情有些古怪，她的号又十分难求，不少人都知道江宜桐看病的本事深，曾经找她的人传言都排出了医院的大门。

再后来，她也厌倦了这样日复一日的生活，干脆就和丈夫搬到了这山上夫家老辈留下来的祖宅，甚少下山。两人说成每天过着闲云野鹤的生活也不为过。

直到江北辰给她打电话说了舒以安的事儿，她才答应重新出山。

"丫头啊，你这病当年遭了不少罪吧。"江宜桐细细地摸了摸那块微微凸起的膝盖骨，长叹一口气。

舒以安没想到江宜桐会这么问，但还是老老实实地答了："复健的时候开始走路会难一点儿。"

江宜桐打量着舒以安白净的小脸，悄悄感慨了一句：哪里是难一点儿呢？

她手搭在舒以安的膝盖上就能感觉到，姑娘当初伤得绝对不轻。如今能像常人一样，可见当初是下了大功夫的。尤其是这个年岁，提起那么惨烈的事情眉宇间竟然没有一丝痛意躲避，反而这么云淡风轻地就把那段日子带过去，这让阅人无数尝遍荣辱的江宜桐都忍不住赞她一句好性情。

其实舒以安也想说，哪里是艰难一点儿呢？那段日子对自己来说，生不如死也不为过。

在北京住院的第二天，舒以安的祖父就从远在扬州的家里赶了过来。年逾七十的老人看着小孙女，心疼得不行。才十八岁的年纪就这么躺在病床上，那眼睛里没了一点儿光芒，好像随时随地就要结束自己的生命一样。

都说白发人送黑发人的苦是这世上最孤苦的事情，但是在七十几岁的祖父看来，失去了儿子儿媳，最痛苦的人应该是舒以安。

老人承受着巨大的悲痛每天不断地陪着舒以安聊天，并且打算把人接回扬州去疗养。那段时间，老人操办了儿子儿媳的后事把夫妇俩也葬到了扬州，又托人联系了好的复健中心帮助舒以安恢复行走能力。

舒以安成日躺在祖父的家里，不说话不流泪也不去治疗，只是终日看着外面院子里的柳树池水发呆。

舒爷爷大概是终于看不下去了，择了一日阴雨天来到舒以安的房间。

不过几天的工夫，老人好像突然没了之前的那种矍铄，变得苍老无力。他伸手摸了摸小孙女的脸，慈爱但又严肃地说："你是个女子，女孩儿最忌讳的就是自暴自弃，千磨万击还坚劲，任尔东西南北风。舒以安，你有骨气一点儿。

"人这一辈子会经历很多很多的磨难，我都七十三岁了还经历失去儿子的痛苦，你才十八岁，有什么挺不住的！

"你是我舒家最后一点血脉了，以安啊，爷爷老了，你总得给爷爷留个念想不是？要是这么消沉下去，你让我将来死的那一天有什么脸面去见你的爸妈啊……"

祖父的话一字一句敲在舒以安心上，好几天不曾说过话的女孩儿忽然抱着老人号啕大哭。

第二天，舒以安就坐着轮椅去了复健中心。整整两个月，每次她痛得跌坐在地上的时候就会想起祖父对她说的话，她强迫着自己站起来，强迫着自己行走，她害怕故去的爸爸妈妈为她担心不得安宁，她更害怕年岁已大的祖父承受更大的失望。

看着复健中心那些同样残缺的病人，舒以安第一次产生了那么强烈的生存下去的勇气。双脚被磨得满是水泡，晚上睡觉躺在床上的时候腰像是折了一样酸疼……

这些都在无数个难眠的夜里，被舒以安归结为成长的代价。

想到这些过去，舒以安心里不禁有些酸涩。

江宜桐不再多问，直接对褚穆交代了病症："想要恢复正常是不可能的了，毕竟损害程度还是很严重。可以用药先敷着，补补身体底子，尽量让她缓解疼痛能进行轻微的运动。"

褚穆看着越来越瘦的舒以安，走过去帮她放下掀起来的裤腿："成，您说怎么办都行。"

只要她能好一点儿，就行。

舒以安根本没想到褚穆带自己来这里是为了看膝盖上的伤，见到他弯身帮自己整理衣服的样子，心里满满的全是感动。

江宜桐拿着几包牛皮纸包好的药材递给褚穆："方子在里面，药没了去市里的中药房就能抓到。深色纸里面的蒸熟后捣好了敷在膝盖上，浅色的煮好了喝，都是每天晚饭之后。有一个月就能看到起色。"

褚穆接过来对江宜桐道了谢，起身要走："那我俩就先回去了。上回您在美国那边看中的那个紫玉罐子等送到了我让北辰给您拿过来。"

江宜桐半带着宠溺地拍了拍褚穆："你小子啊，比江不吝那个货得我喜欢！"转头看了眼正在青瓷边上看花的舒以安，顺手把褚穆拉到一边小声嘱咐，"你们四个孩子也算是我看着长大的，你算是这几个里有脑子性子又稳的，好好对你媳妇，她吃的苦可是不少。"

褚穆顺着江宜桐的目光看过去，那个柔软纤细的背影美得不像话。

他对江宜桐笑了笑："您放心吧。"

江宜桐没好气地哼哼了两声："反正我话说到了，别回头弄得像江北辰似的媳妇怀孕了才悔青肠子。"

两人告别江宜桐，一起下山。

舒以安弯着眼睛笑眯眯地看着褚穆。

褚穆习惯性地顺了顺她的毛："笑什么？说你好不了了还笑，缺心眼儿啊。"

舒以安扯着褚穆的手好心情地掰他的手指玩儿："那我好不了了你还要我当老婆吗？"

褚穆好像真的认真低头想了想："要。

"要是二婚被你分走一半的财产我多划不来。"

"喂！"舒小姐炸毛了，"要是想二婚，我就不是分走你一半财产！是全部！全部！"

褚穆好脾气地笑，舒以安说不过他，仰着小脑袋憋了半天才讷讷地说了一句话，而那句话，让褚穆在很久很久之后才真正意识到舒以安在这场婚姻里究竟把自己放到了多么低的位置。

"就是你不要我了我也不会要你一分钱的，褚穆……我膝盖有问题我应该早一点儿告诉你的，如果你知道了，也许……唔……"

褚穆一把拉过她，低头强行吻住了她接下来妄自菲薄的话。

他知道她要说什么。

舒以安没有任何抗拒地被他抚着后脑勺默默承受着他突如其来的亲吻。褚穆甚至能感觉到她小心翼翼地回应。当吻变得越来越灼热的时候，褚穆恋恋不舍地咬着她的舌尖退了出来，呼吸粗重："是我当初没问清楚，我不知道你也在那次车祸里，但是不管你什么样子，我都养你一辈子。"

当初既然让你嫁给我，就不会让你承担这桩婚姻里一丝一毫的风险。

舒以安红着脸戳了戳褚穆的肩膀："行吧，先信你一回。"

两人回家煮药，药汤在砂锅里噗噗作响翻着泡泡，褚穆从一楼浴室出来，赤着上身拿条干毛巾站在门口擦头发，瞧见舒以安一直在厨房里不作声的背影有点儿奇怪

"怎么不喝？"

舒以安伸出根食指在碗沿儿边划啊划的，迟迟不动。

褚穆把有些湿的毛巾往舒以安脑袋上一搭，从背后搂着她的腰也探出头去看砂锅里的药，这一看，他也纳闷了："绿色？"

舒以安哀戚戚地点点头，微微向后仰了仰，一张小脸儿上满是乞求之

色:"真的要喝吗?"

被乞求的某人垂下眼想了一会儿,终于开口道:"你出去吧。"

舒以安明显松了一口气,乐不颠地往客厅跑,以为褚穆是同意了,十分狗腿地应:"嗯嗯,我去给你切点儿水果。"

褚穆捡起搁在一旁的勺子,悠悠地补了一句:"一直这么看着你该更不想喝了,沙发上等着我,弄好了给你端出去。"

"……"

舒小姐僵着表情把原本拿在手里的苹果又扔回了果篮子里。

看着舒以安窝在沙发上挫败的小样子,褚穆微微上扬的嘴角不自觉地带着一丝浅笑。

为了犒劳她,从山上下来褚穆特地绕了一圈带她去了江南寺吃饭。正是晚饭的时间,酒店门前停了不少的车。经理一早听说褚穆来了特地腾出了二楼的一个包厢。

四周都是竹子圈起来的空间,偶尔还听得到景观溪流哗哗的声音,太久没来过了,舒以安手指划过菜谱上那几道惦记了好久的菜,跃跃欲试。褚穆瞅了一眼她瞄着的那几道菜,从她手里抽出菜谱递给侍者,简单地交代了几道清淡温胃的菜。

"就这些,你先去吧。"

侍者拿着菜谱笑意盈盈地看了一眼气鼓鼓的舒以安,点头应:"好的,您稍等。"

"喂!你喂兔子吗?"舒以安拿着筷子戳了戳印青花的瓷盘表示自己的强烈不满。但是舒小姐和褚穆在一起的时候,从来都是没什么人权的。

褚穆低头仔细地卷起袖口,神情自若:"兔子可比你好养活多了,兔子会在洗衣机里偷偷藏巧克力薯片和饼干吗?"

舒以安在褚穆平静而具有压迫力的注视下,悄悄把接下来的话咽了回去。在她胃穿孔之后,褚穆就没收了她全部的零食,藏在冰箱里的、橱柜里的、床头柜的,等舒以安出院之后统统找不到了。

等褚穆一走,舒以安懒散的本性就又都回来了。有一次下班,她去超市买了一大堆能吃不能吃的，在家里绕了好几圈，才发现一楼洗衣机这么个绝密的藏身之处。

舒以安也不知道他是怎么发现的，只好心虚地对着刚刚出的单子点头做肯定状："我觉得青笋也挺好吃的，嗯，粥也很好，特别容易消化，对，没错，你点的我都喜欢。"

"那正好。"褚穆拿过刚刚端上来的整整一瓷盅香菇粥，"都喝了吧，免得晚上喝药的时候胃疼。"

所以舒以安直到回家的时候，还感觉肚子在和自己叫嚣着说太寡淡了，现在，又要在某人的强烈注视下干掉一大碗墨绿色药汤，真的非常难受。

舒以安深吸一口气从褚穆手里抢过那只碗捏鼻子喝下去，却没有自己想象的那么酸涩，那味道中有独特的清香还有淡淡绵延的苦意。舒以安皱眉看了褚穆一会儿，褚穆也被她看得有点儿紧张。

"怎么了？不舒服？"

一个一米八几的男人赤着上身，精劲的腰间松松套了条长裤，灯光下原本俊朗的脸上竟带着纠结的紧张。舒以安一个没忍住，"噗"的一声笑了出来："骗你的，没那么苦。"

晚上七八点钟的光景，小区里家家点了灯，正是一天里最温馨的时候。屋子里的药罐噗噗作响蒸汽不断上涌，客厅里高高的吊灯泛着明亮的暖光，背景里有电视新闻的声音。沙发旁站着的两人都没来由地对这难得的气氛格外珍惜。

真是符合江宜桐的风格，就连给舒以安外敷的药都是绿色的。

舒以安仔细摸了摸膝盖上那两块温热的药布，心底里有关爸爸妈妈那些最不能提起的往事都变得清晰温柔起来。褚穆窝在沙发里漫不经心地看着新闻，舒以安就躺在他的腿上有一搭没一搭地陪着他看。因为需要露出腿来敷药，舒以安特地换了一件看起来特别低龄的卡通衫。褚穆微微低头，就能清楚地看到她精致的锁骨和胸前的一片肌肤。

电视里正在讲哪一国的元首出访，舒以安盯着电视看了一会儿忽然伸出手去摸摸褚穆的头顶。

褚穆挑了挑眉，并未阻止："干什么？"

舒以安略呆萌地指了指电视里正在相互握手的两个国家外交大使："像你们这种脑力工作者，是不是都秃顶啊？"

褚穆低气压地看了一会儿她指着的人，一把捉住她在头上乱摸的小爪子阴森森地问："你是在质疑我吗？"

舒以安没听他的话自动脑补了一下褚穆秃顶，腆着大肚子一身西装和别人握手的样子，傻乎乎地乐了半晌才仰起脸问："这个不都是遗传吗？万一将来有了宝宝和你一样怎么……"最后一个字还没说出口，舒以安意识到自己说错了话猛地住了嘴。

宝宝，是两人在这桩婚姻里都避而不谈的话题。

舒以安知道褚穆不想要孩子，如今在这个时候被自己大意无心地提出来，真是好尴尬。舒以安低下头懊恼地咬了咬舌尖，不敢去看他。

褚穆在听到这两个字的时候也下意识地顿了一下，但马上就察觉到舒以安暗下去的小脸，不动声色地抬眼看了看两人坐着的沙发，倒还是足够大。

没有任何犹豫，褚穆捉住她慢慢放下去的手趁着舒以安没有任何防备的时候果断低头咬住了她的唇。舒以安睁大了眼睛看着被放大的俊脸，对这个突如其来的吻有些不知所措，同时心底里那种尖锐细密的疼痛迅速弥漫开来。

还是放不下吗？

舒以安有些绝望地闭上眼默默承受着他的啃咬肆虐，那种悲哀和失落怎么也挥散不掉。可是她不知道，此时褚穆的思绪却是在孩子这件事儿上，他打算身体力行地告诉她自己的意愿。

两人刚办完婚礼的那一晚，看着窗户外面的暗夜，褚穆总觉得于舒以安来说，任何能对她产生羁绊的行为都是一种累赘。她才二十二岁，还那么年轻，而自己要在之后的几天再回到德国，两人一下子会面临分居，在彼此都用情不深的时候就和她拥有一个孩子，那才是真正的不负责任。

所以在那一晚，褚穆看着她埋在枕头里吃痛的眉眼，看着她额头尽湿的虚弱，看着她哪怕是疼也还是伸手圈住自己的无助，到了最后关头，虽然失控，褚穆依然很理智地选择了适可而止。

那是两人第一次如此亲密，也是舒以安第一次把自己完完整整地交给了他。从那之后，两人在这件事上几乎都极有默契，对于孩子的话题绝口不提。

直到这一次，看着舒以安有些失落的眼神和小心翼翼的胆怯，他才真正明白自己到底在她平淡无奇的人生里产生了多么大的摧毁和影响。可是他并不想让舒以安回到自己的生活轨道，或者说，他不舍得。

最初的吻开始变得灼热，粗糙的手掌顺着舒以安宽松的衣服下摆探进去掐着她纤细柔韧的腰肢，逼迫着她来迎合自己。舒以安昏昏沉沉地倒在宽大的沙发里，膝盖上敷着的药早就不知道甩到哪里去了，只能任由褚穆摆布。

舒以安颈侧和胸前的皮肤好像褚穆特别喜欢，每次都是舒以安痛得皱了眉眼推他的肩膀他才肯收手。早在她躺在自己腿上的时候，褚穆心不在焉顺着她的衣领扫过去就有些热，可是顾虑到她膝盖上的伤也不想让她觉着自己乘人之危，所以一直忍着。

现在算是把刚才一直憋在心里的火全都拱了出来。

夜色越来越浓烈，不知过了多久，两人才在一片寂静中相拥睡去。

第二天清早，舒以安懒洋洋地抱着被子，身体蜷缩在一块儿抱成个团儿，看着系西装扣子的褚穆睡眼惺忪地问："你什么时候回来啊？晚上？"

"四五点钟吧。"褚穆神清气爽地摸了摸还处于迷糊状态的人，"你今天去哪儿？"

"唔……"舒以安就着他温热干燥的手掌蹭了蹭脑袋，十分舒服地伸了个懒腰，"去找工作啊。"

早在写辞职信的时候，舒以安就往其他几家公司递了简历。都是些对法国出口贸易的公司，对于舒以安这种名校毕业而且专攻语言的人还是有一定需求的，所以前几天就已经有几家公司给她发邮件让她去面试了。

褚穆听到舒以安的回答之后有那么一点不爽。本来以为她辞了职以后就能在家里消停一阵子，没想到这么快就又出去找工作。虽然不愿意，但是也不能阻止。

"那你起来记得吃饭，我先走了。"

舒以安在被子里又翻滚了一会儿，对着褚穆摆摆手："拜拜。"

面试安排在上午九点，收拾妥当，舒小姐出门前看着镜子里的自己心情变得特别明朗，一身剪裁精致简单的黑色连衣裙，为了表示尊重她还化了淡妆，看起来十分专业。

到达面试公司的时候，门廊外已经站了很长的队伍。前台的秘书小姐指了指排队的人群："面试的吧？站在队尾等着。"

队伍中不乏刚毕业的大学生，脸庞年轻且富有朝气，带着刚刚走出校门的憧憬和希望。舒以安看着她们懵懂期待的样子，忽然感觉自己老了。曾经自己也带着这样的期待站在办公室外面等着，只不过时过境迁，如今却又站在了同样的境地。

等了大概有一个小时，才有人拿着一沓档案出来喊："舒以安，下一个！"

面试是在一个小型会议室举行的，一共三个人，中间坐着一个面容精致干练的女人，旁边分别坐了一个法国中年男子和一个记录员。

舒以安暗自深呼吸，对着三人微微鞠了一躬："各位上午好，我是舒以安。"

坐在中间的女人对舒以安十分公式化地点点头，伸手指了指面前的椅子："坐吧。我叫茱丽，是这次面试的主考官。"

说着，茱丽翻了翻面前的简历开始逐一和舒以安核实："你毕业于外交学院？"

"是的。"

"法语专业，并且在安雅尔公司中国分部做了两年？"

舒以安点头："是的。"

茱丽"啪"的一声扣上了面前的简历："那请恕我冒昧舒小姐，安雅尔集团是所有法企中首屈一指的了，你为什么放弃那里的工作来到这里？我能知道是什么原因吗？"

舒以安的手交握着放在裙摆上，忽然对茱丽这么直白的问法有些抵触反感，或者说在安雅尔经历的事是舒以安不愿意再提起的，但是没办法，物竞天择是这个行业的生存准则，舒以安再不愿意也得回答。

"是我个人的原因，想换个工作环境吧。我觉得那里有很多职业生存方式……不太适合我。"

茱丽看着舒以安，舒以安看着茱丽，一时两人谁也没有说话。大概过了半分钟，茱丽才盯着舒以安对一旁的法国中年男子开口说道："卢特，试试她的专业。"

接下来就是那个叫卢特的男人对舒以安进行一系列的专业测试了，舒以安虽然离开学校有一段日子了，但是好在她求知好学，这两年一直没扔下，所以对于卢特的问题也还都勉强应付得来。到最后，卢特转头对茱丽点点头，舒以安只听见他说："有一定的工作经验，专业程度也还够，比那些学生好。"

茱丽不停地转着手里的笔像是在做什么决定："舒小姐，两天之内我给你答复吧。"

"好。"

结束了舒以安这个面试，茱丽有些疲倦地揉了揉眉心，看了眼腕表，转身对两人吩咐道："中午了，二位先午休吧，咱们下午继续。"

推开小会议室的门，茱丽转而走到一条安静的员工通道拨出了一个电话。电话那头响了几声就被接起来，传来一道男声："喂？"

听到意料之中的声音，茱丽开心地笑了笑："嗨，好久不见大老板。"

男声顿了一下："你怎么有空打给我？想要跳槽吗？"

茱丽松了一口气把头抵在高层的玻璃窗上，一改面试时的严肃干练，神情柔软："我哪里要跳槽啊，你肖总的手段我可是经受不起。倒是你手底下的人要跳槽，来到我这里了。"

肖克拿着手机从大厦出来，听到茱丽说的话几乎立刻脱口而出一个名字："舒以安？"

茱丽没想到肖克的反应这么快，一时更加重了心里的肯定："看来师哥和这位舒小姐渊源不浅啊，说起来你是做了什么把人弄得辞了职来投奔我？这个人，我又能不能用呢？"说到最后一句，茱丽的声调已经变得戏谑调笑了。

肖克拉开车门，表情有些冷漠："没什么能不能用的，你觉着行就留下，她在我这儿不是事故离职，是私人原因。"

茱丽顿时就乐了:"那我就明白了,师哥,改天请你吃饭,拜拜。"

在拐角候着茱丽的秘书瞧见她走过来,急匆匆地几步上前去:"总监,下午的面试人员一共四十五人,您看需不需要再剪掉一些?"

茱丽踩着八厘米的高跟鞋往前走,头也不回地把手里拿的文件递给身后的人,又恢复了往日精明干练的形象:"全部推掉,通知人事安排舒以安后天来上班。"

舒以安从写字楼里出来的时候,正是中午太阳最毒的时候,看了看时间,好像回家又太早。恰好写字楼离苏楹住的医院并不远,所以舒以安想去医院看她。

买了些苏楹爱吃的水果和恢复骨伤的营养品,舒以安直接上到医院12楼的住院处。苏楹胳膊上打着厚厚的石膏,看着病恹恹的。见到舒以安,才露出一点儿喜色。

"快躺下吧。"舒以安把东西搁到旁边的小柜上,坐到她床边,"怎么样了?好点儿了吗?"

苏楹看到舒以安那种劫后余生的感觉更强烈,忍着眼泪摇摇头:"我没事儿,倒是你,要是连累了你我就愧疚死了,幸好没受什么大伤。"

"就你一个人吗?"

苏楹摇摇头:"老家的表妹来了,这事儿我没敢跟我爸妈说。"

看着憔悴的苏楹,舒以安心里还是有些难过。她活得那么努力那么要强,最后却经历被前男友摆了一道的结果,这比什么都让她觉得窝囊羞愧。

苏楹看了眼面色红润的舒以安,为了缓解一下悲伤的气氛忍不住打趣一下:"真羡慕你,你老公那天来救你的时候可帅呆了。说起来,还要感谢他,要不是他安排我住这里,也不会得到这么周到的照顾。"

舒以安有些不好意思地低下头,小手拽着裙摆:"也是巧合吧。"

苏楹伸出食指点了点她的额头:"少得了便宜卖乖了你!你啊,就是一遇到这么好的男人就嫁了,所以不知道社会冷暖,都是褚穆给你惯的。"

"喂!你够了哦。"舒以安鼓起脸看着苏楹。

苏楹跟她逗笑了几句两人开始聊一些有的没的,到了下午,护士来换针。

舒以安怕苏楹要睡午觉也急忙告辞:"你休息吧,改天我再来看你。"

出了医院大门,舒以安脑中总想着苏楹刚才对自己说的那番话。

难道真的是像她说的那样吗?是因为自己第一个遇到的人是他,被他惯了两年保护了两年,所以才会这么患得患失?

正发愣,手机嗡嗡地响了起来,来自刚才想着的某先生。

电话那头的他显然心情不错:"在哪儿?面试成功了?"

舒以安有些心不在焉地"嗯"了一声:"还没决定用不用我呢……"

褚穆听后笑得更开心了,转身出了大楼示意秘书先走:"那正好,晚上带你出去吃饭,你先回家等我。"

话音刚落,就有人跟了上来,递给褚穆一个快件:"褚副司长,德国那边寄来的急件。"

大概是听到那边的声音,舒以安赶忙应下来:"好我知道了,你快去忙吧。"

褚穆皱眉看着不像是公函的快递,随手翻了过来,寄件人姓名上,分明写着,陶云嘉。

Chapter 09

往事成裂痕

陶云嘉寄过来的，是一本书那么厚的影集。深棕色的牛皮封面上，还烫金印了一句话——*Chariots and horses before slowly, letters long, a lifetime to love a person only.*

从前车马很慢，书信很远，一生只够爱一个人。

褚穆二十二岁接受陶云嘉的告白，二十八岁和陶云嘉分手。有关陶云嘉的六年，是褚穆从一个刚毕业的骄傲又年轻的男孩成长为如今成熟内敛的外交官最重要的阶段。

就像是人生中最遗憾最想忘掉却又怎么也抹不去的一笔。

陶云嘉像很多很多女孩子一样，想通过自己的努力和能力为自己争取更好的生活，看起来积极向上，这个念头从她上小学起一直延续到大学。每次幼时看到电视里新闻中那些风度翩翩的外交官，她就会一脸憧憬地告诉她的爸爸妈妈，将来她也要像他们一样，在电视里穿着正式的制服做其中出色的一员。

所以，一路努力学习的陶云嘉，直到十八岁毅然决定放弃很多优秀的专业，直直地投奔到外交学院的怀抱。

新入学的九月，校园里八卦的传播总是快速并且富有传奇色彩的，穿着迷彩军训服的陶云嘉在刚入校的第一个月，就听到了褚穆的名字。

这个身家背景皆不凡的男人几乎被那些刚入校的新生当作了神一样的信仰。他是外交学教授最得意的门生,他同时选修了外语系最重要最热门的几门语言,他家世好相貌好能力好,他毕业就能直接进入所有学子梦寐以求的外交部,他极其洁身自好从来没听到他和任何女生的绯闻……

那么多那么多的他,在那么自强好胜的陶云嘉的世界里像是开了花。

因为大一新生管理得十分严格,褚穆又总在学校里神龙见首不见尾,是各位教授老师的心头肉,所以陶云嘉从来没见过褚穆,只是在校园的荣誉墙上看着照片上那个眉目如星的清俊男人默默出神,但是她总是不自觉地把褚穆当作自己人生里的一个目标,或者说……是期望。

这样的想法,在每一节课堂上,在每一次训练中,在每一个夜里她看着校园亮起灯的时刻,都悄悄加深一分。整整一年,陶云嘉就迅速成为老师们眼里口中的好人才。

第二年刚开学的时候,学校为大四毕业的学生举办学位授予仪式,褚穆赫然在列。近千人的大礼堂里,这个修长挺拔的年轻人从院长手里接过毕业证书笑得清浅温暖。旁边几个女生在窃窃私语。

"听说大神毕了业在学校还挂着研究生深造,但是我们肯定看不到了……好难过……"

"人家肯定直接去入职了,听说家里给安排的。你说他这么好怎么没听说有女朋友啊?"

"谁知道呢?估计是有了不说吧。哎呀,像他这样的身边肯定不缺女孩子,你就死了这条心吧。"

被话噎住的女生低头撇了撇嘴:"喊,不会是我也不会是你!"

一旁坐着的陶云嘉听到这番话,冒出了一个极为大胆的念头。那张美丽年轻的脸上全是为了一会儿要发生的事儿产生的紧张和期待。

仪式结束后,观众浩浩荡荡地往外走,陶云嘉随着人流挤出来站在礼堂大门外,望着出口迟迟不动。

褚穆是跟着几个发小还有妹妹最后出来的,他好像无论什么时候什么地点都是这样,身后永远跟着一大帮人。他换下了学士服穿着洁白笔挺的衬衫,阳光斜斜地打在他的脸上，看上去让陶云嘉说不出的动心。

看着他一步一步走下台阶，陶云嘉深吸一口气竟然直直地走到褚穆面前，说出这辈子最大胆的一句话。

"我要做你女朋友。"

十九岁的女孩儿带着不卑不亢，一双杏仁眼中全是期待和无畏，甚至说是有些骄傲的。

褚穆身后的江北辰、纪珩东、战骋一众发小听后瞬间起哄，炸开了锅："行啊褚穆，这是第几个了？"

有同校认识陶云嘉的同学，站在褚穆身边轻轻打趣提醒："大神，这是咱外语系的系花陶云嘉，老师们可宝贝了，你艳福不浅啊！"

在这样一个场面下，陶云嘉任凭是心理素质再好也有点儿扛不住了，脸色微微醺红，但是那双杏仁美目还是固执地看着高出自己很多的褚穆。

褚穆听到陶云嘉的告白好像并没有多么吃惊，清俊的脸上带着些似笑非笑，反而饶有兴致地反问面前的女孩儿："这么坚定？万一我有女朋友了怎么办？"

陶云嘉这是第一次听见褚穆的声音，有些激动，把心里早就准备好的话自信地说了出来："就算你有了交往对象，只要没结婚，在不触犯任何法律和道德的底线下我就有机会让你变成我的男朋友。而且，我们都还是单身。"

想不到陶云嘉的胆子这么大，褚穆不禁眉头一挑。

不是没见过这样主动告白的女孩子，而是见过的从来没有一个像她这么自信这么大胆。褚穆往前走了一步低下头认真地看着陶云嘉，一张素净的脸上看不出一点儿怯意："这么自信？"

陶云嘉这个人就怕别人对自己怀有质疑，一丁点儿的不确定都能让她感到被看不起，所以当下就不顾周围的目光揽住褚穆的脖子吻了上去，很浅很短暂的一个吻。

陶云嘉攥紧了手看着有些愣住的褚穆："就是这么自信，在你众多的告白者里我是第一个敢吻你的，还不够吗？"

周遭围观者的起哄声议论声此起彼伏，陶云嘉都没有丝毫尴尬和无措。

所有人都以为褚穆会出言巧妙地拒绝的时候，他却出乎所有人预料轻轻说出两个字。

"行啊。"

江北辰蒙了,纪珩东也石化在原地,都是些意气风发的男孩子,实在不敢相信如褚穆这么骄傲的人竟然在拒绝了那么多优秀的女生后,答应了这个丫头片子。

十七岁的褚唯愿跟在褚穆身后,听到这句话也忽然炸了。

之后就是传遍全校的八卦新闻,这个新闻就是搁到现在也足以被新的学弟学妹当成故事来听——外语系系花,凭借一个强吻竟然追到了外交学院的大神,褚穆。

褚穆是一个很认真的人,决定的事情从来不开玩笑也不轻易放弃。当晚送陶云嘉回去的路上,他就明确地表达了自己的想法:"我既然答应你了就是认真的,你要是现在后悔还来得及。"

陶云嘉依然挺直了脊背目光坦然:"我为什么要反悔?我喜欢你就是喜欢你,我也没把你答应我的话当成玩笑,从今天这一刻起,我就是你女朋友了,还希望你在外面洁身自好才好。"

褚穆不动声色地笑了笑:"行。"

只是褚穆不知道的是,陶云嘉回到寝室之后整个人都在发抖,说不清是兴奋还是恐惧。兴奋是因为被无数人供在神坛上的男人现在是她陶云嘉的男朋友,恐惧是因为在见识到了褚穆的手段能力之后,在见识到他的朋友和背景之后,她忽然不敢确定自己是否配和他站在一起,那种从小就被自己忽视的自卑感忽然浓烈地袭击了她骄傲的人生。

二十出头的年纪,正是两人谈恋爱最好的时光,褚穆也的确遵守了承诺很认真地对待陶云嘉的感情,每逢周末或者平日的晚上,他会接陶云嘉出去,带她跟朋友一起吃饭,参加一些活动。陶云嘉也越发逼着自己更努力,努力去了解那些人的圈子,了解褚穆的喜好。

陶云嘉很聪明,褚穆有时一个动作一个眼神她就能准确地读出他想要什么,那时的褚穆年少轻狂,跟陶云嘉就像是两只彼此依存的兽,都很强烈地想要征服彼此的棱角。不到两年,两人的感情已经从最开始的尴尬变成热恋中的亲密,熟稔且用情很深。

陶云嘉大二下学期,褚穆亲自陪着她复习,帮她考过德语的专业考试。陶云嘉大三,面对学校举行的实训测试,褚穆以模拟考官的方式对她进行了专业培训,又教了她很多自己在平常学到的技巧,让她顺利以第一名的成绩通过。陶云嘉,提起这个名字外交学院几乎都会下意识地把她和褚穆联系在一起,她头上笼罩着褚穆的光环就连老师都对她疼爱有加。

周围的人也都习惯了两人的情侣关系,对待陶云嘉也不再像陌生人那般客套,反而像是圈子里的朋友一样常开些玩笑,自然而然地把两个人看作一体。褚穆从小受到的家教和那种高素质高品质的生活态度让陶云嘉越发沦陷。他随便一个动作或是无心的一句话都能让陶云嘉受益匪浅。

而褚穆,也特别欣赏这个女孩子眼中那种不服输的光芒,她肯吃苦,肯虚心学习,她面对自己时的那种姿态不卑微也不轻慢,恰到好处地符合褚穆彼时对于女朋友所有的想象和准则。

大四的时候,陶云嘉已经和褚穆搬到他在外面的公寓去住了,就像相爱了很久的平常学生一样。褚穆下班回来,她就在书房里翻字典准备论文,等待他来解答自己的疑惑。褚穆心里也盘算着等陶云嘉毕业就带她回去见父母,等褚父同意后就结婚。

一切看起来都那么顺利,所有人都以为褚穆和陶云嘉就要结婚了,本该顺理成章地成为金童玉女,这个时候陶云嘉毕业了。

有些事,放弃了就不会再有第二次机会,包括爱情。

陶云嘉毕业那天,院领导特意找她谈话,公派留学的名额下来了,语言学院的名额只有一个,其言下之意就是你要是想去,这个名额就是你的。

陶云嘉手里捏着毕业证脑子里一片混乱,被这个消息震得说不出话来。外派三年,这么好的机会如果让陶云嘉放弃实在是太难了。所以二十几岁的少女没有一丝犹豫就答应了导师。出了校园门口,陶云嘉才想起来褚穆对自己提过毕业结婚的事。

当晚,两人就为了这件事大吵一架。褚穆特别不能理解陶云嘉的想法,指着留学申请表皱眉问:"为什么你非得去留学?直接进翻译组你不同意?"

陶云嘉知道自己理亏，但是也不肯服软，从餐桌旁站起来奋力辩解："我想得到更好的深造有错吗？这样的话回来再进翻译组晚几年又有什么关系呢？至于婚礼，我们早几年晚几年都是一样的，我一个女孩儿都等得起，你有什么等不起的？"

褚穆冷笑："我等得起，只是你回来的时候别后悔才好。"

陶云嘉最怕褚穆没什么情绪的样子，一下软了语气："褚穆，我们之间的差距太大了，我和你不一样，你生来就什么都有，但是我得通过自身的努力去奋斗。只有更好一点，我才会觉得我配得上你，配得上你身边的一切……"

有些女人就是这样，用自己的自卑不断逼迫自己更强大走得更远，哪怕她已经足够耀眼却还是觉得不够，总想着更高一点儿，再高一点儿。

在一起两年，褚穆又哪里不了解陶云嘉呢？也自知根本拦不住她，背对着陶云嘉，褚穆忽然觉得很疲倦，声音也比以往更缓慢："那你就走吧。"

陶云嘉伸出手来攀住褚穆垂下的手："你别生气好不好？我有假期的，我可以假期回来陪你。"

那个时候的陶云嘉自信到无论她怎么做，褚穆都一定会陪着她。也自卑到无论自己怎么做，还是配不上褚穆。但是她不知道，褚穆能在二十二岁的年纪许诺给她想要的一切，是被她眼中细碎倔强骄傲的光芒所吸引，并不是她现在无谓的妄自菲薄。

褚家对于陶云嘉的这种行为十分不满，褚夫人看着一桌子精心准备的饭菜饶是再好的修养也忍不住唠叨："这叫什么事儿，说好了来家里怎么就出国了呢？那可是三年啊……"

褚父看着报纸虽然没表态，但已经十分不悦。一旁的褚唯愿生怕事情不够大在二老跟前敲边鼓："是嘛是嘛，拿我哥当什么啊，说等就等，哪儿来的那么多时间！"

看了一眼沙发上端坐着的二老，褚穆还得硬着头皮圆场子："爸、妈，人都走了就别生气了，我也不着急，再等几年也没什么大不了的。"

褚夫人"啪"的一声将手里的茶杯搁在矮几上："凭什么等她啊儿子？哪有公公婆婆都没见就出国要走的啊，好歹把事敲定说清楚。我跟你爸也不是不通情理的，能拦着人姑娘深造不成？"

褚父抖了抖报纸，语气悠长："女孩子要强是好事情，太要强了……只怕你驾驭不住喽……算了算了，走都走了，吃饭吧。"

所以说，陶云嘉和褚穆交往两年留给老头儿老太太的印象就这么差，第一关压根儿就没在褚家通过，结婚这事儿谁也没再提。

有的时候，几个发小在场子玩儿喝多了酒，就围着褚穆东一嘴西一嘴劝他。

江北辰说："拉倒吧，守着那姑娘干吗啊，说实话，跟你气场不合，真的。"

纪珩东说："你就这么强势，再娶个比你还强势的，啧啧啧，其乐无穷。"

战骋说："队里新来了一批电子营的，我给你介绍介绍？"

褚穆仰着头靠在软卧里，懒懒地笑着："算了，她都跟了我我总不能拿人家为了我的借口再甩了人家。"

纪珩东咂巴咂巴嘴里的烟，一副过来人的样子："老大啊……早晚有一天，是人家甩了你。"

都知道有一句话叫一语成谶。那是三年后的夏天，陶云嘉学成归来，见家长的事情也终于提上日程。订婚的日子提出来，一切都在井井有条地准备着，陶云嘉满心欢喜地做着准新娘的美梦。

结果一个阴云密布的下午，陶云嘉正在褚穆的公寓里整理东西，忽然听到敲门声。是褚父身边跟了多年的秘书。

秘书对着前来开门一脸迷惑的陶云嘉彬彬有礼道："陶小姐，褚夫人想见见您。"

车子一路直接驶到大院儿，陶云嘉看着独栋的别墅，心里没来由地一阵慌张。之前与褚穆交往时，她来他家找他，曾机缘巧合见过他的父母，他们虽然对她不冷淡但她也实在感受不到什么热情。所以，敏感聪明的她几乎在秘书开口的瞬间就知晓了这次见面的特殊。

褚夫人穿着一件堇色盘扣的旗袍，头发繁复地用玉簪子束在脑后，正在精研茶道。陶云嘉拘谨地站在门口，鞠躬和她打招呼："隋阿姨，您找我？"

隋晴是大院里出了名的好脾气，不同于江家儿媳那种严肃，平日里反而多了些亲和力。这次却拿出了百分百当家主母的架势，指了指面前的沙发："来，坐吧。"

"快要订婚了，准备得怎么样？"

陶云嘉抓紧了手里的包，谨慎地点头："都很顺利。"

隋晴倒茶的手一顿，随即轻笑了起来："顺利吗？我儿子等你这三年可是不那么顺利。你在国内需要办理的所有手续，听说都是他给你跑的？"

"要知道，能让褚穆这么对待的，除了他妹妹可真就没别人了。"

隋晴不轻不重的这几句话，让陶云嘉原本紧张的心顿时跌入谷底。看来今天这场谈话，没那么简单。但是作为晚辈，听到长辈的指责之后，姿态还是必须要有的。

"阿姨，我知道我留学的这三年给褚穆添了很多麻烦，但是我也是想提高自己，这样才更配得上……"

"既然你要配得上，那我这儿有个更好的机会。"隋晴打断陶云嘉接下来的话，"褚穆现在的位置是越坐越高，你要是想和他比肩，倒不如先缓缓结婚的事儿。"

隋晴拿过准备好的档案袋子慢慢沿着桌边儿推了过去："这是你褚伯伯给你的，条件很简单。你也知道，褚穆的工作正处于上升期，总不能两个人都在一个单位工作，影响也不好。当然，要不是夫妻关系而是陌生人的话，就另当别论了。"

陶云嘉想做外交官这个梦想早在她儿时就在心底生根发芽，如今隋晴这番话更是威胁。你要是想要这个梦想，就没了幸福，你要是想要幸福，就必须失去梦想。

抱着那个档案袋出来的时候，天空忽然电闪雷鸣地下起了雨。陶云嘉紧紧攥着手里的东西，浑身冰凉。临走时隋晴的话还一遍一遍在脑中响起。

"明天就订婚了，我知道为了这个仪式你们都费了很多心，我给你一晚上时间考虑，希望在婚宴上你能给我答案。但是我也劝你，别想着鱼和熊掌能兼得，我知道你懂我的意思。"

整整一夜，隋晴给自己的优渥条件和褚穆的眉眼就像是野兽般撕扯着陶云嘉，她煎熬、痛苦，看着牛皮档案袋一次又一次地流下眼泪。因为在她二十几年的人生里，这份入职书就像是一个惊喜，也像是一个炸弹。她知道自己无法推辞，因为从她拿起这轻飘飘的几张纸开始，她就注定失去了褚穆这个人。

不知过了多久，天蒙蒙亮的时候，陶云嘉才决定给隋晴这个答案。她想，她可以先接受这份职业，然后不断努力，等她站在和褚穆同样的位置上，那个时候就再也没人来阻止彼此了。

所以当褚穆看着身穿礼服的陶云嘉缓缓从酒店那头走来时，对于她之前经历的事他还丝毫不知。当陶云嘉脱下褚穆给她定做的这世上独一无二的高跟鞋时，当她哭着蹲在地上说"褚穆对不起，我不想嫁给你"时，褚穆异常冷静地看着这个女人的崩溃，丝毫没有被抛弃了的愤怒。

因为从那一刻起，他不对这个女人抱有任何希望和宽容。

纪珩东梗着脖子都快哭出来了："我这张嘴啊！怎么就这么灵呢！"几个发小看着褚穆冷漠地摘下领带，扔了戒指，看着他冷静地走出酒店大门，看着他的车在夜色中呼啸离开，心中一片哀叹。

褚穆几乎是暴烈地推开家里的门，气势汹汹地看着正在桌前练书法的褚父，一字一句地问："你们到底跟她说了什么？"

褚父静下心来写下最后一个字，好似平常般擦了擦手："什么也没做，是她自己选择了放弃你。"看着褚穆夺门而出的身影，褚父忽然提高了声音，"褚穆！她损尽了我褚家的面子，这个儿媳，我不可能接受。"

自此以后，陶云嘉再没了消息。那一晚发生的订婚风波，谁都绝口不提。

外界只知道订婚当晚，褚家的准儿媳好大的气势，砸了场子，之后销声匿迹。有传言说，她是被褚家发配走了，也有传言说，是人家找到了更好的下家。

一年以后，褚穆声势浩大气场十足地迎娶了现在的妻子，舒以安。

舒以安正往家里走，等着红灯的空当就接到了茱丽秘书的电话，通知她明天入职上班，和在安雅尔的待遇职位都一样，翻译组文员，月薪福利都很高。

舒小姐顿时就笑弯了眼睛，没想到这么顺利，本来还想着明天再去面试几家公司，现在看来失业妇女这么快就又翻身农奴把歌唱啦。

褚穆到家里接她的时候，看她笑眯眯的神色，好奇地问："这么高兴？"

舒以安晃了晃手里的电话："公司通知我明天上班啦，我又找到工作了。"

褚穆把头转过去，神色傲娇态度凉薄："那恭喜啊，终于又能通过劳动人民的双手获取胜利果实了。"

"喂！我自力更生积极向上难道你不为我感到骄傲吗！"舒以安睁着圆圆的眼睛表示十分不高兴，"好歹你敷衍我也敷衍得敬业一点儿吧，哪有摆着张扑克脸说祝贺的啊。"

褚穆长长地叹了一口气，随即拧开车钥匙："笑不出来，媳妇都沦落到给别人打工了还让我笑？不笑成吗？"

所以从某种意义上来说，褚穆的大男子主义加上动不动就闹脾气的性格还是让舒以安十分头疼的。

其实舒以安从来不缺钱，对钱也没什么概念。

上大学的时候，祖父在她临走的时候就给了她一笔数额惊人的学费，并且让家里的老管家一再嘱咐自己，女孩子出门在外万事要珍惜自重，千万别为了什么东西出卖了自己委屈了自己。所以十八九岁的舒小姐就深深记住了这个教导，虽然在外不受什么穷，但是毕竟不是自己赚的，舒以安用得十分认真仔细，从不大手大脚。

刚刚在安雅尔赚到第一笔工资的时候，薪水加上福利七七八八也算是不小的数目，舒以安用这笔钱先是给远在扬州的祖父寄去了一副十分讲究的金丝边框的老花镜，又用剩下的钱买了一对儿价值不菲的袖扣送给褚穆，上好的黑曜石旁边镶了一圈银边，看起来低调又衬托褚穆对饰物高标准的要求。

舒以安把那对儿扣子拿给他，褚穆十分惊讶，看着成色款式皆上乘的黑曜石问面前神色有些紧张期待的人："送给我的？"

舒以安点点头："发了薪水，算是报答你吧……"

褚穆摩挲着光滑的扣子表面，似笑非笑："报答我什么？"

舒以安也说不清楚要报答他什么，又一向在褚穆面前嘴拙，咬着下唇有点儿着急："就是送你一个礼物……你要是不喜欢就还给我。"

"哎！"褚穆捉住舒以安白嫩的手顺势握住，也不再和她开玩笑，看着她有些局促却又明亮的眼睛，忽然轻轻笑了笑，"我很喜欢，谢谢。"

舒以安拿出全部薪水送出了礼物，结果就是周末和苏楹逛街的时候看到商场里某个奢侈品牌的一款新包包，只能站在橱窗外用手指一圈一圈地画着，轻声念叨："真好看，可是我没钱，不能把你们买回家，你们要等我哦。"

苏楹一头雾水："你平常连点儿零花钱都没有吗？不是才发了工资？"

舒以安苦着脸："全都花掉啦，我是月光族。"

结果第二天，那款新上市的包包整整三个颜色，一个不落地摆在了舒以安的办公桌上。上面工整有力的字迹带着褚穆一贯的言简意赅——算回报，小礼物。

舒小姐捏着卡片被这几个字雷得风中凌乱，当时就呆愣在了办公室里。这哪是小礼物啊，这一个包都够自己买好几对袖扣了，还一买就是三个！

这几个包留给舒以安的后遗症就是曾经有一段时间她根本不敢再给褚穆买礼物。

还是一个早上褚穆换衣服的时候才猛然想起，舒以安已经很久很久没给自己买过东西了。他把还在睡觉的人儿弄醒，语气抱怨："你很久没买过东西给我了，衬衫和皮带都该换新的了。"

舒以安撩了撩眼皮："你再等等好不好？"

"为什么？"褚穆不乐意了。

舒小姐揉揉眼睛，强迫自己清醒过来："我薪水还没攒够……"

褚穆顿时失笑："谁要你的薪水了？我不是给过你一张卡吗？"

"那不一样啊。"舒小姐盘腿坐在床上打算跟褚穆讲道理，"我送你的东西，当然是要自己赚钱买给你……"

结果褚穆被绕得头大，干脆粗暴利落地把人压在床上好好教导了一番，让舒小姐再也不敢拿什么你的我的当借口。时间久了，舒以安也就被褚穆的高压政策圈养习惯了，加上家里还有个小姑子时不时撺掇她出去败货，两人也算是把褚穆给的福利物尽其用。

看着熟悉的线路，舒以安有点儿奇怪："是回妈那里吗？"

"嗯。"褚穆把车沿着车道拐进去,"再不回去老太太怕是要不高兴了。"

褚穆是在临下班前接到老太太的电话的,没想到怎么瞒还是没瞒住家里这两个老奸巨猾。隋晴在家里一面修着指甲一面冲电话那端的儿子温声威胁:"到底是长大了翅膀硬了,回来第一时间竟然不是跟家里报到,真是白白养你这么大。"

褚穆拿着电话微晒:"二叔这嘴怎么这么快啊,我这不是还没来得及吗。"

"少跟我贫嘴。"隋晴拿着电话往厨房走,示意家里的阿姨准备饭菜,"晚上回来吃饭吧,以安呢?是不是跟你在一起?带着她回来啊。"

所以,褚穆想着,干脆就带着她回去一趟,早晚都得知道的事也不用瞒着。

舒以安一下一下地揪着裙摆,好半天才小声嘟囔起来:"那前两天发生的事妈知道吗?要是不知道就别说了,要不然她该担心了。"

褚穆转头看了舒以安一眼,白皙的脸上带着担忧和紧张,不知怎么心情就变得特别好:"放心吧,我不会说。"

进了家门,隋晴看着两人高兴得不得了,忙吩咐阿姨布置餐桌准备开饭。因为舒以安脸上的伤还没恢复完全,隐隐还能看出些印子,隋晴又向来眼尖,拽着褚穆就给了他一下子:"以安脸上的伤是怎么弄的?"

舒以安尴尬地抓了抓头发:"妈,跟他没关系,是我那天下楼不小心摔了。"

话音刚落,褚父正好下了班把车子停到家门口,隋晴一拍手:"今天家里的人算齐了,正好你爸也回来了,一会儿开饭!"

褚父从弟弟那儿听说儿子调回来的事心里喜忧参半,毕竟是男人,都希望自己的孩子能够大展宏图在事业上大有一番作为,但同时褚父也为褚穆感到欣慰,欣慰儿子终于能从过去走出来了,并且愿意正视肩上这份有关家庭的责任了。

此时见到夫妻两人,褚父一向严肃的脸色也和缓了不少。

他进门换了鞋子摆摆手示意舒以安接着坐:"坐你的,也俩月没见着你了,怎么样,工作还顺利吗?"

舒以安对着褚父向来是有些拘谨的,礼貌地应:"都很好,您放心吧。"

褚父满意地点点头,看着从洗手间出来正在擦手的褚穆也难得露出了笑容:"我先上楼换衣服,吃完饭你跟我去喝点儿茶,你纪伯伯给了我不少上好的铁观音。"

隋晴看着父子俩难得的和谐气氛,打心眼儿里高兴。

然而褚穆还在寻思隋晴之前说的话,皱眉找到了重点:"妈,家里人齐了是什么意思?"

隋晴面色一僵,声音一下子小了下来:"你妹妹也回来了。"

褚穆冷哼一声,拉过一旁的椅子示意舒以安过来:"美国的太阳多充足啊,怎么这么着急就投奔祖国怀抱了?"

舒以安不知道褚穆和褚唯愿之间发生了什么事儿,但也隐隐觉出兄妹俩的不对劲儿,看了眼隋晴有些试探地问:"愿愿……怎么了?"

正当这时,褚唯愿穿着居家的衣服站在楼梯上怯怯地喊了一声:"哥……"

上一次在机场兄妹俩经历了一场不愉快的谈话,这让褚唯愿即使飞到美国也不能安心,她总觉得是自己说话过分了,所以一回国就老老实实地待在家里等着褚穆回来向他负荆请罪。

舒以安也有一个多月没见到褚唯愿了,小姑娘瘦了不少也憔悴了不少,不同于她之前气势冲天的样子,反而多了些邻家姑娘的气质。褚穆抬眼看了看楼梯上站着的人,缓了缓语气:"下来吧,吃饭了。"

褚父不知道褚唯愿和庞泽勋的事情,褚穆再生气也得给她瞒着。到底是小姑娘,见到褚穆松了口,马上就喜上眉梢蹦蹦跳跳地下了楼。

十二道菜色,好不丰盛,五口人坐在餐桌旁就像平常人家一样难得聚在一起吃了一顿晚饭。隋晴给褚父倒了一杯酒,随口问褚穆:"儿子,这次调回北京工作是不是轻松一点儿?"

"哐当——"

舒以安手里的骨瓷筷子和瓷盘碰撞发出极为清脆的响声,几个人闻声都去看她。只见她愣愣地转过头来,一双眸子里满是茫然和惊讶。她看着坐在手边的男人，傻傻地问了一句："你……调回来了？"

褚父和隋晴闻言也是一愣："你没把这事儿告诉以安？"

褚穆淡定自若地把筷子捡起来递给阿姨示意她去换一双，伸手摸了摸一脸懵懂的舒以安："还没来得及，这不现在就知道了吗。"

褚家夫妇你看看我我看看你，好半天才明白过来："我跟你爸还以为以安知道呢，这下好了，看给我儿媳妇吓得。"

"惊讶吗？"褚穆半带着戏谑地看着面前的人，笑纹浅浅。

"有一点儿。"舒以安认真地点点头，想说哪里是惊讶，这分明是惊吓好吗？不，是惊喜。她还记得柏林下着雨的那个夜晚，他冷静也气急地说，舒以安我是有病才会有留在北京陪你的想法。

所以当自己以为未来的很多个日子都可能见不到褚穆的时候，当自己绝望地被人劫到车上满心遗憾地想再也见不到他的时候，他的出现，就像是上天赐给她的幸运和礼物一样。同样，还有来自心底最恐惧的得失。

这几天，她每次醒来都是很小心翼翼地睁开眼睛看着身边的位置，她生怕他有一天会对自己说，我走了。就像她住在医院的那个夜晚，他匆匆离去却也毫不犹豫。那一晚的吵架，两人虽说都极有默契地绝口不提，但就像是一道伤疤硬生生地横亘在两人之间。

所以听到隋晴这句话，看到褚穆这么淡然地表示认可的时候，舒以安鼻子一酸险些掉下泪来。看吧，自己就是这么矫情，连听到这个消息都不能像大家闺秀般淡淡一笑大度地表示自己没关系，哪怕心里早就乐开了花。

舒以安就是舒以安，她对这个世界上给予她的一切都能怀有坦然和真诚，失去的从来不气馁不悲愤，得到的却要报以十二万分的欢欣和感恩。所以在很多人眼里认为是极大委曲的事她通常会笑一笑，可人家认为再正常不过的生活表象，她偏偏要用真心来回报。

"你留下来真的可以吗？不会有什么影响？"

还没等褚穆开口，褚父就先拦在他前头："没什么影响，工作哪里都一样做，你嫁过来两年他能有多少时间陪你，这样挺好。"

褚唯愿也点头在一边帮腔："他能有什么影响啊，早点儿回到祖国母亲的怀抱才是正经事。"

褚穆阴沉地抬头扫了褚唯愿一眼，让她闭嘴，又平静地拿起汤勺给舒以安盛了一碗汤搁在手边。舒以安接过那碗汤悄悄红了脸。

隋晴和褚父上了年纪生怕小两口在这儿不好意思，匆匆吃过就下了桌，嘱咐两人一会儿吃好了就上楼去。

一个月能回来两次都算多，所以褚穆往往很孝顺，哪怕早就不耐烦褚父的耳提面命也强打着精神陪他去二楼的书房里喝茶，舒以安和褚唯愿则进了主卧陪隋晴聊天。

褚父往杯子里慢慢注入了滚烫的开水，看着水流升腾着冒着热气的样子神情也放松了不少。

"这次的事倒是像样子，回了家也好，安稳。"

褚穆没什么表情地看着杯子上印着的松竹，语气淡然："您是指什么安稳？我这位置安稳还是我这个家安稳？"

褚父就知道，自从两年前出了那档子事，褚穆什么时候都乐意跟自己顶着茬来，褚父也明白他这是心里有气，自己的儿子抛开事情本身不说，自己代他做了主张就是犯了忌讳。老爷子倒也不生气，呵呵地笑了笑。

"你也别跟我这儿怄气，说到底这个媳妇是你选的，我跟你妈如今也都认可，能回来就是好事情。"

褚穆不动声色地抬眼打量了褚父一会儿，这才后知后觉地发现相比前几年的状态，父亲似乎是真的老了不少。他缓了缓语气，打算换个话题："职位没动，就是今后京里对外办事这一摊归我了，也不算降下来。"

褚父不咸不淡地嗯了一声，故作严肃地嘱咐道："这下你们四个小子又凑到一块儿去了，战家那天还跟我说小孙子要结婚调回来驻训。我可警告你啊，轻着点儿作，出了事看我不扒了你的皮。"

褚穆懒洋洋地伸了个腰，丝毫不在意："还当您三十多岁呢？说打我一顿就打我一顿。"

褚父笑骂："你个浑小子。"

另一边的主卧里。

隋晴钟爱珠宝翡翠，据说年轻的时候曾经也是名动一方的美人儿，家里收藏的宝贝也都是价值连城。隋晴喜滋滋地拿出一个精致雕花红木箱子，打开了镶金锁把东西一样儿一样儿拿出来给女儿、儿媳看。

褚唯愿懒懒地倚在床边，见隋晴打开宝贝箱子眼睛都绿了，伸手就往一个通体清透圆润的镯子摸："嗷呜！妈我要这个我要这个！"

隋晴笑得温婉慈祥，一巴掌打在褚唯愿的爪子上："就你会拣好的挑。"

舒以安来自江南，温玉软金从小见的不在少数，那只镯子通体青绿透亮，水头十足，一看就是有了年头的，价值又岂是钱能够估量的。

隋晴拿起那只镯子在灯下看了看，对着舒以安解释道："是个老物件儿了，还是我从上海嫁给你爸的时候家里拿的陪嫁。"隋晴指了指红木箱子里其余的几样儿，分量不小的蓝宝石周遭镶了一圈粉钻的戒指，水滴状的祖母绿嵌成的耳坠子，还有血红血红的珊瑚石项链……个个毫不逊色博物馆里展出的那些。

"都是上一辈传下来的，这个镯子跟了我隋家三代，最早听说还是一位清朝的格格从宫里带出来的。我是家里的独女，总不能到我这儿就断了传送，给你啦。"

舒以安看着隋晴手里递过来的东西，忙摆了摆手："这么贵重的东西我不能收，就算是传下去也该是给愿愿啊……"

"哎！"隋晴有些不满地摇摇头，不顾舒以安的推辞直接把镯子套了上去。舒以安的皮肤白皙细腻，本就沉稳淡然的性子加上这只玉镯一点缀，漂亮得让人移不开眼睛。

褚唯愿趴在床头毫不掩饰对舒以安的喜欢："嫂子，你戴这个真好看。"

隋晴也满意地晃了晃："是好看，要不说这东西挑人呢，就该是你的！"

舒以安总觉得这么贵重的东西戴在手上不妥："妈，您的嫁妆我怎么能要呢……"

隋晴阻止舒以安要摘下来的动作："这有什么不合适的！以安，你都嫁给褚穆了怎么不拿我当一家人？将来你俩要是给我生个孙子，我还指着你把这个传给我孙媳妇儿呢。"

"都说女儿是心头肉，但是你和愿愿在我看来都是一样的，都是我心尖上的宝贝。你说你年纪轻轻就没了父母，我这当婆婆的不落忍……"隋晴摸了摸舒以安有些瘦弱的肩头，"你和这丫头还不一样，她从小被我和她哥宠惯着，以后我得加倍对你好，要是褚穆欺负了你你就直接回家来，我给你撑腰。"

大概是太久没有听到来自长辈的这种关怀了，舒以安心里忽然被隋晴这番话焐得暖暖的，乖巧地点点头："放心吧妈妈，褚穆没有欺负我，我们会好好的。"

三个人在屋里说完悄悄话，时间也快到晚上九点了，褚父第二天还有会，临走的时候让褚唯愿送了两人出去。

褚唯愿拽着舒以安看着前面修长的身影，小姑娘有点儿犯怵："嫂子，我把我哥惹生气了，你说他会不会再也不理我了啊？"

舒以安虽然不知道兄妹俩到底为什么闹得这么僵，但也从褚穆那儿听说过一点儿，这事八成和庞家那个交往对象有关系。她看了看满脸担忧之色的小姑娘，有些为难了："你是不是又和庞泽勋在一起了？"

褚唯愿哀戚戚地点着头，快要哭出来了："我还对我哥说了很多我不该说的话，嫂子，这回我哥是真的生气了……"

这时候，褚穆已经把车开到舒以安面前，倾过身子打开车门，看都没看戳在那儿的褚唯愿。舒以安一向是和小姑子一条战线的，见到她这么可怜也横下心来打算说服一下褚穆，于是探进去一颗小脑袋对注视前方的某人说："愿愿有话想和你说，你下来吧。"

褚穆恨铁不成钢地瞟了舒以安一眼："你跟谁是一伙的啊？"

一个媳妇一个妹妹手挽着手站在车跟前儿跟狼牙山五壮士似的，褚穆最后被她俩腻歪得没办法才下了车，他又怕舒以安捣乱顺手把她塞进了车。

褚唯愿饶是平常再有胆子大也不敢这个时候挑战褚穆的权威，干脆秉承着小时候百试百灵的政策熊抱住褚穆就开始哭，哭得那叫一个肝肠寸断撕心裂肺。舒以安也不知道兄妹俩在外头到底说了什么，只见着褚穆掏出手帕往褚唯愿哭得跟花猫似的脸上擦了擦，拍了拍她的小脑袋就又回车上了。

一路上，舒以安想问他关于调回来的事几次话到嘴边都悄悄咽了下去，最后褚穆都要憋不住了，偏头看了一眼懊恼的舒以安，才低低地开口："是不是想问我为什么调回来？"

Chapter 10

深情及久伴

舒以安垂下头目光东瞟西瞟的就是不肯承认,两根手指头都快拧巴到一起了。

褚穆把车靠在路边有些无奈地笑了笑:"从来都是我把别人逼得一再退让,舒以安,能让我沉不住气的你倒是第一个。"

舒以安就像个小虾米,声音越发小了下来:"那你回来,怎么不早一点儿跟我说呢?"

褚穆气急败坏地"嗳"了一声,伸手去捏舒以安柔软的耳垂:"你也没问过我啊,再说了我刚回来你就出了那档子事,接着就带你去山上看病,哪里来得及啊。而且我在家待了这么多天你就没感觉到?"

舒以安一下一下地戳在玻璃上,咬着下唇底气十分不足:"上次问了你就说我是急着给别人腾地方,我哪敢再提。"

这么一说,褚穆才想起来上回回来两人因为这个由头拌过嘴,那天也是他心情不好,加上肖克送她出来,他话说得重了些,没想到给这只小绵羊留下了阴影。

现在哄好她,才是最正经的。对付这样的舒以安就是不能呛茬,只能顺毛来。褚穆采取温情手段把软话一说,舒以安心里那种愧疚感啊道德感啊什么的就都涌上来了。

褚穆想了想,说:"我不是因为你的腿伤才回来的,调职这个想法从上次回去就有了,只是一直拖着。回德国以后我总想着你一个人在医院里的样子,以前是我没考虑到你的感受,一直放你一个人在这边也是我的失职。

"以安,对不起。"

舒以安垂下眼,温柔地摇了摇头:"不怪你,我也有不对。"夜晚不断有车打着大灯从他们身旁开过去,舒以安背后的一幢大厦外闪耀着星星点点的霓虹,衬着舒以安的脸说不出的柔软。

"褚穆,你能回来……我还是很开心的。

"我还是很开心的,你没有丢下我甚至选择放弃我。"

褚穆没想到舒以安在这场感情里竟然把自己放到了如此低的位置,喉间哽咽。

"以后,我尽量抽时间陪你。"

两人回了家,舒以安换上衣服打算扯出垫子来做两组瑜伽。虽然说舞蹈不能再跳,但是由于之前的复健和多年来养成的习惯,她还是保持着每天做拉伸来锻炼自己。褚穆洗完澡出来百无聊赖地坐在客厅里看电视,眼光却总是瞟向在阳台伸胳膊伸腿的人。

随着她向上拉伸的动作,舒以安原本就不堪一握的腰就这么露出了一大截,褚穆装作看不见地抓起杯子喝了一口水,脑子里却还在想着她平坦柔韧的身体。

男人嘛,在晚上看着自己的女人啥也不做本来就够考验意志力了,何况她还不自知地做出那么多诱人的动作。

不忍了!

褚穆心不在焉地换了几个台把遥控器扔在沙发上,几步就从客厅中央跨到阳台,正赶上舒以安平躺在垫子上慢慢恢复呼吸,褚穆双手撑在她耳边以俯卧撑的姿势整个人覆在她身上。灼热的呼吸落在她耳边,舒以安眼睛忽地睁大,

"你干吗?"

褚穆的眸光盯着她不断起伏的胸口,神色越来越深沉:"到点了,睡觉

吧。"

舒以安被他盯得不自在，饶是在装傻也明白他想干什么。她有些羞涩地偏过头去："我还没洗澡……"

褚穆却把人直接往楼上抱，言简意赅："一会儿再洗。"

"……"

第二天因为要去入职报到，舒小姐早早地就忍着酸疼的身体起床收拾自己，还要腾出半个小时给睡得正好的某人做早餐。

舒以安做饭的手艺，还是和褚穆结了婚之后慢慢练的。只因为他说不喜欢出去吃，所以舒以安在第一年起初的几个月就苦练厨艺，在公司和苏楹这个常年独居的生活小能手交流经验，回了大院儿就和家里的阿姨学手艺，听着隋晴教自己他爱吃什么不爱吃什么。

曾经有一天晚上，褚穆回家就听见厨房里噼里啪啦的响声，刚换好鞋还没来得及往屋里走，就听到舒以安一声极为恐慌的尖叫。

褚穆脑中"嗡"的一声来不及多想就跑到厨房里，只见舒小姐身上系着条米色的围裙拿着锅铲远远地站在灶台边，手背上一大片红肿。锅里滚烫的热油夹杂着滋滋啦啦的声音，几块排骨已然变焦。

褚穆手快地关了火，皱眉拉着舒以安到水龙头下面冲水，水泡不大不小刚好三个。从那以后的几天，他几乎是天天带着做饭废能的舒以安在外头吃。

可能是被褚穆的行为严重打击到了，舒以安做饭的本事在他不在的日子里随着她勤学苦练突飞猛进，不知道糟蹋了多少食物败坏了多少只锅，等三个月后挑剔的某人再回家时，看着餐桌上摆着的几道菜，竟然能点头表示味道不错。

温好了牛奶搁在餐桌上，煎蛋培根规规矩矩地码好搁在盘子里，就连吐司都是切了边的。舒以安匆匆跑上楼拿包，看着还在熟睡的褚穆忍不住气呼呼地伸脚踢了踢他。

"唔……"褚穆翻了个身，因为刚醒目光有点儿涣散，"你穿得这么利索去哪儿？"

舒以安就知道这厮是把自己上班的事情给忘了:"我去上班啊,早餐做好了放在楼下桌上,你记得吃哦。"

褚穆懒懒地应了一声,抬眼问:"你吃过早饭了吗?"

舒以安被他这么一问才反应过来,光顾着做他的那一份了连自己没吃饭都给忘了:"忘了……"

褚穆就知道她会这样,转过身将被子松松地搭在腰间,背上的曲线在阳光下异常性感。清晨时分,他的声音显得沙哑好听:"你去吃了吧,我不饿。"

舒以安把梳妆台上的钥匙镜子唇膏一股脑地划拉进包里,怕他来不及又伸脚踢了他几下:"七点了你别睡过头,我在路上随便买点什么就行啦,我走了。"

听着乒乒乓乓的声响和渐远的脚步声,褚穆睁着眼想了一会儿忽然咧开嘴无声地笑了起来。舒以安,这三个字带着无限的缱绻被他默默地在心里过了一遍,无比温情。

新公司离湖苑别墅有将近半个小时的车程,加上堵车,舒以安紧赶慢赶终于在上班前的两分钟到达了办公所在层。

茱丽一早就站在办公室门口拿着她的人事档案等着,见她来了有些不悦地抬手看了看表。

"差一分钟迟到,舒小姐,你时间观念掌握得很精准啊。"

舒以安自知是自己不礼貌了,第一天入职理应提早一点儿的,忙对茱丽道歉:"对不起,路上实在是太堵了。"

茱丽踩着高跟鞋一面气势十足地带着她往翻译组走,一面交代她注意事项:"翻译组算上你一共六个人,我记得你以前是文案翻译,那从今天起你还是负责合同译本。我们这里和安雅尔不同,不需要手译,除非特别的我会交代秘书告诉你。工资待遇也和合同里说的一样,希望你能在这个新职位上认真工作。"

舒以安亦步亦趋地跟在茱丽身后,态度不卑不亢:"好的,我会的。"

"对了。"茱丽忽然停下脚步,微微倾身小声问了她一个私人问题,"你结婚了吗?有生孩子的打算吗?"

舒以安知道有不少企业都是聘用未婚或者不打算要孩子的青年人，因为他们有足够的冲劲和时间。但是舒以安并不打算隐瞒，毕竟坦诚才是对待一份工作的长久之计。

"我结婚了，至于孩子……"舒以安默默地回想了一下褚先生近期的夜间行为，脸色微微尴尬，"顺其自然吧，但是我没有不要宝宝的打算。"

茱丽看着舒以安年轻的脸小小地惊讶了一把："你看起来很年轻啊，简历上说你才二十四岁，这么早就结婚了？"舒以安顿时低头不好意思起来。

"也没关系。"茱丽抿了抿唇，"我们公司的老板不同于其他外企，她也是中国人并且做了妈妈的，就算你将来要休孕假也会给。在待遇这方面女同事还是有一定优势的，前面就是翻译组的办公室了，我们进去。"

开场白不外乎由茱丽带着向大家介绍一下自己，简单和组里的成员认识一下。组里年岁大一点的组长已经四十多岁了，家里还有一位高考生，是一位看起来特别严谨认真的姐姐。剩下两位都是有几年工作经验的"白骨精"，一个叫周慧，比自己大了一岁，已经结婚，人很随和温柔，另一个叫白昕悦，比自己大了三岁，有点儿傲慢，对舒以安点点头就没再说话。

舒以安找到属于自己的格子间就开始熟悉工作，其间有两个男同事分别给她送了饮料和点心企图搭话，都被她以各种理由躲了过去，转眼就到了午休时间。

午饭是周慧带着舒以安在员工食堂吃的，其间围上来不少男同事纷纷对新人表示关心，都端着餐盘坐在两人跟前。

周慧拿着筷子敲了敲跃跃欲试的男同胞的餐盘，一口地道的京片子："嘛呢嘛呢，新同事表示自己已经名花有主了，你们这些结婚的未婚的都甭打人家主意各自退下吧。"

"哎哟喂，咱公司怎么就这么不为男同胞着想呢……"市场部的一个主管满脸遗憾地拍拍大腿，"好不容易来了一个好妹子还不是单身，再不剩下的就是茱丽那样的女妖精，唉，走了走了。"

舒以安看着一脸败兴而归的男同事，有点儿尴尬。周慧就怕她感觉不自在，忙出声宽慰："别理他们，跟谁都这么胡闹，人倒是都不坏品质也很好。

给你讲个好玩儿的吧，茱丽第一天入职的时候这帮不知死活的还以为是哪个部门新来的小妹，趁着中午把她好一顿调戏，结果下午开例会的时候才听老总宣布这是新来的副总，结果下面那几个一听，得，脸都绿了。"

舒以安想着茱丽那张扑克脸自动脑补了一下画面，一下子没忍住乐了出来，眯着眼睛笑嘻嘻的样子看起来特别可爱。周慧也跟着她一起笑："新来的难免都是要适应几天嘛，咱们公司的工作氛围还是很轻松的，对了，听说你是安雅尔跳槽来的？"

跳槽？舒以安也不知道自己算不算是跳槽，只能模棱两可地点点头："应该……算是吧。"

周慧虽说比舒以安年纪稍大一点点，但格子间里流传八卦的风气始终盛行，她神秘兮兮地探出头对舒以安讲了一些在任何公司都不算秘密的秘密："跟你讲哦，茱丽也是安雅尔那边跳槽过来的，据说是受不了那边 CEO 的变态要求，到了这边以后老板特别看重她，说安雅尔的员工办事能力强，搞不好你俩同是天涯沦落姐妹，她以后会对你更关照一些呢。"

舒以安也没想到茱丽之前竟然和自己是一个公司的，照周慧这么说，她应该和自己都归属肖克的管辖……

"倒不用对我多关照一些，只求别找麻烦就好啦。"

中饭听周慧讲了太多八卦，下午舒以安一边整理文件一边在脑子里想着周慧告诉自己的那些公司秘事，时不时地敲敲键盘，时不时地脑补一下她说的那些场景，时间倒也过得飞快。

转眼就到了四点半准时下班的时间。

组长有事提前下班，周慧急着赶地铁，在得知舒以安不和她同路之后就收拾收拾和别人先走了，白昕悦也不太热络地跟舒以安说了再见转而和同组一个男同事搭车离开，到最后就剩下舒以安自己。

她简单归置了一下办公桌，最后关了灯确认无误后才开始往电梯口走。其间遇上几个同事也都是点头笑笑打了招呼。刚要进电梯，手机忽然传来叮叮两声。屏幕上"褚大怪"三个字闪闪发亮。

"下班了吗？"

舒以安进了电梯趁着下行的工夫偷偷抿唇笑着给某人回信息："正在往家里走。"

她还记得很久之前的某一天，自己还在安雅尔集团上班的时候，他也是这么没头没脑地发来了一条信息，同样的内容和语气，结果却是让自己从站台走回去加班，等了他足足一个小时，只为了他那天心血来潮想要接自己下班。

"今晚不回家吃饭，早睡，勿等。"

"少喝酒，多吃饭，家里没夜宵。"

褚穆有个坏毛病，就是每次外面应酬过后回了家都说饿。凌晨一两点钟舒以安睡得正好的时候就得被他弄起来做夜宵。有时候困急了，舒以安就眼睛死死地闭着装作听不见，褚穆倒是也不急，不紧不慢地解着腰间的皮带，故意把声音弄得很响拖得很长，之后就是他窸窸窣窣解衬衫的动静，往往进行到这个时候，舒小姐就一个激灵从床上翻滚下来去给他做吃的，生怕某人兽性大发，那就不是简简单单一顿饭的问题了……

褚穆坐在车里嘴角微微上扬，手指飞快地打了四个字："有你就行。"

一语双关啊，舒以安红着脸看着他赤裸裸的调情，一边往外走一边给他回信息，专注得连公司大门外停着一辆如此拉风的车都没看到。

不过一分钟的工夫，茱丽穿着笔挺的白衬衫和黑色的阔腿裤，挎着经典的贝壳包包紧接着也从写字楼里出来，十分耀眼地上了那辆拉风的车。驾驶座的人目光一直紧紧盯着那个柔弱纤瘦的身影，丝毫没注意到车门的开关和副驾驶上坐着的美人。

茱丽跟着他的目光望去，刚好看到舒以安嘴角带笑满眼温柔的样子。

肖克看着她从大厦出来认真地回信息，看着她笑眯眯地走着，看着一个自己始终不曾见过的舒以安，眼中一片深暗。茱丽了然地笑了笑，嘴角带了些苦涩，再开口时却带了些嘲笑："师兄，你今天请我吃饭，只怕是醉翁之意不在酒吧。"

肖克回过神来，不着痕迹地掩饰了自己眼中的情绪，恢复了往常对谁都淡淡冷冷的样子："太久没见你了请你吃顿饭，怎么？你不愿意？"

都说你一旦专心用情地去对待谁，谁就是你身上那块最要命的肋骨，哪怕他手里持刀冲你而来，你也会毫不犹豫地张开双臂。很明显，肖克就是茱丽身上的那块肋骨，对待他别有用心的邀请就算知道目的并不单纯，她还是选择盛装赴约。

漂亮的脸上带着明艳的笑容，她又是无往不胜的JulyYan："当然愿意，要知道，我对你的要求往往没有任何抗拒力。"

肖克好半晌才开口："去吃日餐吧，你不是说好久没吃过了嘛。"

日餐还是三年前茱丽带着肖克去过的那家店，干净，味道好。茱丽拿着大块的龙虾刺身蘸了满满的芥末一口塞进嘴里，丝毫不顾平常干练女人的形象。肖克见她这么生猛地吃饭微微皱眉，忍不住递过去一张纸巾示意她擦擦呛着的眼泪："颜七月，东西不是你这么吃的。"

茱丽接过他递来的纸巾擦了擦眼角的眼泪，摆了摆手："你不懂，这么吃才过瘾，像你那种干什么都适可而止的方法，我早憋死了。"

只有味道辛辣的食物，才能缓解内心的苦涩。

咽下最后一口，茱丽喝了点清茶打算开始今晚这餐晚饭最重要的话题："说吧，要我帮你什么忙？"

肖克拿着杯的手一顿："怎么，我每次找你吃饭都是有求于你不成？"

茱丽摆出一副认真的神情伸出手指开始一件一件地数："2008年2月，我们一起在学校露台上喝啤酒，你要我和你一起加入安雅尔；2009年4月，我们吃的西单火锅，你让我帮你拿下欧莱的单子；2010年6月，我们一起吃的这家寿司，你要我辞职离开你；2011年9月，我们在法国吃的普希米鹅肝，你要我帮你带一件礼物回国；2013年7月……"

"2013年7月。"肖克盯着茱丽明亮的眼睛，慢慢地开口接下她即将说出的话，"我要你帮我照顾舒以安。"

呵！芥末真辣啊，要不然怎么眼角到现在都酸得想要流泪呢。

茱丽强压着心里的感觉冷淡地笑了笑："凭什么你认为每一次你要我帮你的事，我就必须做到呢？肖师兄，你哪里来的自信？

"她浑身加起来的行头比我一个副总都要贵，你见过哪一个文员下了班会自己开着梅赛德斯SUV回家的？你见过哪一个文员一双鞋比她几个月的工资都还要高出很多的？你确定她需要我一个名不见经传的副总来照顾吗？肖克，你是不是太操心了？"

被茱丽一件一件地说出事实指到心口，肖克也不恼火，不疾不徐地喝了一口水："她和你不一样，她很单纯，对职场的了解比你能想到的还要少，茱丽，她真的需要你的帮助。"

"哈！"茱丽偏头嘲讽地笑了笑，"既然这样，你又何必让人家辞了职来到我这里，你自己亲手保护她不是更好！"

"我试过，但是因为我的一个错误决定让她离开了……"肖克浓黑的眼中压抑着强烈的痛意和遗憾，低声说起自己最不愿意提起的挫败，"我知道，我在做无用功。"

一向在情场上战无不胜的肖克竟然遭到了一个女人的拒绝，何其残忍。

茱丽疲倦地把脸埋在手掌里，声音沙哑："肖克，你这么折磨自己会下地狱的，她结婚了。"

"是啊，她结婚了，所以我才选择托你来照顾她，至少，你不要给她出难题。"

这一次，眼角是真的有眼泪落下，茱丽狠狠地擦掉抬起头来，看着面前神色暗淡的男子，终究还是没能狠下心："肖克，这是最后一次。"

最后一次我毫不犹豫地帮助你，恐怕自此以后，情分就真的断了。

你身边肯定有这样一个女子，不以爱情的名义却为了一个男人做尽了深爱之事。颜七月就是这样的人。她恨极了怒极了肖克这种轻视自己的行为，却面对他所有的请求都无力拒绝。

自那天的晚饭过后，茱丽倒是对舒以安这个人更多了几分关注。她并没有遵照肖克说的那样对舒以安百分百地照顾，而是以另一种方式对舒以安不断进行提点。

她努力说服自己忘掉肖克这个人，像老朋友一样去对待他交代给自己的事。茱丽有的时候也会看着舒以安的身影暗暗出神，她想不通这样一个与世无争的人是如何走进野心庞大的肖克眼中的。

可能这就是男人与女人的不同吧。肖克觉得保护一个人要站在她面前挡掉所有的危险因素，茱丽则觉得，要想让一个女人成长，经历一些必备的挫折也还是很有必要的。况且，通过这一段时间的接触，如果忽略掉个人情感，茱丽还是很喜欢舒以安的。

舒以安聪明有礼貌，温和却又有原则。如果在职场上好好历练一番，很可能就会是另一个自己。

比如说她刚来公司很多规矩还不懂，有的人欺负她是新人总是推脱各种责任给她，那天说好要舒以安拿着译好的合同去会议室，结果客户部通知她的人弄错了时间，等舒以安去的时候客户方已经等候了多时。

茱丽看到这种情况不苛责对方也不安慰舒以安，反而用手敲了敲会议资料语气严肃。

"不要指望任何人来教你，吃一堑长一智，我希望你能记住，以后不管谁通知的你，都请你致电确认。"

"我的过失，以后会注意的。"

往往遇到这样的事新人都会急着把责任推回去，舒以安却挺着直直的背目光坦然地接受茱丽的批评，丝毫没有任何委曲和不甘。刚刚上班半个月，舒以安就被茱丽耳提面命得大有长进。抛去专业水平不谈，光是在同事关系上她就能有礼有节地对待每一个怀有不同目的的同事。而舒以安也从最开始的文员待遇不断提升到专业的翻译水平，得到了老板和组长的认可。

时间过得很快，转眼就到了七月末八月初的时节。

天气正是一年最热的时候，北京城里人人走在街上都恨不得跟前后的人保持两三米的距离，生怕挨上别人惹一身的汗。

然而湖苑别墅里的中央空调24小时不停恒温吹得让人好不惬意。

这一天，舒以安正光着脚在衣帽间里挑来挑去，寻思着哪一件穿着能更凉快一点儿。

褚穆背对着她心情十分阴郁，工作原因每天要穿衬衫加西装的他快要穿得憋屈死了，舒以安换好衣服还看热闹不怕事大地站在褚穆身后，对着一柜子衣服挑来挑去："这件黑色的吧，吸热，适合你。"

褚穆看着她拿起那件上冬时买的衣服倒也不恼，干脆转过身来摆出一副诚恳认真的态度:"那件羊毛大衣也给我拿出来吧,万一冷呢。"

"好啊好啊。"舒小姐满脸雀跃地想去给他找,被某人一把从背后抱住悬空在地上。

褚穆看着憋红脸蹬着两条腿挣扎的人,好整以暇地开口:"不是我要大衣,我看你倒是要穿点儿什么。"

舒以安的办公室处于阳面,上午日头特别足。她又图凉快,之前穿的不外乎衬衫啊半裙什么的,但今天她特地选了一条印花的连衣裙,裙摆将将遮到大腿二分之一处,两条细细的肩带挂在肩膀上,背后竟然还有一大片裸露的部分,看起来漂亮性感得不得了。

舒以安挥舞着两只手企图跟恶势力做最后的搏斗:"这样凉快你懂不懂?办公室里那么热我会闷坏的啊!"

褚穆手臂微微施力把舒以安直接搁在了通体衣柜的角落里,整个人伸出手臂把她圈在里面,不轻不重地问:"你换不换?"

舒小姐看着满眼都是危险的某人,决定挺直腰板硬一回,坚定地摇摇头:"不换。"

"真不换?"褚穆循循善诱地接着问。

舒以安动了动睫毛:"真不换。"

褚穆就等她这句话呢,"换"字刚落,他就速度极快地出手把人抱了过来,张嘴在她的肩膀上重重地吮了一口。

舒以安痛得吸气,忙伸出手来掐他。因为整个身体是被褚穆锢在怀里的,舒以安的下巴抵在他的肩膀上挥着手不得要领,只能掐到他腰间硬邦邦的肌肉。

"浑蛋啊你!"

看着舒以安肩膀上半紫半红的印子,褚穆伸出舌尖半挑衅半回味地挑眉看了看她,满脸都写着"你要是不换我就再来几个"。

舒以安两手捂在胸前,一边往角落里缩一边可怜兮兮地点头:"我换!马上换!"

最后的结果就是,舒小姐如他所愿换了衣裳,但是也没让某人太得意,趁他穿外套分神的时候，舒以安充分发挥了自己灵巧的特长抢在他前面关上衣帽间的门，一把拉过褚副司长的脖子狠狠地来了一口。

都说时间长了，夫妻俩某些生活习惯会变得趋同。但是这两个人的生活习惯倒没见多一样，咬人的毛病却是越来越像。

两人就在这么鸡飞狗跳的早上一起出了家门。到了院子口，竟有些像电影里史密斯夫妇演的那样，两辆车同时卡在门口，舒以安冲着那头的褚穆按了按喇叭，褚穆好脾气地笑笑，慢慢把车挪开让她先过。

最近褚穆特别忙，公事也很多。因为刚到一个位置，关系人脉都得重新打理，所以他往往是白天上班，晚上应酬，基本没有什么休息的时间。

秘书跟他从德国回来以后也被折磨得苦不堪言，天天跑东跑西累得不得了。刚从会议室出来，就又接到指示，匆匆翻过几页文件忙上前跟褚穆汇报："老大，过两天有个很重要的外事活动，礼宾和翻译这边的数量需求很大啊。"

褚穆接过来匆匆扫了几眼，都是些出访活动，而且时间很密集，确实需要认真准备。他回手把文件递回去，脑中已经迅速形成了严密的布置网络。

"看看有多少语种，从各个组里抽调，但是务必要有三次以上的同声经验，剩下的⋯⋯"褚穆微微顿了一下，"下发到各个办公室让他们准备就行。"

"下午还有什么事？"

秘书翻了翻日程，摇摇头："下午没什么活动，倒是王主任找了您很多次，今天又把电话打到我这儿来说想请您去家里吃个饭。"

褚穆听到"王主任"这三个字几乎是下意识皱眉："家宴？好大的排场。"

褚穆的语气不太好，秘书一时也不知道该怎么接这个话，心里却明白个八九分。王主任这么费尽苦心估计是为了那个在德国当空降兵的侄女。

其实秘书也不明白，这王主任到底是哪里来的侄女。他早在几年前丧了偶，家里也没听说有什么亲戚，如今凭空冒出这么一个打着他旗号的陶云嘉，褚穆去哪儿她就跟到哪儿，想要调职回来的申请几乎快一个星期就写上一封了，什么身体不好啊家庭原因啊⋯⋯能想的不能想的都写了个遍，可最后还是被褚穆扔在了永远也不会去看的文件筐里。

饶是不明白内情的秘书，也不由得默默猜测几分。

上了车,褚穆从车里的后视镜盯着脖子上那块红印,十分不爽地扣紧了衬衫最上面的纽扣。他有些愤愤地想着最近这小绵羊真是胆子越来越大了,知道他白天没有活动的时候不会穿正装,在办公室里就会松松地开两个扣子,故意挑了这么个地方下嘴,这是明摆着让自己一整天都得全副武装。

于是,他给她打电话。

"干吗?"电话那边的女声娇软清脆,听得他心情好得不得了。

"早上忘了跟你说。"褚穆拿起一早江北辰亲自送过来的请柬,"这周六别安排加班,北辰和楚晗在三亚补婚礼。"

舒以安听纪珩东提起过这件事,也没太惊讶,手里的笔在本子上慢悠悠地画圆:"我一个人吗?你去吗?"

褚穆对于舒以安下意识寻求自己的这种行为特别受用:"当然,他就结这么一次婚不看看多可惜。"

在褚穆为首的二货团队里,江北辰是唯一一个脑子抽掉敢和褚穆吵嘴的。可惜在两人无数次的交锋里,他从来没赢过。所以,鉴于补办婚礼这么重要的人生大事,褚穆说什么都得去看看。况且,江北辰和楚晗这一路的艰辛,他可是见证了全过程。

挂掉电话,舒以安想起了那个自己只见过几次的女人,江北辰的妻子,楚晗。

她比自己大了几岁,笑起来却如一个孩子般纯净。周身的气质是舒以安少见的特别,纵是乖戾傲慢的江北辰,只要楚晗一个皱眉和笑脸,就能决定他全部的喜哀。虽然是先有了宝宝,但丝毫不影响江北辰奉给她一个永世难忘的婚礼。

真幸福啊!

江北辰的婚礼是小范围的,没有长辈,来的都是打小就一起长大的朋友兄弟,所以气氛自然就轻松了很多。其实说是婚礼,倒不如说是借着这个机会让平常难聚到一起的人在这个度假胜地好好玩儿。人家两口子这边三亚结束之后去安塔利亚度假才是正经的婚礼蜜月。

婚礼定在周六早上,所以周四周五这两天就陆续有人抵达,开始了狂欢

"趴体"，场面尤为庞大壮观，四九城里叫得上名号的小字辈儿祖宗几乎齐了。

褚穆因为工作，到了晚上才接着舒以安往机场赶，将近四个小时的路程，两人下机的时候都已经九点多了。

三亚空气湿润，道路两旁种的椰子树给这座中国最南端的海滨城市带来了浓郁的风情。舒以安趴在车窗旁边看着夜色里的海滩，惬意地眯了眯眼。

从北京走的时候，怕夜里海风大，她特地带了一块质地软滑的披肩出来，此时披肩被她裹在身上，及肩的头发微乱地散在肩颈处，看上去说不出的柔和。褚穆把舒以安强行拉到自己跟前有一搭没一搭地绕着她的头发丝玩儿，褚唯愿开着车在前头看了一眼，小声哼唧："腻不腻歪啊……人家愿意让你摸吗你就摸。"

褚穆云淡风轻地问了一句回去："最近是不是在家待得皮痒痒了？庞家给你送的礼我看还是不够重。"

褚唯愿最怕听到"庞家"这两个字，忙噤声示好地冲后面摆摆手："从现在开始到酒店就当我不存在，你俩继续，继续。"

说着，还拿了个什么东西扔到后头去。

褚穆手快地一把捏住，舒以安好奇地探过头去看，顿时红了脸。小小的，四方的，某蕾丝牌的经典某物件，就这么被褚穆端端正正地搁在手心里。

褚穆倒是十分镇定，皱着眉一脸嫌弃地拿过东西仔细翻看了两遍，才反应过来找到重点："你车上准备它干什么？"

褚唯愿顿时领悟了什么叫偷鸡不成蚀把米，后悔得快要剁了自己这只大贱手。她下意识想寻求舒以安的帮助，奈何舒以安这回也不帮她了。

舒以安伸手捏了捏褚唯愿的小脸蛋儿，一脸无能为力："还是老实交代吧。"

褚唯愿十个指头不安分地在方向盘上敲敲打打，企图来个垂死挣扎："这车不是我的！纪珩东的！"

褚穆冷笑："那就更奇怪了，纪珩东的车你怎么这么熟？"

褚唯愿目光飘忽不定，心虚地打着哈哈："这个……这个嘛……他我们谁不了解啊！车上别的没有，就这个多！"

褚穆没说话，把手里的东西重新扔回去，又深深地看了褚唯愿一眼，便垂下眼去没再说话。饶是舒以安这么反应慢的人都明白了，这个精灵古怪的小姑子，八成是藏了什么秘密。而且这个秘密，是连褚穆都不知道的。

一路顺畅，褚唯愿又把车开得很快。到了海滨酒店的时候，马上喧闹嘈杂的气氛就把车里短暂的冷场掩盖了过去。

江北辰穿着拖鞋和印花的大裤衩正和别人拼酒，胸前戴了一个经典的妈妈抱，里头坐着他家才几个月的儿子江晋尧。小东西在这么吵的环境里也不害怕，睁着黑漆漆的眼睛东看看西望望，其间有人过来表示想抱抱他，这小子却只顾吃自己的手指头谁也不理。

江北辰见到褚穆和舒以安来了忙搁下杯子朝两人走过来。

"嫂子！好长时间没看见你了，就数你俩来得晚啊。"

舒以安虽然年岁比在座的都小，但是按资排辈所有人都得叫她一声嫂子。起初舒以安不太习惯，但是后来听得多了处得久了也就适应了。

舒以安笑了笑，伸出手去逗江北辰胸前的宝宝："也好久没见到你了，结婚快乐啊。"

褚穆看了一眼江晋尧的小样子，摸摸小东西的脸蛋儿也笑了笑："楚晗呢？怎么让你一个人带孩子？"

江北辰指了指楼上："说是头回见着盛曦，两人上去聊天儿换衣服，良辰和我几个表妹也都在上头，有半个小时了也没下来，这儿还离不了人，我也走不开啊。"

褚穆挑眉："盛曦也来了？难得啊。"

话刚落，那边跟别人正闹着的纪珩东和战骋就走了过来，先是一人给褚穆一拳硬让他干了两杯酒才笑嘻嘻地跟舒以安打招呼。

"嫂子！"

"来得这么晚你也得罚酒啊！"

褚穆站在舒以安前头挡住纪珩东再去拿酒瓶子的手，摆出一副护食的态度："她不能喝，今天晚上我一人代俩。"

身后的男男女女一听一下炸庙了，纷纷说要罚双倍才能替。

褚穆也难得有这样的时间跟这帮一起长大的浑小子聚在一起。他们见着褚穆来了都嚷嚷着不能放过，正好赶上他调回的消息传开，有人提议干脆趁着江北辰这个局玩儿通宵。

褚穆当下就松了衬衫表示奉陪到底，屋里顿时哄闹声一片。舒以安向来是几个家属里最乖巧懂事儿的，知道他们今天晚上没头，干脆抱起江晋尧打算上楼去找楚晗和盛曦。

她轻轻晃着小东西的小手，跟众人道别："那你们玩儿吧，我带着宝宝去找妈妈啦！"

说来也奇怪，江晋尧这小子傲娇得很，平常就是自己亲奶奶想抱都得趁着小祖宗心情好的时候，更别说是外人了。可是当舒以安伸出去把他小心翼翼地搁在臂弯里的时候，小家伙忽然从嘴里拿出手指头，睁着湿漉漉黑漆漆的眼睛冲舒以安笑了。

这一笑可是惊讶了不少人，江北辰也觉得新鲜，捏了捏江晋尧的鼻子："你小子倒是会挑人啊，谁漂亮跟着谁走。"转而跟舒以安指了指身后一帮子人，"嫂子您不知道，刚才这都说要抱他，可他就是不给面子。你是除了他妈头一个！"

舒以安一边轻轻悠着怀里的小家伙，一边晃动着他的小手，眉间全是柔软之色："可能你们喝了酒宝宝不喜欢呢，我们走啦，尧尧来，我们跟爸爸说再见。"

褚穆站在她手侧，顺势把衣服披到她身上："我送你出去。"

舒以安微微偏头，带着两人之间最自然的熟稔和亲昵在某人耳边小声嘱咐："知道拦不住你，但是别喝得太猛啊，你们玩儿起来都没个节制的。"

褚穆可能是喝了酒的缘故，不同平常工作时风度翩翩严肃认真的样子，有些似笑非笑地揽着舒以安的腰往外走："你放心，保证不耽误洞房。"

舒以安有些懊恼地按下电梯按钮小幅度踩了他一下："别乱说啊你！"

见着夫妻俩并排走出包厢的样子，有跟着各位公子爷来的女伴并不认识舒以安，忍不住互相打探。

"那是谁啊，怎么那几个祖宗都尊着敬着的？"

"对啊，连江家的重孙都给她抱，什么来头？怎么还站在褚家那位身边呢？"

　　有人从旁边过刚好听见，忍不住给这帮人普及知识："那是人褚穆的媳妇儿，正儿八经领证的。你说能不尊着敬着吗？就是谁，都得喊声嫂子的。"

　　一个女的若有所思地看着舒以安的方向问："只听说褚大神结婚了，但不是一直在传夫妻两人感情不好一直分居吗，之前听说他还跟大学女友在一块儿呢！"本来，在这些女人眼中像褚穆这种身份的人就算结婚多半也只是形式主义，至于谁和谁在一起怎么过，实在不必太纠结。

　　普及知识的公子哥急了，忙让那女的闭嘴："瞎说什么啊！人家家里这位平常很少带出来，保护得好着呢。褚家很看重这个儿媳妇，当年那婚礼排场，大着呢！"

　　几个女人撇了撇嘴心里全是满满的嫉妒，不再多言。

　　楼上的主套房里聚集着各位的家属和亲戚，说白了都是女眷。

　　楚晗、盛曦、陈良辰、褚唯愿还有家里各个旁支的几个姐妹，各自聚成团在屋里聊得不亦乐乎，看见舒以安抱着江晋尧上来都热络地上来打招呼。

　　楚晗忙伸手把儿子抱过去交给跟着的人："你怎么给亲自抱上来了，这小子沉着呢。"

　　舒以安慢慢地把小家伙交给看护他的育婴师："没什么的，我也好久没见到他啦，想抱抱亲近一下。"

　　楚晗做了妈妈之后性格变得开朗了些，毕竟是从过去的艰难岁月里走出来的，举手投足间都带了些成熟女人的韵味。

　　舒以安和楚晗是熟识的，自然也没那么拘谨，拉过楚晗的手让她原地转了一个圈："让我看看，都要当新娘子了这身材恢复没有。"

　　楚晗属于高挑纤瘦型的，显然生孩子对她没什么影响。她张开双臂给舒以安看了个遍："看看吧，还是恢复得不错的，为了穿婚纱我提前做了一个月的塑形呢。"

　　"倒是她。"楚晗指了指大着肚子的陈良辰，"以后可有得累了。"

　　舒以安是知道陈良辰和陈家独子陈良善的故事的，对这个敢爱自己非亲生哥哥的小姑娘十分有好感，但没想到她这么快就怀孕了。

"几个月了？"

陈良辰年轻的脸上带着幸福的笑意："五个月啦，这次参加完婚礼就要去香港保胎了，陈良善死催着。"

几个女人凑在一起从宝宝聊到衣服聊到美容，到最后又没啥尺度地扯了扯生活八卦。舒以安被她们问得脸红，干脆作势起身："不跟你们说了，回去睡觉。"

凌晨两点，大家也都挺不住了纷纷表示回去睡觉，好养足精神参加婚礼。

舒以安跟着褚唯愿沿着走廊慢慢往房间去，试图问了几次她的个人问题，都被小姑娘含混地掩过去。

不一会儿就到了自己的房门前，都是朝海的观景房，舒以安刚插好门卡，就看见正趴在床上浅寐的某先生。

褚穆明显是微醺的状态，趴在床上呼吸有些急促，头发乱蓬蓬地扎在被子里，就连衬衫也是皱皱巴巴的。

舒以安试图把他翻过来睡，奈何力量有限，凭她怎么拽人家就是趴在那里不动。舒以安憋得脸通红，一巴掌拍在褚穆背上："喂！好歹你翻过来换了衣服再睡啊！"

褚穆过了好半晌才慢悠悠地睁开眼，哑着声音问："几点了？"

舒以安看了一眼表，伸出两根手指在褚穆眼前晃了晃："两点半，你回来多久了？"

褚穆捉着她的两根手指顺势坐起身，揉了揉眉心，开始动手脱衣服："跟你差不了多大一会儿，我去洗个澡，你先睡吧。"

舒以安嫌弃地起身去给他翻换洗的衣服，一件一件地拿出来搁在门口的衣橱上："酒气好重，你喝了多少啊？"

褚穆正解皮带，听到她问动作也没停拿过她搁好的衣服就往浴室走。

"都说了罚双倍，江北辰这几个孙子往狠了灌我，要不是提明天早上有典礼，怎么着都得通宵。"

舒以安吐了吐舌头，有点儿心虚，冲着那头摆摆手："那我先睡了，晚安哦。"

开放式的阳台时不时有清凉的海风吹进来,屋里的窗帘跟着一起飞舞,大片大片的窗纱扬起落下,给房间凭白添了好多安逸舒适。

舒以安卷着被子听着浴室里哗啦啦的水声,想了一会儿还是噔噔噔地下了床冲了一杯蜂蜜水搁在床头。看着床头亮着的夜灯和那杯水,她慢慢地眨眨眼才放心睡下。

褚穆洗了个澡清醒了很多,出来的时候舒以安已经睡熟了,小小的鼻翼十分清浅地呼吸着。瞥见那盏暖暖的小灯和静静搁在那里的水,褚穆才算有时间安安静静地审视面前安睡的女人。

她睡相不太规矩,总是踢掉被子或者睡歪了枕头。她不喜欢穿丝绸的睡衣只喜欢棉质的,哪怕看起来十分低龄。她笑起来眼睛弯弯的,好像从来没和自己真正吵闹。她抱着江晋尧的那一刻忽然美得让自己生出一种把她藏在哪里的冲动。这样一个舒以安,在褚穆生活里的分量越来越重。

他的目光渐渐移到她露出的一小截脖子上,褚穆忽然覆在上面轻轻地咬。舒以安不满地嘟囔一声,只听见他越见粗重的呼吸和压抑的一句话。

"以安……我们要个孩子?"

Chapter 11

宜室亦宜家

第二天是一个大晴天，阳光正好洒在海滩上，早早地就能听到有人在张罗布置婚礼现场，酒店房间外的走廊上也是一片嘈杂。

没什么人穿正装，也不知道这两口子是怎么想的，竟然脑抽到让所有宾客参加海上婚礼，所有人统统换泳装。为了响应江北辰，连很少穿休闲装的褚穆都乖乖配合着套了大T恤和条纹的大短裤，可这东西对男士还好说，大拖鞋大沙滩裤干什么都行。可女士就不一样了。

来的都是各位公子哥儿的女伴，不是知名的模特就是刚出道的明星，一个个自然是少不了夺人眼球争奇斗艳。从酒店房间往下看，一水儿的性感比基尼。舒以安看着柜子里的几件泳衣，一时不知道该穿哪件，正坐着发呆，抬眼就看见褚穆换好了衣服从那屋出来。

舒以安从来没见过穿成这样子的他，一时没忍住夸了他一句："老同志很年轻嘛。"

褚穆嘴角一抽，当下就僵在那里，半天才开口问："我很老吗？"

最可怕的是舒以安竟然把他这句话当成了一般的疑问语句，还认真地摇摇头来了最后的补刀："三十岁……不年轻了吧？"

一句话让褚穆顶也不是不顶又憋屈。可是舒以安说得也没错，毕竟大了人家六岁，被叫老同志也还是能理解的……但就是……真搓火啊！想他褚穆纵横外交场快十年了,外界谁不说他是玉树临风青年才俊,如今怎么到她这儿就老了呢?

一直到下楼,褚穆都还盯着她欢快的背影闷闷不乐。虽然对于她的泳衣暴露程度十分不满,但鉴于情况时间地点都特殊,也就忍了。

到了海边,因为是快艇载他们去对面的岛上,等船的工夫已经有人闹开了。纪珩东身上湿漉漉的,像是刚从水里钻出来似的,那海水沿着裤腿儿哗啦啦地往下淌,一脸狼狈相,战骋揽着盛曦在一旁笑得不亦乐乎。

褚唯愿穿着 Victoria's Secret 的泳衣,好身材一览无遗,叉着腰乐得那叫一个幸灾乐祸。纪珩东呸呸地往沙滩上啐了口海水,不紧不慢地朝始作俑者走过去。

褚唯愿慢悠悠地往后退,摆着小手十分无辜:"跟我没关系啊!你别怪我,都是二哥的主意!"

纪珩东挑着一双狐狸眼邪邪地笑,一点没了刚才的狼狈之态:"那你跑什么啊?我也没说是你啊。"

话音刚落,纪珩东迅速往前跑了两步伸出胳膊揽住她的腰,一把扛起人就朝海里跑。褚唯愿趴在纪珩东肩膀上颠得都快蒙了,小爪子不停地在他后背上抓:"纪珩东放我下来啊!变态啊你!"

周围笑得此起彼伏,褚穆也难得拉着舒以安在旁边看热闹。

见人脚步没停,褚唯愿忙软了语气:"好四哥,放我下来吧,我不会游泳啊!"

纪珩东忽然恶劣地伸手狠狠地打在褚唯愿的屁股上,白嫩柔软的触感让他十分受用,用仅仅两人能听到的声音问:"那四哥教你游成吗?"

褚唯愿的脸腾地红了,还没来得及反应就感觉天旋地转的,紧接着"扑通"一声栽进了水里。等她狼狈惨淡地从水里钻出来的时候,纪珩东正游到她跟前儿,笑得那叫一个风骚。

"愿愿,四哥这力道行不?"

褚唯愿气急了朝着他就是当脸一脚:"滚!"

舒以安和盛曦笑着跑到边上朝褚唯愿伸出手,要把人拉上来。其实褚唯愿说不会游泳,那是诓纪珩东的,打小儿她就跟着褚穆四处玩儿,什么没见过,要是真不会,打死纪珩东也不舍得把人往海里扔。

瞧见她们俩伸过来的手,褚唯愿迅速递给纪珩东一个眼色,两人这么多年养成的默契就是——哪怕上一秒打得难解难分下一秒就能马上统一战线一致对外。因此,纪珩东还得了一个外号,专业坑嫂二十年。

褚唯愿装着可怜巴巴的样子努力去够两人的手:"盛曦姐……嫂子……他欺负我!"

盛曦和舒以安都属于头脑比较单纯的类型,哪里知道她那么多花花肠子,忙更往里探了探手,谁知褚唯愿刚碰到两人的手指尖,就听见两道女声尖叫:"啊!"

远远站在一边的褚穆和战骋顿时感觉不妙,几乎是同时爆了一句粗口就往海里跑。

原来纪珩东潜在水下趁着褚唯愿抓住她俩手的机会,突然从海里钻出来把盛曦和舒以安一同带下了水。与此同时,战骋和褚穆也一个猛子扎进水里了。

因为盛曦被战骋亲手教育锻炼了好几年,又是女兵出身,身手也是了得的。战骋没费什么劲儿就把人捞了起来,倒是舒以安,褚穆在水里果断摸到人以后就抱着往上面游,探出来的时候舒以安已经呛了两口水。

褚穆和战骋把人送到岸上对望一眼,十分有默契。

战骋说:"盛曦,前一阵教你的海里捞王八这回给你实战演练一下。"

褚穆说:"媳妇,算上上回飙车的仇这回一起给你报了。"

说完两人就往海里冲,江北辰这时候正好带媳妇孩子开来了快艇,看热闹不怕事儿大地冲两人挥挥手:"不着急!等你俩解决了这孙子咱再走!"

纪珩东这才明白褚唯愿才是最后的人生赢家啊有没有啊!利用两嫂子成功地唤起两个腹黑鬼的仇恨,然后再把自己一举拿下,丫头真阴啊。

最后就是战骋利用特种兵的充分优势,褚穆利用自己打蛇七寸的精准手段把纪珩东按在水里真正憋出了内伤。

而褚唯愿、盛曦、舒以安在岸上彻底笑破功。

舒以安从来没见过这么充满生活气息的褚穆，他能跟别人打闹，也能钳住别人的脖子贱兮兮地逼着人家叫爸爸。还能笑得跟个大男孩儿一样眼角心底都是过去看不到的笑意和开心。舒以安甚至有些天真地想，这……能算是自己嫁给他的福利吗？能有机会看到别人嘴里天神一样的他如此接地气的一面。

到达婚礼举办的小岛时，已经快中午了。白色蔷薇拱门、白色的地毯、白色的婚纱，梦幻得近乎极致的场景一时让舒以安惊得说不出话来，果然是资本家啊……

楚晗穿着长长的拖尾婚纱从长拱门的那端走来，轻着粉黛的脸上带着幸福的微笑，身后跟着褚唯愿一众年轻貌美的伴娘，江北辰站在礼台的这端，身后是人模狗样以纪珩东为首的一众伴郎。因为褚穆、战骋都属于已婚妇男，只有坐在台下干看着的份儿。

虽然已经是有了孩子的老夫妻，可是当司仪庄重地问两人，是否愿意一辈子厮守无论任何艰难的时候，台下的人还是能清晰地感知到江北辰的深情和楚晗悄然落下的泪珠。

真好，兜兜转转二十载，你还是来到了我身边。

当江北辰掀开楚晗额前的花冠轻轻吻上去的时候，全场掌声雷动。舒以安站在人群中央不禁跟着鼓掌，脑中却渐渐地回忆起自己两年前的那场婚礼。

舒以安的婚礼是在秋天举行的，九月的北京天气已经有些凉了。隋晴看着院子里不断往下掉的落叶忧心忡忡："这眼瞅着天就冷了，你俩这事儿赶紧办吧，宾馆那头都给你联系好了。"

褚穆不紧不慢地看着报纸慢慢应了一声，好像丝毫不上心。隋晴看着他这副样子心更急了，一巴掌拍在褚穆的脑门上。

"浑小子，你是不着急！那人家姑娘那些个婚纱啊礼服啊不得紧着气候挑，回头变了天该穿不上了。

"女人一辈子就这一回，以安那丫头虽说没什么要求，好歹也是个清清白白的姑娘，你可不能这么怠慢人家。"

褚穆敛下眸光好似真的认真想了想，随即把报纸叠了扔在一边："知道了，明天我就带她去试婚纱。保证不耽误您结婚。"

隋晴气得美目怒睁："什么叫我结婚？褚穆我告诉你！这也是你一辈子就这一回，你不上心有你后悔的时候！"

当时褚唯愿正在一家国际知名的杂志社里做时尚编辑，说白了就是成天利用职务之便不停地出差败物。正赶上褚穆要结婚这么个当口，于是她就自告奋勇地承担了婚礼上两人所有的礼服。褚穆对这事儿也不太感兴趣，就全权交给舒以安和褚唯愿负责了。

舒以安听到之后还是有些担心的，转着手里的玻璃杯显得很紧张："你不看看吗？万一我挑的你不喜欢呢？"

褚穆淡淡地笑了笑："你喜欢就行。"

舒以安眼中有明显的失落，把请他明天去看自己试婚纱的话也默默地咽了下去。很明显，他好像对这个婚礼，并不太专注。

褚穆想到另一个问题忽然抬眼问她："后天婚礼，你……真的不需要我和你回家去拜访一下祖父吗？"

因为知道了她父母故去的事情，褚穆总觉得应该和她回到家乡去拜访一下舒以安的祖父，算是对她的尊重和对老人的一个承诺。毕竟，婚姻大事，总不能让她一个人嫁过来。在褚家的观念里，接受了一个人就要接受这个人身后所有的一切，包括她的家庭亲人。

舒以安对上他的眼睛，渐渐回忆起半个月之前的一幕，摇了摇头，语气中难掩伤感："祖父说他老了，现在不喜欢接触外界，日后有机会吧。"

其实褚穆不知道，早在确定两人要结婚的时候，舒以安就独自回过扬州。

在青砖白瓦的庭院里，舒以安轻轻地唤了一声："祖父，我回来了。"

被唤作祖父的人正站在院子里的鱼池前喂食。八十岁的老人显然对外界的一切都不太关心，听到身后的响声也没回头，倒是腰板依然一如几年前一样笔直，只应了一声："回来了？去青山那里让他给你备下晚饭吧。"

舒以安没动，只静静低下头又说了一句。

"祖父，我要结婚了。"

老人听见这话才停了动作慢慢转过身，眼中带了些许惊讶："什么时候的事？是哪里人？"

舒以安悄悄地握紧了手："下个月16号在北京，他是一名外交官。"

老人站在原地良久，也没表态，只是过了好半响才慈祥地笑笑牵过舒以安的手往屋里走，一边走还一边感慨："到底是女大不中留喽，一转眼都要结婚了。"

直到祖孙俩吃过了晚饭，老人都没提舒以安结婚的事。舒以安有些急了，眼看着老人就要休息，一把挡住书房的门："祖父，那北京……您到底去不去？或者，我带他来看您？"

老人伸手摸了摸舒以安的额角，带着些疲倦地掩上门："算啦，我相信我孙女的眼光，爷爷老了，走不动了。"

看着书房里暗下的灯光，舒以安的眼中，好像也有什么熄灭了。

这四年里，老人亲眼看着舒以安考上一所和舞蹈完全无关的学校，看着她像正常人一样行走，看着她慢慢融入社会以一个与之前无常的样子生活，感觉自己也忽然苍老了。

被强行压在心底里的丧子之痛在舒以安走后越发清晰。

某一日，老人看着下过雨后庭院里滴着水的竹子，突然感慨："青山哪，我是真的老了，以安是我人生里最后一块石头，她放下了，我就放下了。"

青山，是老人在扬州一直跟到现在的管家，平日里的起居都是由他来照料，自然对老人十分了解。

"您要是累了，就歇下吧。今后这日子，您也享享清福。"

其实跟了老人这么多年的青山又哪里会不明白他的心意，老人这是怕亲眼目睹孙女出嫁，再度面对离别承受不住。

舒以安的婚纱很漂亮，或者说用惊人来形容也不为过。

她身材纤细，肤色白皙。婚纱采用抹胸设计将她漂亮的锁骨和肩膀衬托得极为动人，腰间简洁精致的剪裁让她不堪一握的围度十分明显，没有层层叠叠的烦琐，但是身后将近一米长的拖尾尾部缀满了细碎的钻石，没有头纱，额头上仅用了白色百合花冠来点缀她未施粉黛的脸庞。

远远看去，舒以安就像是一个待嫁安好的公主。

褚唯愿站在她身旁小声地惊呼："看得我都想结婚了呢！"

舒以安站在巨大的落地镜前面也有点儿吃惊，都说女孩子最期待最向往的就是自己穿上婚纱的样子，如今看着这样的自己，舒以安不得不承认有些激动。镜中那是一个从未见过的自己，好像周身都充满了一种名叫幸福的光环，不得不说，能够站在褚穆身旁穿着这样的嫁衣，她还是很幸运的。

相比舒以安的婚纱，褚穆的装束就显得简单了很多。纯黑色的西装低调内敛，相比往常不同的是，领间多了一个白色的领结。

万事俱备，只是身边少了男主角。

褚唯愿知道褚穆那个高冷的德行，忍不住抱了抱舒以安安慰她："别难过啊，今天不来就不来吧，我陪你。反正婚礼那天他不会缺席就好嘛。"

晚上回家的时候，褚唯愿特地把包包和钥匙摔得震天响，看都不看沙发上的人一眼就上了楼。褚父和隋晴皆是一愣："难不成今天跟以安出什么乱子了？"

褚穆皱眉："我上去看看。"

褚穆推开门，褚唯愿正端端正正地盘腿坐在床上，看见褚穆进来转手就是一个抱枕打过去："负心汉！滚出去！"

褚穆抓着抱枕重新扔回床上，有点儿茫然："我怎么就是负心汉了？今天出了乱子？"

褚唯愿鼓着嘴："我是替她抱不平，这么重要的日子你去都不去一下，好歹是你老婆哎，你都不知道以安姐穿着婚纱有多漂亮！"

褚穆悬着的心慢慢放下，轻轻缓了一口气："我还当怎么了，今天忙，我没走开。"

褚唯愿看着无论什么时候都一副表情的哥哥，有点儿不忍心，想着舒以安白天的样子鼻子发酸，干脆趴到他身上耍赖："不管不管，没结婚之前你对我负责，之后就要对人家负责啦。褚穆，快抱抱我。"

褚穆失笑，稳稳地接住妹妹和她一起倒在地毯上，就像小时候一样。

兄妹俩沉默着躺在阳台上看着黑下来的夜色，各怀心事，褚穆不自觉地想着褚唯愿刚才说的话，她穿着婚纱……很漂亮吗？

但事实上,当褚穆见到舒以安的那一刻,就觉得褚唯愿没说谎。

接亲的队伍在江北辰和纪珩东几个发小的张罗下足有数十米长,声势浩大其奢华程度震惊了不少人。

褚穆从车上下来笑着拨开围着舒以安的众人,饶是再平静的心情在见到自己的新娘时,也无法克制内心的喜悦。

舒以安就那么安安静静地拿着捧花一身洁白地站在那里,目光中带着些许笑意看着那端朝自己走过来的他。

褚穆朝她伸出手的时候,看着她坚定平和的样子忽然没来由地有点儿心疼她。因为褚穆身份特殊,婚礼并没有告知外人,她身边没有亲人,没有朋友,就这么只身一人嫁给自己,的确是需要很大勇气的。

心念至此,褚穆出乎所有人预料地忽然把她打横抱了起来,在一众哄闹中车队浩浩荡荡地往婚礼举行地驶去。

地点选在规格很高的宾馆,来参加的宾客身份自是可想而知。

褚穆和舒以安并排坐在车内,他只要稍稍偏头就能看到她低垂着眉眼的样子。到了大堂门口,褚穆伸出手来轻轻握住舒以安微凉的手:"准备好了吗?褚太太。"

按照设定,新娘本该由父亲或者家里长辈亲手从入口的红毯处一直送到礼台上的新郎身边,但是因为舒以安是一个人,这个环节就被取消了,取而代之的是两个人一起走到礼台上。

谁知刚下车,隋晴和褚父就急急地从大堂里走了出来。隋晴还面带着些许喜色点了点两个人挽着的手:"你哟!怎么这么大的事儿也不提前告诉我跟你爸一声,倒是显得我们怠慢了。"

褚穆和舒以安对看一眼,眼中都带着明显的疑惑:"什么事儿瞒着您了?"

褚父清咳一声,威严十足:"舒老要来,你这丫头告诉我们好让人接来就是了,怎么能让他自己过来。"

"舒、舒老?"舒以安有点儿蒙地重复了一句。她第一反应是自己的爸爸,可是不对啊。褚穆见着舒以安也一副迷茫的样子,抬头朝大堂入口看去。

只见着一位精神矍铄的老人穿着身淡白色的盘扣衫,手里拄着雕着翅花的楠木拐杖在一位中年男子的搀扶下,朝着这边笑得温和慈祥。

舒以安下意识地惊呼一声:"祖父!"

舒雪鸿在管家青山的搀扶下缓步走来,目光先在褚穆身上打量了一眼,随即移到褚父和隋晴身上,略微摆了摆手:"你们二位别怪孩子,事先我是说不来的,但是年岁大了总归放心不下这个小孙女,还望你们别见笑。"

饶是褚父这么个位置的人见到舒雪鸿都放下身段做了小辈:"哪里的话,您老能来是我们的荣幸,只是以安这丫头瞒得紧,连我们都不知道她是您的孙女。"

隋晴偏头看向褚穆:"褚穆,怎么不叫人?"

褚穆看到舒雪鸿的那一刻就猜到了八九分,虽然从来没见到过,但是从父亲的态度里也隐隐感觉到老人身份的不凡。他轻轻放下手臂扣紧了西装扣子,对老人微微低头致意。

"您好,祖父。"

舒雪鸿的目光重新落在年轻人身上,心里默默地想,这人倒真是衣冠得体君子如玉。老人抬手拍了拍褚穆的肩膀轻声应道:"小伙子,今天可是大日子,不介意我来吧。"

褚穆礼貌地笑了笑:"是我礼数不周,理应在婚礼前去看您的,还请您别怪罪才好。"

舒雪鸿哈哈笑了笑看着傻站在一旁的舒以安,怜爱地摸了摸小姑娘的脸:"怎么?看见祖父来了傻了?不高兴?"

舒以安还没从见到祖父的震惊里缓过来,傻傻地看着老人,眼睛里忍不住蓄满了泪水。她没想到在这样的日子里祖父会突然出现给自己这样大一个惊喜。她原本以为一个人出嫁也没有那么难过,直到下车前褚穆握着她的手一字一句地问,准备好了吗?她才知道原来那种孤身一人的感觉是多么糟糕,没有亲人,没有朋友,甚至没有任何期盼,这样的婚礼是多么难熬。

到底是小姑娘,戴着花冠的头垂下,慢慢红了眼眶:"我以为、我以为您不会来的……"

舒雪鸿见着穿一身婚纱的孙女，心中感慨万分："一辈子一次的婚礼，怎么能不来呢？"

既然女方中有了长辈，就不再需要两人共同走红毯这个环节了，隋晴看着时间差不多了忙招呼着仪式开始。

铺满了红玫瑰的地毯长达十米，舒以安挽着舒雪鸿从门口走进来的时候，底下的宾客就悄声议论。

"听说，这新娘子也是背景不浅哪。"

"怎么？不是说是个普通人家的姑娘吗？"

"哎。"有知晓的人不赞同地摇了摇头，"比这个可厉害，那老爷子叫舒雪鸿，听说是个著名的国学大师，正儿八经的文化人。那时候还是北平大学的学生呢。"

那个年代的舒雪鸿意气风发博学多识，在二十几岁的时候已是名动北平的高级知识分子，写了很多登报的文章，字字搁在当年都能引发热潮。

其实，舒雪鸿在舒以安离开扬州的半个月，这心里都是空落落的。一日他抽出时间去后山看故去的儿子儿媳，忽然发现墓碑前搁置了很多白菊花，他就知道，这是舒以安来过了。老人盯着碑上两人黑白的照片，心里十分难受，不禁倚在墓旁老泪纵横，觉得自己对不起他们。

他原本打算在扬州养老终此一生，这是为新中国忙碌了半辈子的老人在退居之后就下定的决心。每天养花种草，修身养性，可是到了舒以安结婚的前一日，老人忽然翻箱倒柜地找出个物件儿，说什么都要管家订了去北京的机票。难为八十几岁的老骨头，忍受着高血压身体不适的痛苦，硬是撑了两个小时来到了这座多年不曾来过的城市。

褚家夫妻见到老人的时候也是一愣，没明白他究竟是何人怎么出现在了婚礼现场。还是舒雪鸿身边的管家拿出了证明老人身份的证件，笑着解释："这位老先生也算是娘家人，舒以安的祖父。"

褚父和隋晴这才反应过来，忙把老人请到会客室去坐，心情说成是惊讶也不为过。没想到来自江南的舒以安竟然还有这样的家世。舒雪鸿宽厚地示意夫妇俩也一起坐，让青山拿出从扬州带过来的一个锦盒。

盒子四尺见方，周身用的是著名的蜀绣，开关处的接口是用一块红宝石镶嵌而成。只消一眼，就能知道是个价值连城的物件儿。

"丫头嫁过来，她爸妈去得早，留下我老头也没准备什么，这个，就算是给她的陪嫁吧。"

褚父和隋晴当下就表示不能收："孩子嫁过来本就属于委曲，哪里还拘得下这些礼数。"

舒雪鸿也不顾夫妇俩的推辞，直接打开了那个锦盒。是一支通身白玉的细羊毫，笔身上还清清楚楚地刻着年月，1949年10月。

"这一辈子没攒下什么，这个还是我的老师当年送给我的，玉的成色倒也还算不错，你们也别忙着拒绝我，这个东西我给得是有原因的。"

舒雪鸿喝了一口茶，缓缓开口："我们以安也是从小教习规矩礼数长大的，论学问才情老朽敢说是配得上你们褚家的，我越来越老也经不住什么大风浪了，这个只当是你们夫妇俩给我的一个承诺，我舒家的人在你们这里，定是会安然无恙。"

褚父郑重地接过舒雪鸿递过来的盒子，严肃地对老人保证："您放心，我们褚家保证不辜负以安。"

老人握着舒以安的手站在台上还是永远挺直了脊背不卑不亢的样子，婚礼进行曲快结束的时候，老人才颤颤巍巍一脸不舍地把孙女交到褚穆的手里。之后仪式万变不离其宗，交换婚戒后两人彼此清晰坚定地说出我愿意，然后证婚人正式宣布两人结为夫妇。

褚穆轻轻拨开舒以安额前柔软的头发，将吻印在她的额头上。

舒雪鸿笑意盈盈地看着两人，起身离去。

褚穆望着老人的背影，想起刚刚他趁着舒以安去换衣服的时候对自己说的话："她告诉我自己要结婚的时候很平静，我不知道你们两人是怎么认识的，但是我知道她一定很喜欢你，我的孙女我了解。

"可是她作为你的妻子，将来你一定要比我这个做祖父的更了解她。我和她爸妈辛辛苦苦小心翼翼珍藏了二十多年的宝贝，你也得珍惜啊。"

褚穆也记得他给老人的承诺，他挺拔地站在舒雪鸿的对面，目光坚定，朗声应下:"言忠信,行笃敬。我明白您的意思,放心。"

舒雪鸿很少遇到像褚穆这么聪明的人,只要自己稍稍点通他就能猜到其中深意,老人意味深长地点了点头:"我知道你忙,等有机会带着她回来看我。"

这句话一出,在场的就明白了,这个曾经经历无数的老人,承认了这个舒家的女婿。

因为舒雪鸿的到来,舒以安一整天都是晴朗的。晚上她和褚穆一起送老人到车上,看着渐渐远去的影子,舒以安忽然仰头对褚穆说了一句话:"桃之夭夭,其叶蓁蓁。之子于归,宜其家人。"

褚穆一愣:"什么?"

"祖父告诉我的。"夜光下,舒以安笑得像一朵花,"我嫁给你啦,就要和你、和你的家庭和睦相处,你放心吧,我会做一个很好很好的妻子的。"

褚穆失笑,一把拉过舒以安的手往车里走。

"去哪儿啊?"

"不是说做妻子吗?当然回家了。"

Chapter 12

情路亦歧路

褚穆和舒以安在周日晚上就从三亚返回了北京,一个工作走不开,一个又是按月打卡领工资的小白领,这一点上,夫妻俩倒是有些同步。

褚穆最近很忙,忙得焦头烂额。天天陪着领导参加外事活动,中间出了几趟差,很少有时间闲下来,就连回家都是半夜了。

这天,刚结束一个会,褚穆好不容易腾出时间在休息室里坐一会儿。

他疲倦地揉了揉眉心,刚要拿出手机给三天没见到的人打个电话。倒不是说见不到,只是晚上回家的时候舒小姐正睡得沉,早上走的时候人又没醒,搞得褚穆这几天都阴戚戚地看着她,极其不甘心地自己打领带熨衣服。

通话键还没来得及按,秘书就轻声敲门走了进来。

"老大,您在德国的几个托运行李到了,给搁在办公室了。"

褚穆从柏林走的时候,并没带太多的东西,家里很多必备物品都是托了那边的人小心打包给邮回来的。其间秘书怕办事的不稳妥,还亲自去了两趟,因为不着急,那边的人办事速度也慢,过了快一个月才收到。

褚穆漫不经心地"嗯"了一声,抬眼嘱咐了一句:"办公室左边的抽屉里还有点儿东西,你一会儿腾出时间给我搁到箱子里一起让司机送回去。"

秘书跟了褚穆有几年了,懂眼力会办事儿,小伙子虽然年轻,但是很稳当,在柏林常常是两人在一块儿,偶尔不上班的时候两人也会一脸惆怅地坐在马路边的座椅上吐槽工作的各种奇葩事,因此褚穆很信任他。

秘书点头应下后并没有马上走,踟蹰着挠挠头。

褚穆扫了他一眼也不等他开口,直接问了回去:"还有事儿?"

"王主任来了,不知从哪儿得知您的行程说什么都要见您一面。"秘书知道褚穆不愿意见他,但是毕竟都是自己的上级,让自己也很是为难。

褚穆冷哼一声,不慌不忙地扣上刚才被自己松开的领口。心里对王主任这次的来意再清楚不过,不禁有些烦闷。

"直接让他来这儿吧。"

有些事你不想理却总架不住它找上门来。褚穆垂下眼敛了冷漠的神色,把通话的界面关掉转而发了一条信息出去。

"德国的行李我让人送回去了,早点儿回家。"

王主任看着面前的门心里也不是十分有把握,这个比他年轻了将近二十岁的年轻人身上的锋芒太甚,手段有的时候让他都有些招架不住,如今再次面对他……唉……还真是压力山大。

早知道打死他都不会接下这么个烫手山芋,都说女人如蛇蝎,这话一点儿不错。

褚穆见到王主任进来的时候,姿态还是十分随意,双腿交叠在一起带着些清冷的笑意,指了指角落里的沙发。

"您坐。听秘书说您找了我好几次,但是没办法我也实在是没时间,您有事儿?"

哪里有心思坐呢,王主任搓了搓双手显然也是很局促,知道褚穆这是逼着自己开口。

"今天来是想问您件事儿,我那侄女说想调回来,提了好几次您都不批,这不是,让我来跟您说说。"

"您这个侄女面子不浅啊,既然当初您能手眼通天地把人弄到德国去,自然就能把人再弄回来。"

王主任只当是褚穆生气当初自己越级给他安排人的事,讪讪地说:"那也是归您领导的……您看看就帮个忙吧。"

褚穆面色无波地看了王主任一眼，忽然问了一句无关的话："做着妻子的义务却顶着侄女的名号，办事怕是难做了很多吧？您倒也不怕委屈了人家。"

对方脸色瞬间僵硬。

预料之中的样子，褚穆嘲讽地扬了扬嘴角："调回来不可能，不过外调的名额倒是有一个，要是想去您随时来找我，这个忙……"他的目光渐渐移到面前这个脸色苍白的男人身上，缓慢清晰地说出最后四个字，"我一定帮。"

舒以安接到褚穆的信息之后，默默地在MSN上给周慧发了个哭脸。

"晚上有事，火锅改天。"

周慧不满地发了个大锤子过来，一连四个惊叹号："放鸽子可耻！"

舒以安羞愧地捂住脸心想我当然知道放鸽子可耻，可是总不能让某人的大箱子就那么孤零零地搁在家门口啊。

因为周慧的老公是一个海上测绘专家，一年里大部分时间在出海，所以周慧一个人无聊得很，恰好遇到最近同样孤零零的舒以安，于是两人一拍即合地打算今晚去城东新开的一家麻辣火锅店过瘾。舒以安发了四五个道歉的小丸子动画："对不起对不起对不起！改天一定陪你去！别约人哦！"

最近公司一直处于三级预警状态，因为要和安雅尔公司联合做一桩进口的大单子，一个个都枕戈待旦的。光是合同就反复校对了四五次。舒以安转着笔看着面前的安雅尔几个字，忽然生出一种让自己手译合同一定是肖克的要求的错觉。起初她还有点儿心理阴影不太愿意参与这个"case"，但是转念想了想，都辞职了，又行得磊落，有什么害怕的？干脆一不做二不休地潜心工作了起来。

晚上回去的时候，舒以安特地提前了一点点，怕司机在等进不去门。

司机小吴是第一次见到舒以安，热络地跟她打招呼："嫂子，老大晚上有事儿让我先回来送东西，一会儿我还得回去接他。"

舒以安忙打开大门，让小吴顺利地把两只大箱子搁到玄关处，微微朝他鞠躬表示谢意："真是辛苦你了，进来喝点儿水再走吧？"

小吴在机关工作多年，官太太见过不少，但是像舒以安这么年轻有礼貌的还是第一回,有些受宠若惊:"不了不了,谢谢嫂子,我就先走了!"

舒以安换了衣服和拖鞋,有些吃力地把褚先生的两大箱子行李慢慢搬到楼上整理出来。

整整一个下午,褚穆的心情都处于低气压状态,随行的几个都面面相觑谁也不敢惹他,生怕挨训。好不容易挨到下班,褚穆回头自顾自地开了车门,打算回家。

秘书硬着头皮上前问:"您不等小吴回来送您了?"回应他的,除了引擎发动的声音再无其他。

其实褚穆也不知道去哪儿,漫无目的地开着车在街上乱转,眉头可能连自己都不自觉地皱了起来。

他一直不敢相信陶云嘉竟然会做出这么龌龊的事情,今天他当着王主任半试探半开玩笑地说出那句话的时候,褚穆就知道自己的猜测与事实没有半分差错。

竟然利用一个自己父亲那么大年纪的人爬到自己身边,还借着爱情的名义,呵!还真是放得开啊。

舒以安用了一个小时的时间才把那箱子衣服归置好,打开第二只的时候立马就被里面那些盒子和整理袋搞大了头,随手拿过一个四方牛皮纸包装的东西想看看属于哪一类应该放到什么地方,刚翻开一页,她就感觉自己拿着那本厚册子的手都变得冰凉,而心像被一只手狠狠地拧起来似的。

这时,书房的门锁传来极为清脆的"咔嗒"声,被人从外面打开。

舒以安拿着册子的手一抖,那本贴满了老照片的影集忽然掉在地板上发出极为沉闷的一声响,两双眼睛的目光在此时刚好对在了一起。

舒以安看了褚穆好一会儿,才慢慢弯腰把它捡起来搁在了桌上,声音干涩。

"我不是故意的………"

褚穆不知道自己说什么才能解释这东西的存在,而舒以安暮地垂下去的眼睛又让他忽然感到一阵心慌。总想解释些什么可最后问了另一句话:"你从哪儿找到的?"

这句话无疑给舒以安加上最后一道枷锁,那么明显的质问还真是,好伤人。

大概是察觉到自己的语气重了,褚穆有些尴尬地侧过目光生硬地解释:"不是你想的那样,我不是那个意思……"

落在地上的照片就像是针一样刺痛了舒以安的眼睛,两个人的样子如今不再以过去的方式出现在眼前,反而硬生生用影像的片段呈现,让她感到从未有过的无力。

那些刻意被自己忽略的感情和事实朝着舒以安铺天盖地地打过来,此时就算是褚穆说什么,舒以安都会觉得那是他最苍白的辩白。

不知为什么,一向顺从柔软的舒以安忽然觉得自己很累。

倒是不急着走了,舒以安的手指轻轻划过棕色的封面,语气平淡:"我能想些什么呢?我还不至于无聊到去翻你的隐私,况且也不感兴趣。倒是你,既然这么重要的东西都能明晃晃地放在外面,那就不应该怕被别人看到。"

褚穆从未见到过这么牙尖嘴利的舒以安,竟然用反问的口气把话重新抛给了自己。一时想和她解释的心情也被她此时的样子弄得烟消云散,况且论嘴上功夫,褚穆从来就不认为自己会输。

"既然没想些什么那么慌张干什么?一本影集而已。"不知怎么,褚穆看到舒以安一脸平静的样子就觉得特别刺眼,忍不住出言讽刺道。

舒以安深吸一口气只觉得大脑"嗡"的一声,自己像是要失去理智般朝那人抢白:"我是觉得你让我恶心。"伸手随意翻开两页,影集上立刻出现了两人曾经一起去参加露营的一张照片,照片上的陶云嘉还很年轻,挽着身旁清俊高大的男子笑靥如花,"既然这么放不下,为什么不光明正大地把人放在自己身边,何苦跟我演什么夫妻情深千里回国的戏码。"

舒以安就像个小孩子一样倔强地站在原地,红着眼眶和对面的男人对峙着,坚决要把自己最害怕的事实赤裸裸地呈现在两人之间。

没想到她竟然这么曲解自己回国的目的。

褚穆气极反笑:"我哪儿让你恶心了?舒以安,倒是你,别把自己的恐惧不安强加到这里,有时候太妄自菲薄不是件好事。"

"谁恐惧不安了？你别太自以为是才好！我又不是非你不可！"就像是被戳中了心事一样，舒以安脸色顿时通红，竟气得急急地冲出书房。擦过他的衣角时，褚穆下意识地想出手拽住她的胳膊，但也只是一瞬，反应过来之后，他强忍着心里的松动就这么僵硬着站在书桌前任凭她摔门而去。因为他也被她那句不是非你不可彻底激怒了。

不得不承认，今晚的舒以安很让褚穆意外。

他进门时看到那本影集的时候心里也是一沉，他更想不通怎么好端端被自己扔到办公室杂物筐的东西会出现在这里。

褚穆烦躁地扯了扯领带，看着刚刚被舒以安摔上的房门骂了一句。

至此，两人两年里的第一次冷战，正式开始。

舒以安当晚就拿了枕头搬到了客房，房门落锁的声音十分清晰。其实哪里能睡着呢。舒以安抱着双腿蜷在客房空荡的大床上，睁着眼睛任眼泪毫无意识地落下。她刹那间特别讨厌这样的自己，一个所有的生活都被褚穆左右的自己。

她看到照片里的两个人时，心底最难以启齿的嫉妒和愤怒都一并来了。见到两个人的过去时，她也特别想像其他女人一样气势汹汹地质问他怎么会有这种东西出现。可是开口时才发现，明明最有资格最有底气的自己竟然没有丝毫勇气问出这样的话。

而至于为什么，是舒以安最痛恨自己的地方。

她怕他会神色泰然地承认，她怕他会毫不在乎地连解释的意思都没有，那样自己就会彻底变成一个小丑，所以她努力装作不在乎无所谓，努力忽略掉自己曾经贪慕的他的好。

可是有些话，一旦说出去就不会再挽回了。

怎么办呢？舒以安默默地想。

偌大的湖苑别墅静得没有一点儿声音，褚穆和衣躺在床上，怔怔地盯着卧室里的吊灯没有丝毫睡意。脑中一遍一遍地回放着几个小时前舒以安朝自己吼出的那句话，什么叫不是非你不可？

第二天好像赌气一样，褚穆早早地就起床离开，整整一夜未眠精神也差了很多。下楼前最后看了看那扇依然紧闭的门，最后收回目光意志坚定地下了楼。

舒以安是凌晨三四点钟才睡着的，但是很浅，听到楼下大门关上的声音便皱眉醒了过来，赤着脚悄悄地躲在窗帘后看着他的车渐渐驶出去，心里阵阵的低落长久不散。

她傻傻地看着早就没了车的方向发呆，丝毫不顾自己单薄的穿着。

褚穆到了办公室脸色依然十分难看，单手叩叩秘书的办公桌示意他跟自己进来。往褚穆办公室走的这一路上，秘书心里以一秒几万次的速度计算了一下自己最近的工作，大神交代自己的事情都是第一时间办的，并且没有出现过任何差错。想到这里，心里稍稍安定了下，信步跟着褚穆进到了办公室。

脱掉西装随手扔在一边，褚穆坐到办公桌后没什么表情地指了指桌子左侧的抽屉："昨天让你收拾出来的私人物品你给我仔细说说，都有什么。"

秘书心里虽然打战，但还是认认真真地回忆起来："有您的一条领带……还有几个手工的笔记本，两支德国带回来的钢笔。"

"没了？"

秘书若有所思地摇了摇头："没有了，啊，对了。"像想起了什么似的，秘书猛地一拍手，"我看您杂物筐里有一个牛皮纸盒，像是邮包，就也给您放在行李里面了。"

褚穆只觉得自己太阳穴突突直跳，沉着脸色朝外头摆摆手："你出去吧。"

今早换衣服的时候，就看到衣橱里工工整整挂着的衣服，分明是昨天带回来的那些。现在想来，舒以安一定是给自己整理东西的时候不小心看到了那个被秘书大意放进去的影集。褚穆双手无意识地在桌面上摩挲着，心里一片黯然。恰好两个人又都是死要面子活受罪的性子，谁也不肯先低头。

褚穆这几日一直在纪珩东那儿，每晚习惯性进行娱乐活动的纪公子如今被褚穆搞得只能圈在私人会所里陪他喝茶，被折磨得那叫一个苦不堪言。

在这样苦兮兮的日子持续了三天以后，纪公子终于忍不住了，拍桌子跳脚："为啥你们两口子吵架都喜欢拿我这儿当避难所？江北辰这孙子是这样，你怎么也是这样？欺负我孤家寡人吗？"

褚穆拿起杯子神色泰然地问了一句:"你是孤家寡人?我怎么听说最近几次你回那边儿都有人陪着你啊。"

纪珩东倒水的动作一哆嗦,不敢再嚷嚷下去。褚穆的道行太深,这一句话已经是明显的提醒,在自己还没摸到他命门之前这个话题是绝对不能被谈起的。他暗自稳了稳心神,打算默默地转移话题。

"你不能一直这么和舒妹妹冷战下去。有话说开了就好,总这么躲着也不是个事儿啊。"

褚穆冷笑:"你说得容易。"

纪珩东愤怒了,从小到大他最讨厌的就是别人说自己不懂感情,他明明是微博认证的妇女之友好吗!数额庞大的粉丝里已婚少妇占了大半好吗!从小就是大院儿里多家夫人捧在手心里的小宝贝好吗!说他不懂女人?这是诬蔑!于是某人迅速卷好衣袖打算唾沫横飞地当场来一个真情演讲。

"这事儿就是你不对,为了面子还不肯跟老婆认错,装哪门子大头蒜啊你!我问你,那影集是你收的对不?是不是看完了你也没舍得扔?是不是还碰巧被媳妇发现了?我告诉你,这种事儿你指望着舒妹妹先来主动跟你和好那是不可能的。男人嘛,虽然人家话说得不留情面了一点儿,但是女人是天底下最好哄的生物,你主动去跟人家认个错就好了,告诉她你现在的想法。光我知道你放下过去想跟人家好好过日子是不够的,你得让你媳妇知道。"

褚穆拿着茶盏的手一顿,敛起神色没再说话。纪珩东心里哼哼着趁热打铁,打算把这个祖宗送走好解放自己,使出了自己的撒手锏。

"毕竟,冷战时间久了伤感情的,搞不好,最后人家提出离婚你都来不及后悔啊……"

褚穆搁下杯子,想起那天早上自己无意间在后视镜看到瘦弱的舒以安穿着睡衣站在阳台上,清晨有风吹起,显得她整个人空空荡荡的,她就那么孤零零地立在发白天色里,褚穆忽然起身往外走去。

"谢谢。"

他想,纪珩东有句话说得没错,光他知道自己的想法是没用的,自己得让那个嘴硬的女人知道自己是想和她生活一辈子的,与任何人都无关。

舒以安这几天气色很不好，脸色发白，总是没精打采的。中午去餐厅吃饭的时候也心不在焉，寥寥几口就放下了筷子。周慧见她这跟霜打了的茄子似的小脸儿，忍不住有点儿担心。

"这几天你都不在状态啊，三天吃的东西还没我一顿的多。这样可不行。"

舒以安看着餐盘里的东西暗自发愣："没什么胃口……吃不下。"

"跟老公吵架了？"周慧一副过来人的口吻，平常她丈夫出海俩月仨月不回家，回来了自己又时常嘴上不饶人，这么一来二去的吵架就成了每次丈夫回来的必备曲目，吵完周慧又常常后悔，之后的状态就和舒以安现在这个样子没什么差别。

见舒以安低下头不说话，周慧就知道自己猜对了八九分："男人嘛，很要面子的，你要是觉得自己不放心，就主动打个电话给他。都是成年人了话很好说开的，你又这么软，你老公一定不会跟你置气的。"

不跟自己置气？舒以安默默地撩起眼皮重复了一遍周慧的话，不跟自己置气都整整三天没回家了，其间一个电话短信都没有。舒以安哀戚戚地想，可能这次自己不小心撞破他和陶云嘉的过去，是真的把他惹生气了。念头至此，她忽然感觉很委曲，于是打定主意坚持不肯做先低头的那一个。

下午是公司和安雅尔集团签合同授权的时间，过了午饭，人人都忙碌起来。舒以安也暂时忽略掉心中那些情绪全身心地投入到这场全员参与的合作案里面。一般很少有公司会把签约仪式定在下午的，复印间里忍不住有人小声嘀咕。

"哪有下午三点这个时候签约的啊，听着就不讨彩头。"

"哪是咱们能决定的呢，安雅尔那边的人说他们老板上午都排满了，中午午休，就下午有时间。那意思就是你们爱签不签。"

"到底是大公司啊，骨头都比一般人要硬。"女同事无奈地撇撇嘴，"肖大老板亲临，黄金单身汉啊！今天总算能见到真人了。"

"别想了，有茱丽那么一个别人都退避三舍！"两人拿着复印好的文件有说有笑地离开复印间，留下舒以安一个人在隔壁。

安雅尔，离开了将近两个月的地方，如今再次见到曾经一起共事的人，还真是有些尴尬。

签约仪式定在楼下的大会议厅，舒以安跟着同组的几个人把手里的文件依次摆放好，站在一旁等着仪式开始。茱丽跟在老板后面进来的时候，若有似无地朝着舒以安的方向看了一眼。她永远是一副淡然的样子，安安静静地站在那里不为即将到来的盛大仪式感到丝毫兴奋或者不安。

肖克带领大批人马来的时候，在座的全体起立鼓掌表示热烈欢迎。这边的老板是一个年纪快五十岁的女人，看得出来很重视这个合作，忙起身跟肖克握手。

"很高兴能和安雅尔集团进行这次合作，是我们的荣幸。"

肖克波澜不惊地笑了笑，一如既往淡漠的样子，目光随之扫了一圈站着的员工："您谦虚了，也是我们的荣幸。"

目光触及桌上深蓝色的合同夹，肖克微微向老板致意："我们开始吧。"

签约不外乎双方签字、握手、合影，之后公布，这个过程没有丝毫新意。舒以安毫不起眼地隐藏在人群后面，跟着一大帮人把这尊散财菩萨围在中央送他出公司大楼，站在肖克身边的也理应是茱丽这样年轻能干的女强人。

肖克不经意地朝后头看了一眼，茱丽忽然笑得戏谑，用仅仅两人能够听见的声音问："需不需要我把人给你留下？"

肖克眼风阴阴地看了茱丽一眼，抬手打开车门吐出四个字："多管闲事。"不过，倒还真的很想和她聊聊。两个月未见，她好像比离开安雅尔的时候更憔悴了一点儿。

变节出现在快要下班的时候，因为是各个公司合租的写字楼，杂七杂八什么办公环境都有，舒以安所在的楼层下头恰好是一家餐饮连锁，员工每天都能吃到自家厨师做的午饭，曾经他们还聚在一起羡慕了好一阵儿。

结果不知怎么，还差十分钟打卡下班的时候，大楼里忽然传来尖锐的警报声。正在收拾包包和写字台的人无一不愣住了。还没等反应过来，就听见有人在走廊大声地喊："着火啦！"

这三个字，就像人们说的地震了一样让这些生活在城市里的人恐慌。大抵谁都没经历过这样的事情，有的女同事甚至尖声叫了起来。舒以安慌张地往窗口一扫才发现，滚滚黑烟已经冲着楼上汹涌而来。

"怎么办？怎么办？"周慧抓着舒以安的手快要哭出来了。

组长到底是年纪大沉稳一些，大声朝着这些年轻人喊道："我们是有防火设备的，你们别慌张，咱们先到走廊去。"

走廊里已经汇聚了太多的人，彼此吵闹的声音让人害怕，舒以安悄悄攥紧了手中的包，浑身冰凉。高层火灾，死亡率是城市火灾中最高的，从楼下往上着的速度很快，只隔了两层楼不知道她们还能否安然无恙……

尖锐刺耳的警报此时听来就像是催命符，让这些年轻人不知所措。有些冷静的人提出往顶层的隔火层跑，顿时人群如疯了一般往楼梯间跑去。舒以安被人拥挤着随着大流往楼上跑，与周慧和同事早就被冲散了。

楼梯间遍是黑烟，呛得人上不来气。舒以安被撞着蹭着墙壁挤到窗口，她甚至能从玻璃窗清晰地看到不断向上吞噬的火苗，而他们只能拼了命往更高的楼上跑。不知不觉间，舒以安胡乱地抹了一把脸才发现自己的脸上，满是泪水。

因为她第一次感到自己在与死神赛跑。

肖克乘车刚往回返不久，就听见员工小声地拿着手机嘀咕着什么。他略微不悦地皱了皱眉："你们在说什么？"

被点名的员工吐了吐舌头回身朝大老板解释："肖总我们真是够幸运的，才离开还没有半个小时工夫呢，齐腾大厦着火了！"

齐腾大厦，是他们刚刚去签约过的公司。

肖克一震："你说什么？"

员工晃了晃手里的电话："刚刚新闻推送来的啊，你看！不知道他们怎么样了。"

肖克看着手机上那张由围观路人拍的图片，下意识地想起那个人，他几乎是没有丝毫犹豫地吩咐司机："马上把车开回去！"

司机面露难色："老板……这，那一带现在肯定要戒严了啊！"

"立刻，马上。"肖克面若冰霜地吐出几个字，心情已然到了忍耐的极限。

与此同时，褚穆在车上正思量着回家买点儿什么才能让那个爹毛姑娘消气，正神游间车里的电台忽然插播一条紧急消息。

"下午四点二十分，东环齐腾大厦发生火灾，从楼部中央起火，火势十分凶猛，现在消防车队正在紧急出动，请附近的驾驶员让行，顺便提醒正在朝此处行驶的……"

褚穆猛地抬起眼，看了下手腕上的时间。

四点四十五分，舒以安！

他立刻吩咐司机："不回湖苑，去齐腾大厦。"

隔火层的门是被挤开的，人们一窝蜂地往里跑。即便是措施很好的顶层也依然能感觉到空气中灼热的气息，呛鼻的浓烟快要让舒以安无法呼吸了。手臂上、裙摆上、小腿上全是往楼上跑时蹭上的黑色印记和擦伤。她的喉咙间焦灼得难受，只能找一个勉强倚身的角落看着这一大帮和自己同样命运的人。

手机不知道被她落在什么地方了，她甚至想如果就这么遇难了，自己岂不是连打电话告别的机会都没有了？

好在消防队来得很快，大概四十分钟火势就得到了控制，等他们被云梯接下来的时候只知道死伤了十三个人，公司里一起共事的同事都安然无恙。

站在湿漉漉的地面，脚底的触感才让她真真实实地感受到什么叫劫后余生，周慧和茉丽她们站在一起远远地朝她摆手，这个时候任何一个与自己朝夕相处的人都显得无比亲切。舒以安赤脚跑过去，完全忘记了自己一身狼狈没穿鞋的事情，手中还紧紧攥着包。

刚跑出两步，肖克的车子忽然急刹在她面前，还没来得及看清来人是谁，舒以安就被肖克强行抱在怀里披上了一件外套。

他着急的声音没了一贯的漠然，反而多了些情感："你吓死我了。"

与此同时，褚穆站在两人的不远处，眼中深沉而平静。

Chapter 13

覆水终难收

被肖克强制性地抱在怀里的时候，舒以安才有些惊慌地发现她有多抗拒。陌生的力道陌生的味道，满满的全是让她不安的理由。两只纤细的手臂试图轻轻搁在两人之间以阻挡更亲密的接近，她更想挣开他的怀抱，奈何被他抱得太紧，挣了几次都没成功。

"能先放开我吗？肖总。"

直到清越的女声响起，肖克才微微清醒。远处，裹着厚厚外套的茱丽站在隔离带外面静静地看着这一幕，她的位置和褚穆彼此对立，但眼睛都一眨不眨地看着同一个方向。

肖克慢慢松开自己锢着舒以安的手臂，有些尴尬地清咳一声："只是路上听说这里出事了，我很担心你……你们。"

得到了空间的舒以安立刻往后退了两步，保持自己和他的安全距离："谢谢。"

这么疏远的表达方式和动作让肖克没来由地感到不悦，没想到舒以安竟然这么抗拒自己，一时有些难掩情绪。看着脸上手臂上都是黑黑道子的人，肖克的语气带了些薄怒："你这么害怕我？"

脚底下很凉，可能是浓烟呛的，也可能是之前的精神高度紧张，舒以安隐隐感觉有些头昏脑涨，只想快点儿离开这里。

肖克抿了抿唇深吸一口气："我送你。"

"不用了。"

这声音并非出自舒以安，而是从两人身后传来。如此熟悉的声线，舒以安有些不知所措地回头，刚好看到褚穆修长的身影。

他信步朝她走过来，脸色阴沉："送她回家这样的事情，应该还轮不到肖总。"

因为肖克刚才的动作被褚穆分毫不落地尽收眼底，此时也谈不上什么客气。两个同样出色挺拔的男人面对面站着，眼中的气势都毫不收敛。舒以安没想到褚穆会来，三天没见如今就这么突然出现，倒是让自己一时愣在原地。

褚穆皱眉看着她身上那件碍眼的外套直接伸手给她脱了，出声威胁："有些超出你权限范围的事，还是不要做的好。"

肖克倒是没有被撞破的尴尬，迅速抓住褚穆扔过来的外套不以为然地笑了笑，带着些不羁和挑衅："说不定哪一天我就有这个权限了。"

"至少现在你没有。"

褚穆的动作谈不上小心，他把自己的西装脱下裹在低头不语的人身上，利落直接地把人打横抱了起来。舒以安惊呼一声，下意识伸出手臂搂住他的脖颈，褚穆瞥见她那双赤着的脚脸色又暗了暗。

司机极其有眼力见儿地打开后座的门，让褚穆顺利地把人塞进去。上车前司机还戒备地看了肖克一眼，心里寻思着哪个男的这么不自量力敢当着褚穆的面抱他的人。

褚穆看着坐在车里的人，跟司机嘱咐了一句："送你嫂子回家，我自己走。"

舒以安速度极快地抬起头来与他的目光相遇，有些惊慌，软糯地问了一句："你去哪里？"

褚穆知道她在担心什么，走到后备厢拿出个东西，轻缓地捉住她的脚踝垫在她赤着的脚下，缓了缓语气给她关上一侧的车门："我有事，让小吴先送你回家，好好休息。"

三天未见的人再次见到竟然这么来去匆匆，舒以安从后视镜里看着站在路边的人，心底的失落越来越重。

车子平稳缓慢地往湖苑驶去，脚底下的毛垫子她记得是他去年冬天搁在车里保暖用的，价格不菲，如今被他搁在自己脚下好像也没一点儿心疼。

司机小吴也是压力山大，开着车大气都不敢喘一下。好像两口子是闹了什么矛盾，但好像又不像。心里盘算了好半天才试探着开口跟舒以安解释。

"嫂子，那个，您别生气，这几天老大确实是一直很忙，本来是要送他回家的，没想到中途听说你出了事儿就光速往您这边赶，结果部里也凑热闹，有突发情况，急着让他处理。这不，来的路上那边已经打电话催了好多次了。"

一路上褚穆的电话响了十几次，那边没完没了地催，好像是真的出了什么要紧事儿。小吴一边踩死了油门一边征求他的意见："要不我先送您回去？嫂子这边我去盯着。"

褚穆按掉来电坚决地摇摇头："不用，先去齐腾大厦。"

他得亲眼看到她安然无恙，要不这样的关头交给谁他都不放心。

褚穆站在路边等着出租车，有点儿疲倦地从裤兜里摸出烟，漫不经心地看着面前这栋灰败的大厦，额角疼得厉害。好像两个人每次都是这样，每次吵了架明明有更好的机会解释却总是因这样或者那样的突发事件错过。

可是他也不得不承认，看到肖克抱住她的那一瞬间，他怒不可遏。但看到她完好无损地站在自己面前还有力气说话的时候，他又异常庆幸。他想，如果那天早上阳台上那道单薄的背影就是他见她的最后一面，那他以后的人生，就算有多么显赫的地位多么顺遂的未来也无济于事了。

盛夏已经过去了，晚上的北京带着薄薄的凉意。舒以安回了家换了衣服洗了澡，卷了卷身上的棉被把手机调成静音，做好了一切准备窝在被子里开始昏睡。她甚至有些郁郁寡欢地想，是不是自己年纪大了，经历一些事情就觉得像打了一场仗一样累。被子上还压着褚穆给她裹在身上的那件外套，一室黑暗中，舒以安有些悲哀地发现，哪怕两个人吵架或分别，他还是让自己安心的唯一方法。

不知睡了多久，恍恍惚惚中，舒以安感觉有人从背后托起自己的背喂给她一杯温水，有些粗糙的手掌带着她熟悉的纹路轻轻摩挲着她的脸侧和头顶。

等第二天醒来的时候,床边又分明没有人,只有半杯水在床头被阳光折射得耀眼又干净。

杯子上还贴了一张纸——

出差,一个星期左右。

舒以安拿起那张纸才恍然大悟,原来以为自己做梦的事情看来都是真的,他夜里的确回来过,那杯水也是他倒给自己的。

舒以安拥着温暖的被子有些恍惚地想,自己和他,也就这样了吗?

因为公司受到火灾影响,需要放假一段时间。舒以安每日都在家里,上午晒晒太阳照顾照顾自己养的小茉莉,下午就准备出很多的食材做一桌很丰盛的晚餐给自己,却总是吃不了几口就够了。

晚上,刚刚把弄好的豆腐虾仁出了锅,就听到门口有声响,急匆匆地跑到门口就看到笑得贼兮兮的褚唯愿。

"是不是看到我很失落啊?"

舒以安懊恼地咬了咬嘴唇:"没有没有,我以为……"

"你以为是我哥对不对?"褚唯愿把包包搁在沙发上,快速接下舒以安没说出口的话,"好了不闹了,是我哥打电话给我要我来陪你的,说你这几天休息,怕前天的火灾影响你的情绪。"

倒是很贴心啊,舒以安默默地嘀咕了一句,给小姑子去厨房拿她喜欢吃的零食。

看到桌子上刚做好的晚餐,褚唯愿眼睛放光:"嫂子你有客人吗?做这么多好吃的?"

舒以安拿着厚厚的毛巾把锅里蒸好的鱼拿出来,多添置了一双碗筷:"打发时间,做得很多总是吃不了多少,正好你来啦,一起吃吧。"

也不知道舒以安手艺是不是真的那么合褚唯愿的胃口,她竟然一口气吃了两碗饭。这要是被隋晴知道了,估计得气出神经病来。褚唯愿一边挑着鱼刺一边问舒以安:"嫂子,你是不是和我哥吵架了?"

舒以安盛汤的手一停,但是也不打算瞒着褚唯愿,毕竟用褚穆的话说,这个小姑子跟自己……嗯,是穿一条裤子的。

"你怎么知道?"

"看你脸色不好,猜也猜得出来。"褚唯愿鼓了鼓嘴,忽然收敛起一副笑嘻嘻的样子认真了很多,"我哥给我打电话的时候情绪也不太好,听着好像挺累的。非洲那边气候不好疾病也很多,也不知道他怎么样了。不过,你们俩到底是因为什么?能告诉我吗?"

"非洲?"舒以安隐隐觉得不安,不免思量他带的衣服合不合身,有没有准时吃饭……

舒以安觉得自己心里有结,就应该说出来,或许站在褚唯愿的角度能更好地给自己一些意见,于是就大致把褚穆行李中的相册的事儿跟褚唯愿说了个大概。

褚唯愿听完"啪"的一声就摔了筷子:"陶云嘉她到底要干什么啊?当初我爸把她弄走就对了,要不这种人留在家里也是个祸害!"

"你爸?你是说……她当初是被爸用了手段弄走的?"舒以安皱着眉重复了一遍,满是疑惑。

褚唯愿这才反应过来,舒以安对于当年陶云嘉的事是不知道的,但是谁让自己说错了话,想要收回去也来不及了,只能哼哼唧唧地把当年陶云嘉大闹订婚宴的事讲了个大致。舒以安听完之后,才觉得自己真是蠢到家了。

原来,陶云嘉不是自己以为的那样才和褚穆分手;原来,陶云嘉一直深爱着褚穆;原来,陶云嘉那么努力只是为了和褚穆一起去德国。

褚唯愿生怕舒以安想太多,连忙出声宽慰她:"那是陶云嘉一厢情愿的,我哥肯定对她没别的想法了,就是普通同事的关系。真的,嫂子你相信我,我了解我哥,他不会承诺给你婚姻之后又去外面乱搞的,我不知道你们一起经历过什么,但是能让他娶你,你就一定有让他动心的地方。他要是敢对不起你,我第一个冲上去。"

没经历过婚姻的人总是可以把很多事情想得很简单,舒以安看着灯光下褚唯愿年轻的眉眼,心里的苦涩如同涟漪般一层一层荡漾开来。

转眼半个月过去了,舒以安最近感觉身体越来越乏,特别嗜睡,褚穆这几天也特别忙,偶尔给舒以安打电话她不是在睡觉就是情绪不好不想接。距离他出差早就又过了一个星期，其间她回过一次大院儿吃饭，褚父还特地跟她解释。

"工作上出了一些问题必须他亲自处理，也是忙，等过了这段儿时间就好了，让他好好守在家里陪你。"

明天就是回公司上班的日子，她晚上约了周慧一起去吃两人惦念已久的火锅。火锅店里人满为患，两人等了半个小时才腾出座位来。

火锅店主打的就是麻辣爽快，看着红亮亮的滚烫底汤倒在锅里舒以安悄悄地咽了咽口水："对不起，能给我换成一半清底的吗？"

周慧不高兴地敲了敲桌面："你干吗？不是说好了无辣不欢的吗！怎么现在缩头乌龟了！"

舒以安双手捂脸十分羞愧，也不知道自己是怎么了，本来来的时候斗志满满，可是一看到汤料里红澄澄的辣椒就忽然没了吃的欲望。她摸了摸自己的胃，太久没有见到这么刺激的食物了可能早就不适应了。

周慧一面往里面下着青菜一面鄙视着舒以安寡淡的调料，可能是店里的油腻味道太重，或者是天气慢慢转凉胃口不好，刚把一块煮好的娃娃菜夹起来还没放到嘴边，舒以安就感觉一阵强烈的恶心感涌了上来，忙拿过一旁的纸巾伸手指了指洗手间跑开了座位，留下周慧一个人若有所思。

因为没吃什么东西倒也没呕出什么来，用温水冲了冲脸，舒以安看着镜子里有些憔悴苍白的自己想着明天真该去医院检查检查了，说不准是胃病又犯了。周慧一面咬着海带一面抬眼盯着用纸巾擦手的舒以安，慢条斯理地嚼完了才放出一个重磅炸弹，呛得舒以安差点儿把刚喝下去的柠檬水喷出来。

"你是不是怀孕了？"

舒以安半含着嘴里酸酸涩涩的柠檬，蹙眉认真地想了一会儿。大概能有一分钟才猛地从包里翻出手机查看上次例假的日期。2、4、6、8，整整过去十天了自己竟然一点儿都没有感觉到。舒以安心里一惊，一下傻在那里，难怪最近一直觉得少了点儿什么。

周慧一看舒以安这样子就知道自己猜得没错，有点儿恨铁不成钢地弹了弹舒以安的脑门："你说说你，这么大的事儿自己不知道记着点儿？"

舒以安还没从震惊中缓过来，大脑就高速回忆起和褚穆是从哪一次开始就没了措施的，应该是……从江宜桐那里回来的那一晚，之后的几次包括在三亚也都没有，舒以安轻轻地在日历上按来按去，如果真的是周慧说的那样，应该是他回来之后不久就中招了。

手不自觉地抚上平坦的小腹，舒以安心里满满的都是期待和忐忑，这里真的有了和他的宝宝吗？

"我也不确定是不是怀孕……只是最近这一段时间都感觉很累没什么胃口，我以为全是那场火灾闹的。"现在想来，应该是早在火灾之前就有的。

"那就是了呗！"周慧把舒以安手边的辣椒挪到自己这边，给她换了份干净的碟子，"明天和茱丽请假去医院查查，要是真的怀了你家人得高兴死。"

周慧体恤孕妇，把舒以安安全送到了家自己才打车回去。其间两人还特地在药店买了验孕棒。

舒以安在楼上的浴室里盯着那两道紫红色的杠，心脏扑通扑通快要跳出来。终究是个小女子，属于年轻女孩儿的那种雀跃和兴奋在一向淡然稳重的舒以安身上也怎么都掩盖不住，在床上翻来覆去好几次，还是没忍住拿过手机翻出那个自己好久好久没有见到过的人。

电话那边响了好久才被接起来，褚穆略微疲倦的声音透过沙沙的电波传来，带着他一贯的低沉性感："以安？"

听到他的声音，原本期待紧张的心情竟然慢慢沉了下来，想起那天两人在书房里的吵架，舒以安悄悄鼓了鼓嘴，低头捏着被角不吭声。

"是身体不舒服吗？还是家里出了什么事儿？"听着那边清清浅浅的呼吸声，褚穆有些不放心地又问了一句。

原本准备好的话到了嘴边又咽了回去，想了半天舒以安才憋出一句话："你什么时候回来呀？"

褚穆看了看外面暗沉的天色，温声好似哄孩子般问："想我了？"

舒以安拿着电话在这边笑得傻乎乎的，但是偏偏嘴硬地顶回去："还没想好要不要原谅你，你把我一个人丢在家里这么久，都不关心我。"

"嗯。"舒以安看着床头柜搁着的验孕棒，心里那种归属感异常强烈，忍不住冲着电话那边示了弱，"褚穆，等你回来我们好好谈谈好不好？我有事情想告诉你。"

很少见到舒以安这样的一面,或者说褚穆从来没听到过她这么明显的示弱,一时心底里全是因她而来的温柔。

"好,等我回去。我也有事情要告诉你。"

"那……我先挂了?"

"挂吧。"

褚穆有个很绅士的习惯,除了一众发小和他的几个很熟稔的朋友打电话他会因为听不下去或者太忙先挂掉之外,这之外的每一通电话都是他礼貌地听着对方先挂断,舒以安尤其,他从来不会先她按掉挂断键,总是要听着那边传来忙音才会收线。她捧着手机有些惴惴地想,等他回来,等他回来她一定要好好地和他生活在一起。

褚穆挂掉电话在医院外的走廊中迟迟不动,只是怔怔地盯着窗户上的某一点出神。离他不远处的病房里,陶云嘉手臂上扎着针头睡得正沉。

秘书拿来一条毯子递给褚穆,有点儿担忧:"您先回车里去休息吧,三天没怎么合眼了。"

褚穆把毯子推回给秘书,指了指外头:"你先去眯一会儿吧,跟着我一直没回家,孩子都着急了吧?"

"嗨!"秘书有些难为地摆了摆手,"他那么小懂什么啊。这几天也是够惊险的,您比我更吃不消,我听医生说陶小姐已经没什么事儿了,伤口创面不大。"

褚穆点点头,看了眼护士站上挂着的时间:"明天通知她家人来。"

他想,对于陶云嘉,自己是真的做到了仁至义尽这几个字。

第二天,舒以安一大早就给茱丽打电话请了假,想着早起去医院检查排号。茱丽听了之后没说什么直接批了,并且嘱咐她可以下午来公司不用急着往回赶。公司的人都说自从一个星期前茱丽订了婚之后,整个人身上都散发出一种慈爱的光辉。

舒以安选了一家市里最大的公立医院,离家里又不太远,很方便。

坐诊的刚好是市里很有名的一个妇科主任,拿着舒以安的化验单看了一眼就得出了结论:"怀孕九周,胎儿生长正常。"

大夫瞧见舒以安年轻的样子，了然地笑了笑："第一次怀孕吧？结婚了吗？有要这个孩子的意愿吗？"

舒以安点点头："结了的，我很想生下这个宝宝。"

"那就好。"医生抬笔唰唰地写医嘱，"头次身体素质和胎儿相对来说都是质量最好的，注意休息别剧烈运动，头三个月最关键。"

接下来就是老生常谈，但是舒以安还是规规矩矩像个小学生一样乖乖听完才走。出了医院，舒以安看着不少等着孕检的准妈妈一个个进入 B 超室，唇边的笑意更深，为她，也为肚子里这个即将到来的小生命。

正在往医院外头走着，舒以安需要绕到侧门去打车，其间经过住院处大门的时候，远远地看到一个人很熟悉，等走近了才发现，那人正是穿着病号服的陶云嘉。

显然，陶云嘉也看到了舒以安，两人隔着几步的距离互相看着，舒以安的眼中多了些戒备和疏离。

陶云嘉无所谓地笑了笑慢慢把手放到自己的小腹上，眼中虽然有些不解但更多的是不屑。而开口时的那句话，彻底让舒以安原本晴朗的心情掉到了谷底。

"褚穆一个人陪我就够了，怎么舒学妹你也来了？"

舒以安听后呼吸明显急促了几分，但是她知道自己不能完全听信陶云嘉的话，这个女人或许之前对自己毫无戒备，但是从德国回来之后，从来没有敌人的舒小姐已经悄悄地把她划入退避三舍的行列了。

目光没有任何躲闪，舒以安眼睛一眨不眨地看着脸色苍白可是战斗意味满满的陶云嘉，有些将信将疑，但是陶云嘉身上穿着的那件衣服，又分明是自己一年前买给褚穆的。

"他……在陪你？"

陶云嘉冷笑，炫耀般向身后扬了扬手："明明只是出差一个星期他怎么会拖了这么久不回家？你这个做妻子的倒还是没有我这个同事来得亲近。要不是我生病了我看他守在这里太累，别说今天了，恐怕只要我不放人你根本没有见到他的可能。"

陶云嘉不知为什么，看到舒以安出现在这里心底很是恐惧不安，而且她也确定凭借褚穆的性格一定不会把前段时间发生的事情告诉她，所以一时说话也没了分寸，只想用自己最得意的言语来打击这个毫无攻击性的年轻女孩。

舒以安隐隐觉得自己很恶心，连攥着医院报告单的手都有些颤抖。明明昨天晚上两个人还通话说要一起好好谈谈的，明明一切都在慢慢变好，怎么……就这样了呢？他怎么能骗自己呢？稳了稳心神，舒以安忽然问了陶云嘉一个无关的问题。

"陶云嘉，你现在这么费尽心机，当初为什么要离开他？"

这个问题犹如雷击一般让陶云嘉瞬时慌了心神。因为当初那件事，是她这辈子都无法挽回的痛苦和耻辱。也是因为那件事，她才沦落到现在这个地步。

"和你有关吗？当初……是因为时机不成熟！我们受到了很多阻碍！"

舒以安弯起嘴角："阻碍？是爸爸给你安排的那份工作成了你的阻碍吗？还是你还没有找到更好的时机来选择？"

哪怕舒以安早就被陶云嘉的话击溃，但是与生俱来的骄傲不允许舒以安像个失败者一样在她面前认输。陶云嘉没想到舒以安竟然知道自己当年离开褚穆的缘由，脸色变了变，心里阴暗得犹如黑暗中滋生的那些最见不得人的生物。

"反正现在他是抛弃你陪在我身边！"

陶云嘉看着舒以安渐渐暗下去的眼神又忍不住抢白一句："要不是他们家当初用了手段我现在早就是褚太太了！况且……"陶云嘉一双手在肚子上轻轻抚了抚，"我肚子里的孩子还是要认父亲的。"

舒以安不记得自己是怎么走回湖苑别墅的，看着面前那栋建筑也只是发呆，如果她此时抬手摸摸自己的脸，一定会为冰凉的泪水感到惊讶。一路上，陶云嘉的话就像是纪录片一样一遍一遍在脑中回放，人群走舒以安就跟着走，人群停她就跟着停，每走一步心脏都像被抓紧了一分。

在自己有了他的孩子之后，他竟然和别人也有了孩子？

目光慢慢聚焦对上车库门前停的那辆车时，舒以安才算恢复了些意识。中午的太阳正是最盛的时候，站在温暖的阳光下，舒以安把手里的东西搁到包里深吸一口气，然后缓慢地打开门。因为她十分清楚，一旦打开这扇门，可能会发生的后果是自己都无法预料的。

褚穆刚换了衣服下楼，正想着出去，刚碰到门把手，门却被从外面推开了。显然，褚穆对于这个时间见到舒以安还是有些惊讶的，忍不住像平常般挑眉问道："怎么中午回来了？我还想着去接你。"

舒以安怔怔地看着面前半个月未见的人，觉得他现在和自己说什么都让她觉得虚伪。她默默地往前走了几步把包搁在沙发上，近乎有些艰难地问了一个自己最不愿意正视的问题。

"褚穆，这几天你都去哪儿了？"

聪明如他，立刻感觉到了舒以安的不对劲。褚穆预感到她一定是知道了什么，他并不打算骗她，微微叹了一口气，声音分明，大大方方地承认。

"在医院。"

"别解释行吗。"舒以安冷静地打断他的话，回过头来，"我是真的一点儿也不想再听到你和陶云嘉一丝一毫的字眼，我真恶心。"

"她跟你说了什么？"褚穆抿着唇找到舒以安生气的原因，想跟她说清楚。

舒以安以为他还想为自己开脱，心中最后那点儿火光好像也熄灭了。她闭了闭眼转身看着不远处的人，一字一句道："褚穆，我怎么会嫁给你这样的人。"

褚穆感到愤怒，上前伸手锢住舒以安单薄的肩膀，语气森然："你再说一遍。"

舒以安忽地打掉他的手有些崩溃地蹲在地下，随手把手边的东西朝他打了过去，带着细弱颤抖的哭腔："我说我不想和你生活在一起了！爸爸告诉我说你很忙，我以为你是工作上遇到了什么麻烦不能回家，我像个傻子一样每天等你回来，想听你解释清楚，想和你好好的，你却在医院陪着你的初恋情人。褚穆，你考虑过我的感受吗？你知道我从另一个人嘴里得知你的行踪的时候是什么心情吗？明明我才是你的妻子啊……"

眼泪大滴大滴地从眼眶中落下，舒以安此时像受了天大的委屈一样蹲在地上拒绝他对自己的任何触碰，哪怕他仅仅是想把她抱在怀里安抚她的情绪。

就像是积攒了太久的苦涩，舒以安喃喃自语着根本止不住。

"在很久以前，陶云嘉对我说要和你去德国的时候我就想问你，为什么她每一次都可以那么理直气壮地对我宣告和你在一起的所有权，为什么每一次在你面前提到有关她的过去都要小心翼翼。褚穆，既然你这么爱她，当初为什么要娶我……"

双手狠狠地蹭了把脸，她缓慢地站起身来，神色冷然而又坚决："要是你觉得我很碍事，我可以让出位置来。褚穆，到现在为止，我是真的不想和你在一起了。"

"所以呢？"褚穆上前一步伸手擦掉舒以安脸上的眼泪，姿态温柔，可语气轻得骇人，"你后悔了？"

舒以安毫不躲闪："是，我后悔了。嫁给你是我这辈子做的最错误的决定。"

褚穆垂在身侧的手指猛地收紧，不顾胸口细密的疼痛一把把舒以安抵在墙壁上，两只手放在她头顶的两侧，死死地从牙关里挤出话："舒以安，你说你后悔了，可是你又什么时候真正信任过我？"

这场战争的重点早就不在陶云嘉身上，褚穆被气得压根儿忽略了舒以安爆发的源头，他此时此刻想的都是舒以安说的那句，她不想和自己在一起了。

两个人的呼吸几可相闻，褚穆的眼底布满了血丝，满是疲惫："从你嫁给我的时候我就对你说过，不管出了任何事情我都不会放弃你，承诺给你的我也会遵守到底。可是舒以安，你想想，两年中，你有没有真正在这桩婚姻里依赖我？每当我们的关系岌岌可危或者我没法给你安全感的时候，你第一个想到的就是离开我。"

舒以安原本止住的眼泪在他说完这一句话之后，忽然猝不及防地落了出来。

"你看，被我说中了是吗？

"从德国回来的时候你的行李就放在门口，整整两天它一直没动过。苏楹出了事情你宁愿自己去给她扛也不愿意跟我多说一个字，如果被绑架那天我没回来，是不是我们就真的完了？而我生活里所有的事情只要我不说，你就不问，那好像完全就是我一个人的，与你无关。

"每次吵架之后你想的不是质问我,而是离开我,你不听我给你的解释,选择用躲避来面对。舒以安,这是你最基本的权利,我把它给你你却总想着把它给别人,这样对我,你真的公平吗?"

胸口隐隐有什么东西在渗出来,褚穆强忍着不适慢慢放下圈着她的手臂:"没回家的那几天我一直在想,是不是我真的做了什么让你很失望的事情以至于你这么不相信我,可是以安,自始至终,你都活在你的妄自菲薄里。你想我可能背叛你,可能不爱你,可能对你所有的好都来自当初的歉疚,但是你从来不知道,我是想跟你过一辈子的。"

舒以安眼前模糊一片,浑身冷得要命。看着褚穆一步一步离开她的背影,感觉身体也越来越沉,小腹像被什么拽着似的疼,有温热的液体顺着她的腿慢慢往下淌,猩红一片。

她慢慢顺着墙壁滑下身体,用尽了力气却只能哀哀地痛呼一声:"褚穆……"

Chapter 14

大梦方初醒

医院病房里,舒以安睡得很沉。纤细的手腕上扎着尖尖凉凉的针头,静点的药水一滴一滴地落在胶管里,气氛静谧得吓人。

褚穆倚在外侧的墙壁上,低着头,没人知道他在想什么。

医生刚才的话犹如宣判一样炸在他的耳边。其实产科的女主任也很奇怪,她对舒以安印象很深刻,明明上午的时候这个年轻的女孩子还面色温柔地对自己讲她想要这个宝宝,结果到了下午,却一身狼狈地被人急匆匆地抱进来送进了手术室。

看着面前的男人,女主任冷漠地"啪"的一声扣上了病历,唰唰地签上自己的姓名。

"过度精神刺激导致的流产,需要静养,给她的药加了安神的成分,你是她丈夫?"最后,女主任还将信将疑地问了一句。看着褚穆一言不发的样子,女主任无奈地摇摇头,"她身体虚弱,受不了任何刺激了,不管是生理心理家属都要多注意。"

褚穆也不知道自己该怎么回答她……现在,他还能被称为她的丈夫吗?哪有一个丈夫会连自己的妻子怀孕了都不知道,回过头来的时候她就那么惨兮兮地抱着自己蹲在地上,目光所及的地方,一片血光。

褚穆当时只感觉脑子一片空白,来不及多问迅速把人裹起来送到医院。

但是从那一秒钟起，他就知道可能生活中有什么东西离他而去了。一路上舒以安意识半混沌半清明，只是死死地蜷在座位上捂着小腹，眼中有难掩的痛意和恐惧。她想，这个小生命才六十几天，她还没来得及亲身感受它的长大，就要这么离开自己了吗，能算是报应吗？

孩子，褚穆把这两个字在心里默默念了一遍然后慢慢又转了下去，眼中的失落和颓败显而易见。胸前不知道是舒以安留下的血迹还是自己伤口迸出的血迹，使得他整个人站在肃静洁白的医院长廊上异常孤独。三十岁的褚穆，在他人生中的而立之年失去他的孩子，并且重伤了他的妻子，还真是，活该。

纪珩东拿着衣服匆匆地从走廊的一侧走来，紧紧皱着眉头把衣服扔给他："先去外科处理一下伤口，这么顶着还没等她醒过来，你就先挂了！"

任凭衣服打在自己身上，褚穆还是不为所动，只是那么倚在墙壁上一言不发。

纪珩东看了气不打一处来，把手里的东西猛地扔在座椅上："你现在是颓了？早干什么去了啊！看看吧，这事儿惊动了你家老爷子，查出来了。"

褚穆看着那几张纸，都没有抬手去翻，现在他没什么心思再去追究这件事了。

纪珩东叹了一口气同样背靠着墙，和褚穆并排站着，烦躁地爆了一句粗："这叫什么事儿啊！"

因为褚穆突然回京，打乱了一些隐藏于表面下的潜秩序，有不少人因为嫉妒或者是不甘在他回来之后明里暗里给下了不少绊子。褚洲同虽然有心偏袒着这个侄子，但是总不能太过火，一些需要褚穆去做的事儿还是要去。去非洲，就是为了堵那些悠悠之口最好的办法，再者也是为了证明褚穆的能力。

非洲气候不好，细菌病情什么的也多，褚穆刚到那儿两天就吃不太消，在当地医院挂了两天水，每天常常忙到回了宾馆倒头就睡，就是睡也仅仅是四五个小时。每次想给舒以安打电话的时候，不是因为时差她在睡觉就是她没接。

好不容易结束了一周的工作，他想着能够回京了，却被褚洲同告知现在面临着岗位大换血，各种各样的事情毫无头绪杂乱无章，这样一来褚穆就与外界隔绝了整整两天，专心准备自己的述职。因为每一次大调整的时候都面临着一个人将来的走向和前途,任是褚洲同这样身份的都是不敢怠慢的。其间虽然家里和几个朋友都告诉他舒以安情绪很稳定,一切都好,他还是很担心。

正打算回家,变故就来了。

陶云嘉不知道什么时候从德国回来,站在他车前面一脸憔悴不安。褚穆见到她脚步也只是停了一瞬,随即便移开目光越过她去开车门。

陶云嘉急匆匆地一把关上他刚刚开的车门,语气十分苍凉急促:"你就这么恨我?"

褚穆现在一点儿心思都不在她身上,干脆也不留情面,拿开她搁在车门把上的手,语气冷漠:"不是恨你,是对你没有任何感情。

"陶云嘉,我以为你足够聪明,让你在德国相安无事地当个翻译已经是我最大的忍让了,是谁告诉过你我现在还爱你?你又哪里来的自信觉得我一定会等你?你不觉得你现在做的一切都特别可笑吗?"

陶云嘉倔强地站在他面前,一动不动:"难道你不对我负责吗?我最好的青春都给你了!"

褚穆静静地站在那里看着她的嘴一张一合,眼神中分明带了些悲悯。他也实在想不通,当年外交学院那样一个骄傲出色的女孩儿怎么变成现在这副样子,善于心机,糟蹋自己,满眼都是狠心和妒意。

话音刚落,远处的街上忽然传来刺耳的马达轰鸣声,三辆摩托并排嘶吼狂叫着而来,一共六个人头上都戴着头盔,车灯打得特别刺眼,褚穆和陶云嘉站在街边一时都下意识地眯了眯眼。与此同时,后排的三人手里都拿着长长的刀,横冲直撞地朝着两人的方向开了过来。

陶云嘉惊呼一声,猛地站在褚穆身前。

"陶云嘉!"褚穆大惊。冰冷锋利的刀锋捅进陶云嘉的腹部,但是好在褚穆反应极快,迅速拽着陶云嘉一把把人推到了路边,其中一台摩托车因为躲闪不及直奔着褚穆而来。车上的人也慌了,胡乱地伸手一砍,褚穆胸口的位置不偏不倚地挨了一下。

警车和救护车来的时候,陶云嘉已经昏迷了。褚穆的伤并不严重,刀口不深不浅，因为是横向就好处理很多。相比之下，陶云嘉就严重得多，刀口深又怕腹腔感染，手术出来之后就送到了监护室。

秘书连夜赶到医院，给褚穆处理一些相关事项，送走了来调查的警官。褚穆在病房特地嘱咐他，不要声张也不要通知家里，毕竟刀伤，说出去不严重可也挺触目惊心。依据隋晴、舒以安的性子，肯定是要被吓坏的。

情况并不好，一天一夜，陶云嘉术后感染情况严重高烧不退，但是毕竟她是因为褚穆才受的伤，不管出于道义还是基本的道德，褚穆都没有离开的理由。至少，也得等她转危为安。其间，有关那晚夜间摩托车的事也真相大白，没几个小时警方就通知抓到了人。

几个人是惯犯，之前就有前科，在这附近踩点儿发现褚穆作息时间比正常人要晚，因此见财起意，只是没想到本该他受刀却挨在了陶云嘉身上。

褚穆当时正在换药，面沉如水地听完之后也没多大的情绪。看到手机响直接穿好了衣服去外间接舒以安的电话。他听着那端想念了很久的声音心里原本的戾气也无端消失了很多，他听着她说"我等你回来"的时候恨不得立刻回到她身边，看着窗外万家灯火的夜色，褚穆就知道自己完了。

他在"舒以安"这三个字里面，越陷越深。

"陶云嘉那边怎么办啊？"纪珩东手里玩着车钥匙，漫不经心地问了一句，"再说舒妹妹这事儿瞒不住，你妈肯定得知道，搞不好明天就去你家堵你个正着。"

"弄清楚陶云嘉到底和以安说了什么。"透过病房门上的玻璃依稀能看到舒以安的睡颜，褚穆神色又沉下几分，"到底说了什么。"

最后，他还是听了纪珩东的话下楼去外科换了药重新处理了伤口，换上了干净的衣服。他想总不能等她醒来看到自己还是在别墅里跟她吵架的样子，哪怕她并不想看到自己。

慢慢打开病房的门，褚穆缓步坐到她的床边生怕惊醒了她。

他轻轻握住舒以安没有注射针头的手，温度凉得让人心惊。穿着医院条纹的病号服显得她整个人都瘦瘦小小的，可能在昏迷中她睡得并不安稳，长长的睫毛不断抖动着。

褚穆忽然想起她毕业那一天，也是像现在这样静静地躺在病床上昏睡，年轻的脸上被阳光打上一层好看的光晕，美好得让人移不开眼睛。那个时候她醒过来带着些懵懂和期待，也是那一天，自己强势又生硬地问她，舒以安，你愿意嫁给我吗？到现在，整整两年了。如今她还是这么躺在这里，却没了那时的生气勃勃和唇角柔软的笑意。

慢慢地，他把她的手指搁到唇边，触碰到她的皮肤的那一瞬间，褚穆终于红了眼眶哑了声音。

"对不起。"

而躺在病床上正睡着的舒以安，眼角忽然滑落两行泪珠。

舒以安感觉自己的意识像是掉进了深渊，任凭自己怎么想清醒过来都只是徒劳。她有些不安地想睁开眼睛，却被这场深眠拉进了回忆中最让她惶恐也是最幸运的那一天。

两年前的初秋，舒以安论文答辩的那一天，因为对先锋类药物过敏，所以她特别不争气并且声势浩大地昏倒在答辩台上。为什么说是声势浩大呢？因为她这么一昏，甚至惊动了作为特邀人员的褚穆。

学校顿时谣言纷纷，有人说褚穆在追舒以安，只是迟迟未果；有人说，是舒以安介入了褚穆和陶云嘉的恋情最终导致两人分手；有人说，法语系的舒以安大学四年从来不交男朋友也总是拒绝向她告白的男生，是因为从大一开始就给褚穆当了情人……

那一天，外交学院简直热闹得开了锅。

远在学校之外的医院里，却是意外的安静。褚穆把人送到医院之后便坐在窗边沉默地等她醒来。

那天中午，阳光很好。舒以安年轻的脸上被打着淡淡的光晕，柔和美好得不像话。褚穆看着看着，就有些失神。尤其是当她仰起头满脸认真懊恼地对自己说，我的问题还没有回答完。

那是她真正入侵到褚穆心里的一瞬间，他见过太多太多的女性，睿智聪慧的女外交官，如褚唯愿一般娇宠可爱的妹妹，如陶云嘉般骄傲自信的女人。但是那么多那么多的人，都不及那一秒钟，舒以安的一个仰头。

急性过敏反应，输了液情况就好了很多。护士来拔针的时候见到情况好转，也得到了医生的明确表态，只要按时吃药注意今后不要再碰这类药物，就没什么问题了。

褚穆认真地听着大夫的嘱咐，回过头来征求舒以安的意见："你觉得还好吗？要不要再住在这里观察一下？"

自己的身体状况自己最了解了，舒以安急忙摇摇头："不用了，我没事了。"

褚穆尊重她的意见，点点头转身送医生出去了。

因为是急救，按照常理舒以安是不应该住在病房里的，在普通的急救观察室就好。但是褚穆看着她苍白的脸色，露出的一截手腕儿上全是触目惊心的红疹子，当时就让人给她转到了高级病房。既然是高级病房嘛，从药费到床位费，自然也是高级得让人难以接受。

但是褚穆对着缴费单子上那一串数字波澜不惊，十分自然地拿出皮夹刷卡签字。小护士趁着打印机唰唰出票的空当偷偷抬眼看着玻璃窗外的男人，脸颊上甚至带了些红晕，偷偷抿唇跟对桌的小护士笑，其实心里想的不外乎将来要是找到这么一个能体贴自己的丈夫就好啦……

从缴费处回来，舒以安也刚好收拾妥当从病房出来。看着褚穆手里还没来得及收好的单据，她的身影一顿，怕她想得太多他下意识把手里的东西揣到了裤兜里。

"怎么这么快？"

舒以安有些尴尬地低下头，两根食指不安地搅在一起不停地转着圈圈："我没带钱包出来，可不可以等我回了学校再把医药费拿给你？"

褚穆哑然失笑："为什么？"

舒以安以为他问自己为什么不带钱包出来，一时咬着下唇脸上带了些连自己都没有察觉的粉红："也没想到答辩的时候会出这样的事，走得太匆忙了。"

"你想哪儿去了？"褚穆好整以暇地停在她跟前，神色戏谑，"我是说，你一直和别人分得这么清楚吗？"

这回轮到舒以安蒙在当场了，心里顿时冒出了无数个疑问的泡泡，马上急着解释:"不是的,你帮了我能送我来医院我已经很感激了,总不能还要你帮我付钱啊。"

舒以安才到自己胸口往上一点儿的位置,纤瘦得好像自己一只手就能抱在怀里。因为在病床上躺着,头发松松软软地披在肩上,整个人着急的样子没来由地让褚穆的嘴角染了些笑意。他几乎下意识地抬手把她垂下来的头发别在了耳后。

顿时,两个人都因他这个动作愣住了。舒以安是因为他突如其来的这个行为有些不知所措,褚穆则是不知道自己刚才到底在想些什么。

为了掩饰尴尬,褚穆轻咳一声先迈开脚步:"走吧,我送你回学校。"

因为是中午,褚穆怕她打了针不舒服,特地把车开得很慢。又或者是……他不想开那么快。舒以安偷偷看了一眼表,十二点半,已然快要到下午面试的时间。

"那个,把我送到前面街口的地铁站就好。"

褚穆专心地看着前方路况,微微蹙起眉。因为地铁的方向是和学校完全相反,他问:"不回学校吗?"

"下午约了一个公司去面试。"

"这么早就着手准备找工作了?"

他依稀记得家里头隋晴念叨了褚唯愿多少次让她上点儿心找找工作,可人家姑奶奶到现在都在家里吊儿郎当地盘算着月末去法国玩儿的事。

"是,都在找就试着碰碰运气吧。"

褚穆向反方向掉头:"哪个公司?"

"安雅尔集团,一个对法出口的贸易公司。"

褚穆也对这个公司有所耳闻,一个在国内很有影响力规模也很大的外企。

"怎么不参加今年的政考?我记得你的成绩很好。"

她上台之前自己翻过她的学生档案,成绩每一门都是以优秀结业的,她的口语更是达到了作为一个标准翻译的要求。

舒以安眨了眨眼睛,很明显地偏过头去躲他看向自己的目光。

她有些心虚地握了握双手:"因为赚得少。"

褚穆被她这句话逗乐了,忍不住中肯地点点头:"有发展。"

最后褚穆还是把她送到了安雅尔公司的楼下，让她距离面试还有五分钟的时候到达目的地。舒以安摘掉安全带很认真地对褚穆表示感谢："你可以给我留下个号码或者卡号吗？这样我回了学校可以把钱打给你。"

褚穆一点儿也不想跟她谈论这个，于是干脆直接转移话题。

"论文的事你不用担心，我会和他们打招呼，毕竟不是你的失误。"并且……褚穆想到她昏过去的样子神色沉下几分，"你确定你不追究自己忽然休克这件事吗？"

同寝室四年，哪里会有室友不知道她对什么药物过敏这种说法。明明是想用最下三烂的手段让她出问题，甚至不惜以生命为代价阻止她毕业。舒以安暗下眼神，有点儿低落地摇摇头："都快毕业了有什么可追究的，不过，可能论文的事还真要麻烦你了。"

他没作声，只轻轻点头。

"褚穆，谢谢你。"

这是她第一次叫他的名字，一双清透圆圆的眼睛有些忐忑，可那温和柔软的嗓音又让人听得心痒。看着她下车顶着瑟瑟秋风往大厦里面走的背影，褚穆忽然觉得自己似乎变得没那么消极了。

中午回去的路上，褚穆就给自己的教授打了电话，拜托他舒以安的事情。老头在那边哈哈直笑。纵是研究学术数十年的老人也忍不住八卦："你小子跟人家姑娘是怎么回事儿？怎么这次倒是毫不避讳地来我这里讨人情？"

褚穆拿着电话微哂道："什么怎么回事儿，什么事儿都没有，就是人家让我给问昏迷了，来您这里给开个通行证，毕竟，是我的责任。"

老教授倒是也不急，知道这个得意门生是胡乱扯了借口来敷衍自己，意味深长地念叨着："你是我的得意门生，那丫头也是我的得意门生，倒不如你看看？"

褚穆倒是真的沉默下来，老教授听着那头沉稳的呼吸刚要再开口劝劝，谁知却忽然来了回应："我还不想考虑这件事。"

他现在下意识地抗拒感情，虽然时隔一年，对于陶云嘉的情感无论爱恨早就没那么强烈，但是，毕竟受伤过没那么坦然自如。听到老教授的提议的时候，最让褚穆感到慌张的是他竟然有那么一会儿是认真考虑琢磨的，他对舒以安这三个字，也并不感觉到漠然。

老教授微微叹了一口气，这个孩子只怕是被陶云嘉伤得太深了。他任教几十年，见过的学生太多太多，也有过很多门下弟子结婚成家这样的好姻缘。当时知道褚穆和陶云嘉在一起的时候，老教授就曾经感慨过：

"傲不可长，欲不可纵，乐不可极，志不可满。"

两个同样骄傲的人，只怕日后是要生出些什么事端啊。

下午，褚穆回去处理了些公事，因为正面临着外驻或者留在京里，任何事对那个时候的褚穆来说都显得尤为重要。他很快投入到工作状态，把上午那件小小的插曲给忘在脑后。忙完了一个会议，出来的时候雨下得正大，天空阴沉得不像话，闪电夹杂着巨大的雷声轰隆隆地响起，透过办公室的窗户看去，竟隐隐有种末世之感。

秘书看着外头的雨，也有些忧心忡忡："这雨恐怕不小啊，老大咱们还是早点儿走吧，别回头堵在路上出什么事儿。"

毕竟，北京这地下排水系统，可是真够让人担忧的。

真像猜测的那样，还没有一个小时的工夫天气骤变，原本还只是有些暗沉的天色突然变为浓浓的深灰，空气中湿润寒冷的空气夹杂着暴雨席卷了这座城市。

雨量很大，是京城数十年来罕见的一次。平均降雨量竟然达到170毫米，整座城市的电台、媒体、新闻铺天盖地报道的全是有关这次强降水。因为水利工程和地下工程颇多，地面渗水积水严重，就连两米多高的公交车都被迫陷在了路边，城市交通系统彻底瘫痪。

整座四九城忽然陷入一种灾难来临的恐慌。

褚穆的车堵在高架上，跟着缓慢冗长的车流一起停滞不前。其间隋晴打了好几个电话嘱咐他要他务必注意安全，晚上六点，正是下班归家的高峰期，褚穆茫然地坐在车里也有点儿焦躁。收音机里不断传来有关这场降水的最新报道，哪里塌陷，哪里民房被毁，哪里的车子陷入井坑，哪里的百姓遭到了洪灾……

江北辰和纪珩东也憋在路上，三人反正也是堵着纷纷不怕死地致电互相幸灾乐祸，商量着一会儿走什么地方能顺利点儿，纪珩东甚至在路上还搭救了一对母女。

褚穆没什么可惦记的，只有一个妹妹行踪不定，但是给褚唯愿打了电话知道她正在家里跟隋晴打得鸡飞狗跳也就放下心来，于是百无聊赖地坐在车里抽烟。

电台里最新的交通路况传来，城里北环的CBD商圈困住了大批下班的白领，地铁站沦陷。褚穆有一搭没一搭地听着，咬着烟卷的动作下意识地停滞了一下，他依稀记得中午送舒以安去的地方好像就是那里。

他不禁调大了收音机的音量，报道里说商圈附近的街道上站了不少人避雨，中途有好心的私家车路过会带上很多顺路的同胞，但是还是处境困难。褚穆垂下眼看了下表，六点半，已经强降水将近三个小时，她……面试结束应该早就回校了吧？

事实上，舒以安正如广播里说的那样，和大批不能回家的人一起被困在了路上。

面试结束的时候已经快四点了，因为安雅尔是大集团，面试的人多得吓人。轮到她的时候就已经是几个小时之后了，从大厦里出来的时候雨已经下得不小了，她想着淋点雨快几步跑到地铁站兴许就好了，可是一向乐观的舒小姐错误地估计了形式。

雨越下越大，没跑几分钟身上穿的外套就被打透了，最后不得不站在街角的一家书店门口避着，之后来的人越来越多。眼看着雨就要漫过路面了，因为都是些名贵的纸制品，书店老板不得不早早关了店门鞠躬道歉让避雨的人到房檐下头。

这一站，就是两个小时，房檐下头有外企的中层，有放了学的学生，有带着宝宝的母亲，有着急回家做饭的主妇，他们纷纷拿出电话或接起或打出地询问家人的情况。看着已经模糊的街道，舒以安在这座自己不熟悉且没有任何归属感的城市，忽然觉得有点儿孤独。

周围的人不断被家人接走，来来往往下，最后只剩下舒以安一个人。

褚穆有些烦躁地掐了烟，最后看了眼时间。她穿那么少上午刚刚从医院出来，他知道她的家不在这里，这么大的北京城没有亲人，她就这么孤零零一个人。

车流开始有了起色慢慢地往前移动，看着街上不断匆匆跑过的行人，褚穆忽然往和家相反的方向转了车头。原本被自己刻意忽略的有关她的片段此刻又都清晰地浮现。

他想，这是最后一次，他只赌这一次。如果没有遇到她，他从此以后彻底忘掉舒以安这个人，像之前很多个日夜一样回到自己的轨道，继续一个人生活，一个人波澜不惊也安然无恙地生活。如果遇到她，他从此以后就接手舒以安今后的人生，不管她愿不愿意。因为他自欺欺人地想，那一定是天意。

掉头回去找舒以安大概是褚穆活了这么大做过最没有把握也最荒唐的一件事，一件全凭机遇和运气的事。

他顺着北环路慢慢地开着，仔细认真地看着路边每一处避雨的地方，也许她早就回了学校，也许她被别的人接走了，也许……

那么多那么多的也许让褚穆没来由地有些心慌，同时也暗自嘲笑这样的自己。

有的时候，不管你相不相信宿命，它总是那么巧合又恰当地安排一个人出现在你的人生里。

褚穆看到舒以安的时候，几乎是认命地叹息了一声，同时还有点儿欣喜。隔着水雾重重的车窗，他也能清晰地看到她单薄的身影。

在这个人人自危的时候，她就那么静静地、不慌不忙地站在那里躲避这突如其来的风雨，看上去自有一种遗世独立的味道。车上一直常备着伞，是那种很正式很商务化的大伞，纯黑色的伞面银色的手柄符合褚穆一贯清冷精致的风格。

其实不是没有犹豫的，但是看到她在风中明明很冷却还是强忍着发抖的身体，那些情绪就都被他抛诸脑后，他此时此刻，只想带她回家。

舒以安原本是微微仰头看着雨势的，再一个低头就看到车旁只离自己几步之遥的褚穆。他穿着大衣面色平静，举着一把黑色的伞站在雨中，缓步向自己走来。就那一瞬间,舒以安差点儿忘了呼吸。

两个人的目光都直直地看着对方,谁也不曾移开。舒以安也不知道自己哪里来的勇气,竟然在他离自己越来越近的时候,毫不躲闪,只傻傻地站在原地等他靠近。

头顶上的伞把舒以安轻而易举地收到了自己的可控范围内,褚穆看着她脸上那几滴剔透冰凉的水珠,忽然有些生硬直白地开口:"愿意嫁给我吗?"

周围有汽车轰隆着驶过的声音,有雨落在地面上断断续续的沙沙声,有行人匆匆走过的脚步声,还有他深沉冷静的,求婚?

舒以安从来没有想过自己未来漫长的道路上会出现这样一幕,这件事没有任何预兆。或许是她小心翼翼地对褚穆这个人怀有太多的感情,在这个凉薄慌乱的雨夜,在仅仅离他一只手的距离,她忽然落下泪来。

她不知道该怎么回答,紧张得指甲都快深陷在手心里。

褚穆看着她从眼中滚出的泪珠,轻轻地叹了一声。他把伞塞到她手里,脱下大衣把她包得严严实实,然后伸出手去动作温柔地擦她的眼泪。

"我知道现在说这个可能不合时宜,但是我是认真的。

"舒以安,愿意嫁给我吗?"

他不想再看到她一个人没有任何依靠地生活下去了,两个人总共见面的次数屈指可数,可是没有一次,能够让他感觉到这个女孩子是活得理直气壮恣意妄为的。她礼貌、谦恭、温和,对待任何事情都能平静乐观,哪怕是毫不掩饰的伤害她都能一笑了之。

在褚穆的印象里,女孩子应该像褚唯愿一般娇纵,不开心的时候可以哭着喊着去购物,可以随心所欲地发脾气,而不是像舒以安这样,惶恐,没有任何攻击性。

舒以安在他说出那一句话的时候心脏像被人抓紧了似的,脑中还来不及反应,却做了一件让自己今后想来都不知是后悔还是庆幸的事。

她轻轻点头,说出一个女孩子一生中最重要的决定。

"我愿意。"

回程的路上两个人谁都没有说话，舒以安任凭他把自己塞进车里，系上安全带，被他抱上楼。褚穆是把人直接带到了自己单身时住的公寓，一个一百五十平方米的精装高层。直到舒以安洗了澡换上了他宽大的衣服之后，整个人也还是懵懂的。

　　褚穆拿了煮好的姜水递给她，沉默地用大毛巾给她擦微湿的头发。

　　"为什么是我？"舒以安回过头来有些执拗，"褚穆，你明明有更多的选择的。你不会后悔吗？"

　　褚穆扭过她的小脑袋手上的动作没停，略微沉吟了一会儿。

　　"为什么要后悔？选择你，就是打算把你带进我的人生，至于今后的事……"拿着毛巾骨节分明的手微微停了一下，褚穆忽然低下来吻了吻她光洁的额头，"我们可以慢慢来。"

　　这一句慢慢来，就是两年。

　　舒以安的呼吸有些急促，梦境真实得让她无处可逃，她拼命想忘掉想摆脱，可是那一幕幕偏偏连一个字句都不差地出现在她的脑海里，眼泪也止不住地往下淌。

　　手下意识地抚到自己的小腹，那里依旧平坦。舒以安好似惊醒般睁开眼睛，目光所及的地方是医院的墙壁和设施，鼻间呼吸的也是空气中淡淡的消毒水味道。

　　大梦初醒，已过千年。

　　舒以安慢慢地抽出原本被握着的手，眼神空洞地盯着输液瓶，终是说出了自己最不曾想象过的一句话。虽然她的语气平静，但足以让她心如死灰。

　　"褚穆，我们离婚吧。"

　　褚穆的手指骤然收紧，他刻意偏开目光不去与病床上苍白的女人对视。他抿唇看了看挂着的静点瓶平静地往外走："药输完了，我去叫医生。"

　　病房门轻轻地打开又轻轻地关上，舒以安听着门锁细微的咔嗒声有些疲倦地闭上了眼睛。

　　她想，如果这个孩子不曾出现，自己究竟还能不能与褚穆继续这段濒临崩溃的婚姻？答案是，不能了。

从二十岁遇到他，二十二岁嫁给他，再到二十四岁离开他。这是舒以安的人生中最荒唐也最幸福的岁月。直到血液慢慢从身体里流出来的时刻，舒以安才发现她之所以能够在这场爱情里委曲求全，是因为她对未来抱有希望和幻想，她执着地相信只要自己在这桩婚姻里注入全部的认真和感情，一定会有好结果。可是现在，残酷的现实和两人之间再也弥合不了的裂痕也让她不得不悲哀地承认，她所期待的未来，遥遥无期。

没有任何一个母亲能够接受孩子的离去和死亡，她也不例外。躺在手术室里的时候，她能清晰地听到手术器械的碰撞声，能敏感地感知到冰冷的金属探到自己身体里的感觉。她看着头顶明亮晃人的手术灯，忽然冷静下来。她想，从那一秒钟开始，她要学会一个母亲应有的强大和坚忍。而这第一步，就是离开他。

哪怕他不会同意。

医生很快就来了，为首的还是那个女主任，身后跟着一个小护士，褚穆走在最后。女主任翻开舒以安的病历看了看，示意身后的护士拔掉针头，转身冲着褚穆指了指病床外的遮挡帘子。

"不好意思，我需要给她检查，家属外侧等候。"

褚穆不放心地看了舒以安一眼，她依旧是半闭着眼睛不愿意见到他的样子。长久静默，半晌才听到他沉沉的声音。

"好。"

隔着帘子依稀能听见医生的问话，但是始终听不到她的回答。这让褚穆感觉很不好，就像是，他正在，慢慢地失去她。

检查持续了两三分钟，女医生临走时依旧不忘嘱咐注意事项。

"多卧床休息，静养期间不要活动，避免任何精神刺激，让她心情保持平静愉悦的状态，注意营养。"

正是晚上的光景，微黑的天空中带着大片瑰丽的红色，褚穆站在她的床边，一向口才出色的他竟然不知道该如何开场。舒以安眯着眼睛看着暗沉的天色，忽然轻轻地开口：

"我睡了多久?"

褚穆喉间艰难地动了动:"两天。"

褚穆慢慢地踱到窗边,眼中带着压抑的失落和沉重。

"孩子是什么时候的事?"

都到了这一步如今再没有什么不能说的,舒以安有些自嘲地笑了笑,却仍旧闭着眼睛。

"就在我给你打电话的那天晚上,我说等你回来有事情要告诉你。我说……"说到这里,舒以安停了停,似乎在平复着什么,"我说,我想和你好好的,我们再也不吵架了。再后来,就是陶云嘉告诉我她怀了你的孩子那一天,上午我才来这家医院确定结果,他才九周大。"

上午我才来这家医院确定,下午我就失去了他。这算是因果轮回吗?

褚穆一惊。如果那天晚上他早一点儿回去,是不是就不会发生这样的事情?

说到最后,舒以安是近乎颤抖的。

"褚穆,我是认真的,我是真的想离开你。"

话已至此,任何对白都显得可笑。褚穆有些艰难地合了合眼,声音就像塞进一把沙子:"你两天没吃东西了,我出去一趟。"

近乎逃离般走出病房,褚穆站在医院外的停车场上,忽然毫无预兆地俯下身,大口大口地呼吸。他的内心急促且不安,只有这样,才能缓解心里一阵一阵的尖刻入骨的绞痛。

她说,我们好好的,再也不吵架了。她说等你回来,我有事情告诉你。原来,他竟然错过了舒以安人生里这么多的重要时刻。

他错过了她的生日,错过了两个人的结婚纪念日,错过了她最脆弱最痛苦的时候遭受的苦难,错过了她怀着的,他的孩子。

这一路上,自己还真是,罪孽深重。

而最可怕、最让他感到恐慌的是,她醒来都没有任何哭闹,只是平静地说,褚穆,我们离婚吧。

她很少叫他的名字,每次都只是一个喂,或者一个可怜兮兮的眼神,有的时候兴致来了他也会把她抵在床上折磨带恐吓地逼她叫自己的名字,一到这样的时刻她就会抽咽着缩着身体伸出两条细白的手臂好似求饶般小声喊："褚穆，褚穆……"

这一声褚穆，叫得他心里痒痒的。但是每一次她的呼唤大都夹带着惊喜或者惊吓。

结婚三个月，她睁着大眼睛说，褚穆，我把你的衬衫熨坏了；结婚一年，她站在别墅院子里的雪地上穿得像一个大圆球，笑嘻嘻地说，褚穆，新年啦！给我堆个雪人好不好？结婚一年半，在自己应酬晚归的时候，她亮晶晶地站在床上迎着十二点的钟声说，褚穆，生日快乐！结婚两年，她憔悴虚弱地躺在病床上坚定地说，褚穆，我们离婚吧。

回首情路，忧虞何时，满目疮痍。

他捏着方向盘的手指慢慢发白，窗外的景色掠过带走一片浮华霓虹，褚穆知道，只怕这场重伤于舒以安来说，伤筋动骨。

江南寺最招牌的就是它的汤品和粥。老板看着褚穆留下的一张卡，和他在单子上钩出的一长条名目。光是极品血燕、东星斑、乳鸽这些就要供上十天，更别说那些名贵的温补药膳了。

老板有些丈二和尚摸不着头脑。

"您这是，家里有人病了？"

"我太太身体不好，你每天按时让人送过去，别耽误了。"

老板自是不敢得罪褚穆的，忙点头应下："是是是，您放心，厨房里的汤马上熬好了，我这就让人给您打包。"

上面的药材和食材大多数是江宜桐给他的，听到这件事后，电话里江宜桐无奈地叹息了一声，好似哀怨又好似深悟。

"你们几个小子啊，没有一个惜福的。"

江南寺是舒以安最喜欢的地方，因为离市区太远，他又不能每天抽出时间离开医院，干脆一次给老板说清楚，让他每天按照单子做好了送去。看着保温桶里色泽上乘的汤头，褚穆有些出神地想，自己还能为她做些什么呢？

他回去的时候，舒以安正在沉睡，请来的护工见到褚穆回来了赶紧起身。褚穆迅速伸出手掌做了一个噤声的动作，示意她出去，护工点点头十分识趣地掩上门。

房间里没有开大灯，只留了两盏暖色壁灯。他轻缓地脱了外套，还没等走近她，舒以安就忽地醒了。

他拿着东西的手一顿："我吵醒你了？"

"没有。"舒以安低下眼摇摇头，扶着床头慢慢坐起身，"不想睡了。"

"那起来吃点儿东西吧。"

看着小桌上搁着的江南寺特有的包装袋，舒以安眸光有些闪烁，发愣间都没注意自己的后背被他垫了厚厚软软的垫子。舒以安情绪虽然不好，但是绝对不会出现绝食不想吃东西的现象。因为她知道，不能和自己过不去。

所以这一顿饭，还算平和安静。只是她不肯和他说话，一句也不肯。吃过了就躺在床上发呆，大概是累了，看到窝在沙发里的人甚至还把被子上的毛毯递了过去。

"窗边有风，你盖着吧。"

看到他有些愣怔的神色，舒以安耸耸肩："我没别的意思，只是我没了孩子，你再因为陪夜被吹成中风什么的，那多划不来。"

褚穆紧皱着眉忽然几步上前，以一种极其强硬的姿态把她抱在怀里，让她的脸深深埋进他的胸口。在她看不到的地方，有晶莹滚烫的液体从他一双浓黑深邃的眼中流出，舒以安能清楚地感受到他胸腔里强有力的跳动，以及按在自己肩膀上的力道。

她听见他说："别离开我，好吗？"

舒以安终是忍不住红了眼睛，鼻子酸涩得像被人打了一拳。她伸手死死地圈着他的腰，忽然无声地哭了起来，那是一种近乎哀号的哭泣，听不到，却最悲痛。褚穆的衬衫胸口的位置濡湿了一大片，舒以安把头埋在里面，异常哀痛，如同一只受伤的小兽呜咽了一声。

"褚穆，我们回不去了……"

Chapter 15

方知过千年

　　舒以安出了这么大的事情根本瞒不住。隋晴得知这件事的时候手里的茶杯掉在大理石的台阶上发出十分清脆的一声响,迟迟地站在厨房门口,半天才慢慢问了褚父一句。

　　"怎么就没了呢?"她盼了这几年天天惦记着能有个小家伙爬在她膝盖上叫奶奶,如今她还不知道什么时候有的这个宝宝,却得知他已经不在了,这可怎么办才好。

　　褚父默默叹了一口气,鬓角两边苍白了很多。

　　"都是这浑小子造的孽啊,只怕是,以安这个媳妇要留不住了……"

　　隋晴慌了心神忙上楼去收拾收拾,嘴里一遍一遍地絮叨:

　　"不行,不行,我得去看看。"

　　褚父做公公的,去探望自然不合适,只能以大家长的身份嘱咐隋晴:"以安做什么决定你都要尊重人家,但是你也告诉她,不管怎么样,她都是咱家的一分子。"

　　隋晴到医院的时候,褚穆正在病房门外,看着隋晴远远地挽着包过来,倒也不吃惊。

　　"妈。"

　　"你还敢叫我妈。"隋晴快步上前站在儿子身边,抬手欲打。虽然两人身高的差距让隋晴不得不微微抬头才能看着褚穆，但是作为母亲她的气势分毫不减。

"我就是这么教你的？好好一个媳妇你给我娶到了病房里！褚穆，你太让我失望了。"

此时此刻的褚穆说成是众矢之的也不为过，连续在医院熬了五天的他显然也是心力交瘁，就算是这样，他也依然挺直了身体任隋晴抬手打了他几下，毫不躲闪。

隋晴见着儿子眼底的红血丝，没忍住掉了眼泪，摆摆手示意他让开。

"我进去看看以安，你别进来，外面等着。"

舒以安正倚靠在床头看医院病房里搁着的妈妈手册。粉红色的封皮上画着的可爱宝宝让她不自觉地弯唇笑着，眼中多多少少恢复了一些光彩。见到隋晴来了，虽然有些突然和无措，也忙合上书礼貌地冲隋晴打招呼。

"妈妈。"

听到这声呼唤，隋晴说不出自己是心酸还是感动，红着眼睛应了一声。

"哎。好闺女，你受苦了。"

舒以安眨了眨眼十分落寞地把手轻轻搭在肚子上，摇摇头："是我不好，让您担心了。"

隋晴五十几岁，但是年轻时因为是大上海的名门小姐，因此举止皆具备特殊的气度和风情。纵是见过这么大世面的妇人，此时也忍不住为舒以安难过，竟像个平常婆婆似的。

"我是今天才知道的，傻孩子，怀孕了怎么不告诉妈？要是我知道了一定第一时间把你接回来不让你在那浑球那儿受半点儿委曲。"

婚姻里出现的问题是两个人的事，谁都没有必要在彼此的亲人朋友面前说对方的不是。舒以安自然不会也做不来在隋晴面前提两人之间的裂痕，只能不断地宽解隋晴，告诉她自己真的还好。

"他把我照顾得很好，我也很小心，身体正在慢慢恢复，妈，我没事。"

"什么没事！"隋晴不满地一巴掌拍在桌上，"女人的事儿哪有小事儿？你这孩子啊，总是偏袒他，到最后伤的是自己！"看着舒以安的脸色，隋晴缓了缓试探着问,"不过你还年轻,别太放在心上,和褚穆以后总会有的。"

"妈。"舒以安忽然出声打断她,神色十分认真,"我和褚穆,没有以后了。我想和他离婚。"

隋晴倒抽一口冷气,大吃一惊:"以安啊,不至于走到这一步吧?这次我承认是他不对,我当妈的也绝不偏袒。但是你千万别说气话,这怎么能当儿戏呢!"

舒以安就知道他的家人会是自己离婚很大的一个阻碍,但是隋晴一直待自己很好,如亲生女儿般,甚至比对褚唯愿还偏心些。所以她也打算和婆婆坦诚一些。

"妈,我和褚穆到今天这一步不仅仅是因为这个孩子,可也不是几句话就能说清楚的。也许两个人都有错吧……就像爸爸当初说的那样,我们结婚太仓促将来会出现问题。我们都不太了解彼此,造成今天这样的局面也无法挽回了,所以……"

舒以安看着这个把自己当成宝一样的婆婆,也不忍心说得太残忍。

"所以,我们还是分开比较好。"

当初褚家得知褚穆要结婚的时候,除了隋晴个个显得心事重重。在褚穆把舒以安带回家吃饭的那天晚上,褚父就严肃中肯地表达了自己的意见。

"你们俩接触时间不算长,现在就结婚,只怕以后会出问题。"

而隋晴在见到舒以安的第一眼就觉得欢喜,清清白白干干净净的姑娘,眼中的透亮是陶云嘉怎么也比不来的,而且她举手投足间都带着对长辈的尊敬和礼貌。在得知她毕业后会去外企工作时,更是赞不绝口,道这个姑娘是个明事理的。

可能就真的应了眼缘两个字,她说服褚父同意了这桩婚事。

如今让她接受两人离婚的事,谈何容易啊。

隋晴像个小孩子一样执拗,只拉着舒以安的手不停地问:"你们也不、不……商量一下?怎么就这么决定离了呢?他同意了?"

他同意了吗?舒以安也问自己,那天大哭之后,褚穆忽然变得沉默下来,不去工作好似闲人般每天陪在她身边,虽然能时刻关注到自己的任何不对和需要，也只是静静地帮她做完一切。对她提出的事情不表态也不反对，时常看着某一点暗自出神。她也能感觉到自己睡着时手指间的温度，只要她一皱眉，他就会本能地抱住她温声询问。

这，能算是同意吗？

"我不知道他同意了没有，但是妈妈，我不会更改我的想法的。"

隋晴关上病房门出来的时候，褚穆一下子从病房外的墙边站直，眼中隐隐有些期待。

"她怎么样？"

隋晴冷笑："怎么样？你倒是摸摸自己的良心问问她怎么样！"

看着他慢慢暗下去的眸光，隋晴无奈地叹了一口气，摸了摸褚穆的脸，神色遗憾："儿子，以安恐怕真的要离开你了。"

陶云嘉被警察带走那天上午，没有惊动任何人。有人找出了她曾涉及不正当竞争工作岗位的证据，被举报到上面，一时墙倒众人推。

她换上了平常的衣服，被两个女警员一左一右地架着往外面候着的警车上走。刚出病房，就看到不远处立着的褚穆。

陶云嘉停下脚步，笑了起来："我以为你不会来了。"

褚穆还是之前平静的样子站在那里，只是眼神里那种冷漠和恨意是如何都掩盖不了的。看着这个从大学就一直和自己纠缠在一起的女人，声音冷漠疲惫。

"你真不该这么做。"

陶云嘉忽然像崩溃了一样摆脱了钳制，一把抓住褚穆的手。

"那我该怎么做？啊？褚穆你告诉我我该怎么做！我说了，我爱你，可是你对我这么用心努力的付出没有任何回应！凭什么，凭什么舒以安就能名正言顺地拥有你！凭什么她能得到我没有的一切！"

"凭我爱她。"

褚穆用力抽出被她握着的手，清晰缓慢地吐出这四个字。

早在从柏林回国之前的那场谈话，褚穆就隐隐感觉到陶云嘉在调查舒以安，于是回来之后他特地嘱咐了人也亲自收好了有关舒以安的一些记录。总想着回来了自己就一直陪在舒以安身边，也不会出什么乱子。却没想到，还是敌不过一些阴错阳差的巧合。

陶云嘉最怕的那句话如今被他这么轻易地讲出来，只感觉心底的羞辱感像被剥了衣服一样无处遁形。

"你爱她？你爱她？"陶云嘉嘴里喃喃地重复这句话，眼中满是难以置信，"褚穆，你从来没说过你爱我……"

她和他在一起那么久啊，千个日夜都没换来一个爱字，如今那个女人才和他结婚两年，这个冷清理智的男人竟然能毫不掩饰地说，他爱舒以安。

陶云嘉怎么都没想到舒以安竟然在褚穆心里占了那么高的位置，更没想到褚穆把她看得如此重要。那天在医院门口看到她的时候，也绝对是偶然嫉妒心作祟，来自于女人天生的虚荣感，加上自己受伤这段时间褚穆一直在医院，整个人不由得飘飘然起来，说话也就不受控制，脑子一热对舒以安说出自己怀孕那种话。

只是陶云嘉也是死都不会想到，那天真正被验证怀孕的人，是舒以安。

深吸一口气慢慢平复下自己的情绪，褚穆才能冷静理智地去和这个几近崩溃疯狂的女人对话。

"陶云嘉，现在你所有的一切，都是咎由自取。"

他转身一边往外走一边整理自己被她抓皱的袖口，听着警笛渐行渐远的声音，他此时此刻一点儿都不愿意再回头看她一眼，有关曾经岁月的不甘和强烈的爱恨，此时都在这一秒被他抛弃得烟消云散。

若一个男人无法护妻儿周全，枉为人夫。他失去了自己的孩子，在作为父亲的他还不知道这个小生命要来到这个世界之前，他就已经离开了。

这让他如何说服自己，放过这一切的始作俑者？哪怕褚穆知道，他也是这场惨烈的离别中，最不可饶恕的人。

十天的时间，医院的悉心照料加上每天不断食补，舒以安的身体恢复得很好。上午大夫来查过房就交代可以办理出院回去养着了,但是最好还是小心为上。

褚穆进来的时候舒以安正在换衣服,见他站在门口,两人的动作皆是一顿。

舒以安正在往下扯毛衣的手僵了僵,随即扯起嘴角鄙视了一下自己便接着把衣服的下摆拉了下来。还有什么可尴尬害羞的呢,曾经亲密无间裸裎相见,现在怕什么?

"准备出院了?"

"嗯,没什么事儿了,在哪儿养着都一样。"

及脚踝的毛衣裙把舒以安包裹得严严实实,让她平白生出一种暖意来。看着这几天消瘦了很多的人,她忽然仰头说:"褚穆,我们谈谈好吗?"

褚穆有些无奈地摊了摊手,眼中自嘲的神色分明。

"我以为你会等我来说这句话。"

接过他递给自己的热水,舒以安垂下眼笑了笑:"我怕我等不及了。"

"你……"张嘴刚说出第一个字,褚穆就发觉自己真的很难开口。但是瞥见床上坐着的人,还是得强迫自己问出那句最不愿意的话,一时有些忍不住干咳一声。

"你考虑好了吗?"

手中温热的触感让舒以安真真实实地感觉到他的情绪,她低下头看着水汽氤氲的杯子,让人看不清表情。

"褚穆,直到这一刻,我都不能指着自己胸口理直气壮地说,我不爱你了。"

原本垂在腿侧的手指骤然收紧,褚穆几乎和舒以安是同一秒钟抬起头来看着对方,惊诧的目光不言而喻,喉间艰难地滚动了一下:"我以为,我以为你对我,至少应该恨之入骨。"

"不恨的。"舒以安慢慢起身走到窗边,试着平静地叙述自己最真实的想法,"如果说有情绪的话,应该是失望。

"褚穆,我是一个很倔强的人,从来不听别人的劝告。小的时候练舞蹈坚持了十几年,很多人包括祖父都劝我不要再跳了,可是我不听,执意要参加比赛和考试。可是你看,我却因为我的坚持失去了爸爸妈妈。

"二十二岁嫁给你,那么多人都不看好我们的婚姻,连我自己都知道你不是因为爱我才娶我,我还是那么偏执地要嫁给你,现在,我们走到了离婚的地步。

"你说我不相信你,其实不是的。暴雨的那天晚上你告诉我说我们有时间,可以慢慢来,我就相信了啊,所以当陶云嘉站在我面前得意地对我说她要和你一起回德国的时候,虽然我很不开心但是我都选择不问,现在想想可能那时候我更多的是胆小吧,我怕我问了你会面不改色地承认,我怕我会输得一败涂地。

"我一直在惶恐地继续和你的这段婚姻,对于你给我任何的好,我都很感激,我不相信爱情平等观,我总觉得我多付出一点你少一点这都没关系,只要我们还在一起还有时间,你总会感觉到,我也心甘情愿。每一次我不高兴或者很难过的时候,听到你的声音就会好起来,相比之下,你不像我的丈夫,不管什么时候,更像是我的保护神。我始终活在你的庇佑之下。

"那个晚上我们在柏林吵架的时候,我很绝望,因为我可悲地发现除了你的家我没有任何容身之所,所以我才会像逃跑一样回到北京。你说得对,行李放在门口我是在做搬出去的准备。后来我被绑架的时候,看到你那么紧张的样子,就开始说服自己,你这么在乎我那就不要计较了吧,可是褚穆,你真的很讨厌。"

舒以安忽然像个小孩子一样蹲下来抱住自己,语气里充满了委曲:"你总是在我充满希望的时候又让我绝望,所以这一次,我不打算原谅你了。

"因为,我是真的没办法像之前一样说服自己再站起来了。

"我要离开你了,我得试着让自己活得开心一点儿。"

毕竟,重伤之后想要恢复,谈何容易啊?

褚穆强逼着自己把鼻间的酸涩忍下去,拿过一旁的大衣,慢慢地蹲下身子把衣服披在舒以安身上,用手指轻轻擦掉她的眼泪。

"对不起,都是我的错。"

看着委曲凄然的舒以安,他用力把人抱了起来,做出他人生里第一个无法由自己做主的决定,最无奈最后悔也最痛彻心扉。

"我答应你,我们离婚。"
因为他不想让她,不快乐。

终究还是到了要走的时候。
湖苑别墅二楼的主卧里,舒以安正坐在床上一件一件地收拾东西。她还记得自己搬到这里的时候,简单得只有一只箱子。那个时候像她这样非本地的姑娘毕了业能不用考虑租房找工作这样烦琐的事情,她舒以安大概是第一个。
那年的自己拎着旅行箱站在这间别墅的门口,上面贴满了托运的条码。褚穆挑了挑眉表示质疑:"行李只有这么多吗?"
舒以安抿着唇不说话,站在这样一栋大建筑面前显然有点儿局促。
他单只手拎起那只行李箱,另一只手牵起她揪着衣角的手,声音轻快:"没关系,以后再添置就是了。"
这一句话,他倒是真的做到了。
舒以安看着衣帽间属于自己的那一半,忽然不知道该带些什么走。好似都是他买给自己的,可是又都不属于自己。都带走呢,太多。不带走呢,又舍不得。正茫然间,手指一下子碰到一个质地很硬很光滑的东西,剥开衣服一看,像是触开了心底最沉重的阀门,记忆里被刻意掩埋的那些时光争先恐后地跑了出来。
这是一只很复古的箱子,樟木材质显得十分厚重,上面还落了一把锁。舒以安不敢太吃力,只能弯身进去在衣橱里打开它,随着箱盖缓缓地抬起里面的东西也露出了它原本的样子。
一件婚纱、一个戒指盒子、一件有着小洞的衬衫,还有一顶红色的绒线帽子、两粒纽扣。那是舒以安最隐秘最甜蜜的回忆,她把它们偷偷藏在这里面,险些要忘了。
婚纱和戒指是婚礼之后她就仔细收起来的,那件带着小洞的衬衫是自己第一次犯错误时留下的证据。
那天早上她一个不小心,让熨斗压在那件衣服上的时间久了点儿,上面不小心沾了水,听见"刺啦"一声,等她反应过来的时候再拿起来,那件刚开封的衬衫上赫然多了一个焦黑色的洞。

她当时脑子"嗡"的一声,拿着那件衣服就生硬地走了出去,带着惊恐说:"褚穆,我把你的衬衫熨坏了……"

正在擦头发的人转过身来时,就对上她一双湿漉漉的大眼睛,看见她有些躲闪和羞愧的眼神,褚穆忽地笑了,抬手摸摸她呆萌的头发:"坏就坏了,有什么关系?去衣橱里拿件新的出来给我。"

舒以安原本以为他的性子是要责怪自己几句的,没想到他竟然是这个反应,这件事在舒以安之后很长一段时间想起来心里都是暖暖的。

还有那顶红帽子,是去年冬天过年的时候院子里积了好多雪,午夜的钟声刚敲过,褚穆带着她从大院回来,穿着厚厚雪地靴踩在上面发出吱嘎吱嘎的声音。舒以安在南方很少见到雪,来北京也只是见过几次,像今年这么大的还是第一次。她蹦蹦跳跳地踩着脚印,脸蛋冻得红红的。大概是因为新年和这场大雪,她心情好得不得了,一下子回过头跟在她身后的人说:"褚穆,我们一起堆雪人吧?"

结果就是,他真的挽起袖子给她堆了一个白白胖胖的雪人。最后还扯下大衣上的两粒纽扣点缀在上面。舒以安像个小孩子一样站在雪人旁边拿出手机来拍照,为了生动,还特地摘下自己头顶上那个傻兮兮的红帽子给雪人戴上。

说来也奇怪,那个雪人竟然在院子里一直站到了正月快结束的时候才化掉。

看着这些自己珍惜的宝贝,舒以安手里攥着那件衬衫久久没动,都不知身后的褚穆是什么时候回来的。

"要是带不走,就先放在这里吧,等你、等你什么时候有时间了,再来拿。"

舒以安下意识地把手里的东西藏到身后,睁大了眼睛看斜斜靠在门口的人:"你什么时候回来的?"

褚穆大拇指摩挲着手中的档案袋,神色暗沉:"等等再收拾吧,先下楼,有事和你说。"

整整四份财产转让书,加上离婚协议竟有一本杂志那么厚。它们被端端正正地摆在舒以安眼前,其中包括褚穆名下的单身公寓、他的两辆车,还有他的私人存款。那么多那么多的东西,上面全清楚地写着,使用权和所有权全部归妻子舒以安所有。

至于离婚协议上的条款,舒以安只看了几眼,就知道后面的内容了。

"我不要。"

褚穆已经料想到她的反应了,也不急着反驳,反而无所谓地摊了摊手:"现在它们都属于你,不管你接不接受。至于这套别墅,当初写的就是你的名字。你要是想离婚,同意这份离婚协议是最好的方式,否则……我也爱莫能助了。"

舒以安从来不知道原来这套湖苑别墅的拥有者是自己,更没想到他只出去一个下午,就把这些相关的法律财产分割做得这么彻底,一时有点儿发蒙。骨子里那种温顺又倔强的脾气又冒了出来。

"褚穆,你不能不讲道理,我们是很公平地离婚,我不怪你,你也没有必要这样,我可以自己生活得很好。真的。"她把那沓厚厚的东西推回去,十分诚恳,"这些东西我不能收。"

"还有。"舒以安拿出准备好的一只小抽屉,一样一样地摆在褚穆面前,"这是这房子的钥匙、你给我的卡、妈妈给我的镯子,她说过要给儿媳妇的,你都要收好。"

额角隐隐作痛,褚穆按住她不断往外挪东西的手,感觉自己特别累。

"以安,你至少要给我一个补偿你的机会。

"于你来说,离婚是最好的解脱,或者是你对自己的救赎。可我呢?你想过我吗?"

舒以安咬了咬唇,默不作声。

"不说这个了。"褚穆把东西全都推回给她,略闭了闭眼,"爸妈那边这件事我想先瞒一段时间,什么时候去办手续,你告诉我一声。"

舒以安点点头,平静地做了一个深呼吸:"明天吧,我会搬出去,明天办完手续就走。"

褚穆想过最坏的结果,如今她任何一个决定在他眼里都是对自己最不安的保护。他也不能再强硬地介入她的生活,所以他除了接受,别无选择。

"好。"

入夜,房间里静得吓人。褚穆和她并排躺在床上,黑暗中两个人都没有睡意。多久没有这样陪着她一起睡了?褚穆自己都不记得了,甚至有些可悲地想,她这样做是对自己最后的安慰吗?

羽绒被下,舒以安小心地伸出手去捉到他放到一旁的手,褚穆迅速扣住她的手指,心跳得都快了几拍。耳边除了她的呼吸声还有一句……

"晚安,明天见。"

Chapter 16

前路望珍重

早上去民政局的路异常顺利。

身穿工作装的中年女子因长期从事这样的工作表情严肃而麻木,冲着面前这对儿年轻的男女伸手敲了敲桌面。

"结婚证、身份证、户口本。都带了吗?"

舒以安点点头,从包里拿出一个信封:"带了。"

这些东西早在结婚的时候就一直放在她那儿。

中年女子接过来推了推鼻梁上的黑框眼镜,抬头扫了两人一眼:"都想好了吗?是自愿离婚?"

舒以安抿着唇点点头:"想好了。"

盖钢印的机器嗡嗡地响着,两个人的目光此时都是往一个方向看着的。目不转睛,一眨不眨。

伴随着很轻微的咔嗒声,褚穆忽然觉得有什么东西,一直紧紧绷在心底的东西,断了。

也是在这一秒钟,他和舒以安,离婚了。

他曾经以一种强硬的姿态把她带入自己的生活,强迫她生活得快乐娇纵,可是到最后也是他硬生生地把她逼到这一步,近乎崩溃地提出离婚。现在回头看看，这条路，还真算得上举目荒芜。

出了民政局的大门，彼此手中的红色烫银封面都有些刺眼。九月末的天气，意外地凉得很早。

舒以安轻轻摩挲着离婚证上面的三个字，下意识地裹紧了身上的大衣。从脖领一直到脚踝，她觉得自己就像是一个异类。站在秋风中的她显得很单薄，头发松松地被吹起来有几缕黏在脸上，褚穆突然很想抱抱她。

好似拉开距离一样向下走了几级台阶，舒以安转过头朝上面的人挥了挥手，面容如水："那，再见了？"

褚穆单手插在口袋里也往下走了几步跟上去："你去哪儿？我送你吧。"

"不用了，把我车上的行李拿给我就好。"

"你去哪儿？"褚穆站在她前面攥着车钥匙又问了一遍，丝毫没有让她走的意思。

舒以安偏过头有些好笑地弯了弯唇："褚穆，我们离婚了。"

两个人就好像对峙般面对面站着，谁也不肯妥协。有的时候，舒以安的一些坚持真的是能让人有一种心里撮火的冲动，褚穆在她平静淡定的目光里咬紧了后牙，转身朝着车后备厢走过去。

依然是她搬来的时候那只箱子。舒以安低着头伸出手要接过来，褚穆单手递过去还没等她摸到箱子的手把，却顺势一把拉过她的手用了些蛮力把舒以安抱在怀里。不管她乐不乐意，反正他的一双手臂是牢牢地扣住了她的腰。

因为躲闪不及，箱子"咣当"一声落在了地上。

"不管你去哪儿，让我知道好吗？"

因为力道太大，鼻子被撞得有些酸涩。等舒以安缓过来倒是也不急着推开他，反而慢慢伸出小手也圈住了褚穆。

"能算是告别吗？"

他身上的味道舒以安太熟悉了，近乎贪婪地深呼吸了一下。她把自己的临别赠言当作逼他放手的最后砝码。

"褚穆，你是个男人，洒脱一点儿好不好？至少，别因为一个舒以安拿不起放不下啊。"

禁锢在腰间的手力道没有丝毫减少，舒以安艰难地闭了闭眼："褚穆，我不爱你了。放开我吧，你不能因为自己不幸福，也不让我幸福啊。你都已经毁了我前半段人生，还想霸占我剩下的时间吗？"

手指忽然一松，她能明显感觉到褚穆的身体在变僵。一点一点抽离自己的身体，动作缓慢地捡起落在地上的箱子，舒以安毫不留恋地向后退了几步。

"别找我，再见啦。"

自此以后，万里层云千山暮雪，你我，两不相欠。

最凉薄的莫过于人间的九月天，褚穆看着舒以安转身一步一步离开自己的视线，心痛如绞却也无可奈何。她说得对，他已经毁了她前半生，不能再去干涉她今后的日子。

没人知道，此时背着褚穆的舒以安早已泪流满面。没人知道，她刚才是下了多大的狠心才说出那句话。也没人知道那几句话到底带给了褚穆多大的影响，能够使之常常夜里醒来的时候怔怔看着床侧空空的位置一遍一遍地拷问自己难以入眠。

其实，舒以安很想说的是，褚穆，我不在你身边你要照顾好自己，记得早起吃饭，自己熨烫衬衫和西装；家里所有的药都放在二楼书房里的左侧抽屉中；每次喝了酒记得吃胃药和解酒的胶囊；每次出差的时候你要记得查看那边的天气，别忘了给自己带一件遮风挡雨的大衣；还有，如果你有了新的妻子也请不要告诉我，我怕我会忍不住哭；最后，如果几十年之后你还是孤身一人，如果我还活着，请你一定要记得找人告诉我，那样不管我在哪里都会来送你最后一程。不枉自己和你夫妻一场，用以报答你当年不顾一切娶我的决心和疼惜。

褚穆，再见。珍重。

当晚，褚穆关掉手机一个人行至郊外山顶，谁也联系不上他。

看着山脚下闪烁着光流的城市，看着这座自己从小生长的城市，他忽然感觉无所适从。在那一刻，他忘了自己拥有过什么，满脑子都是自己到底失去了什么。

他想起三年前的某个周末，自己回母校给老教授送一本很重要的资料，直接把车停在了学校的后门。因为和老教授在他的办公室多聊了一会儿，出来的时候，已经是学生下课的时间，他随着人流慢慢往外走，不经意地一转头，就看到了舒以安。

那个时候，他对舒以安这个人的记忆仅仅停留在那个阳光明媚的午后，一个为了法语作业纠结而迟迟不敢进导师办公室的小姑娘。

她柔和的脸庞带着专属于大学生这个群体的青涩和笑意，跟着她的同学一起往外走。

他不由得多看了两眼，目光随意且不令人发觉。

回到车里的时候，需要倒过去掉车头，因为昨夜刚刚下了大雨，路面又不平整，许多树下都有深浅不一的水坑，为了防止溅到路人褚穆特地把车速放得很慢。

正听着嘀嘀嘀的倒车警报，突然身后不知从哪里窜出的一辆小型货车鸣着喇叭就超速冲了过来。幸好褚穆手疾眼快地一脚把车刹住，否则就又是一起重大的交通事故。

货车的车速很快，一路压过无数个水坑，溅起的泥水惊了路边一众学生，不少人的裤腿上前衣襟上都溅了不少污渍。有的小伙子脾气大得直接挽起袖口骂了起来，气势汹汹地往前追了几步。很多爱美的女孩儿也皱起眉毛凶神恶煞地爆了脏话。

这么多被污水害到的学生里，就有舒以安。她和她的朋友还没从刚才货车急速的行驶中缓过来，如果不是她身边的同学拉了她一下很可能自己就被卷到车下去了。

褚穆看了眼倒镜中傻傻地站在他车尾的人，降下车窗探出头去。

"撞到了吗？"

被他这么一喊，舒以安才微微回过神："没有，没有。"说完这句话，她才看着褚穆觉得有点儿眼熟，"是你……"

褚穆一只手把着方向盘冲着惊魂未定的小姑娘笑了笑："怎么？法语人称直宾弄清楚了？"

舒以安知道是指那份法语作业的事情，有些局促地点点头："弄清楚了，那天没来得及跟你道谢，谢谢你哦。"

褚穆意味深长地噙着笑意看着她裙子下面大片泅水的痕迹，指了指副驾驶："需要帮忙吗？"

舒以安有些戒备地拉着朋友站到他车旁边的台阶上，紧张地抱了抱怀里的书："不用了，再见！"

褚穆无奈地摇了摇头笑意不减地把车窗重新升上来，利落地掉过车头离开。看着倒镜中那个越来越小的人，反而嘲笑自己。什么时候自己竟然像纪珩东一样调戏起小姑娘来了？

还真是……

记忆中的人与现在的那个身影慢慢重合，褚穆揉了揉被酒精催化得有些出现幻觉的头，有点儿倾颓地靠在车子前。那句话怎么说来着？回忆草菅人命？倒还真的经不住念想，越想心里越疼，疼得他只有站在山顶上吹冷风才能逼迫着自己清醒一点儿。

地上十几个酒瓶零落地散着，烟蒂在他脚下快聚成一个小堆。他知道，他这是在用这种最低微的方式惩罚自己，哪怕没有一点儿用处。

后来，外界依稀传出褚家的大儿子不知什么原因住了院，褚家和他的几个兄弟把事瞒得很紧，谁也不知道是为什么。外界还传，在褚穆住院的时候他的妻子并没有守在医院照顾而是褚家小女儿一直陪在病房，一定是婚姻破裂彼此另有新欢了。外界传，褚穆出了医院之后工作得越发认真狠戾，手腕让很多幕后黑手躲闪不及，他的位置也扶摇直上。

但是在这个男人身上究竟发生了什么，谁都不知道。

那晚在山顶吹了一夜的冷风，第二天褚穆强打着精神把车开回来的时候直接就烧昏了过去。还是褚唯愿来家里看他才发现。当时人就被送到了医院急诊，因为酒精的作用加上胸口处的刀伤感染，十天连轴转没休息过的身体让褚穆终于撑不住了，褚唯愿看着床上躺着的哥哥，哭得鼻子都红了。

纪珩东、战骋、江北辰知道了都先后来医院看望，在他们几个的印象里一贯强势无所不能的褚穆是不可能出现在医院里的，可是如今亲眼见到，又都哑口无言了。

一众发小都忧心忡忡地看着正在输液的人，心里感慨万千。

隋晴和褚父马不停蹄地往医院赶，听说了儿子儿媳已经办完手续离婚的事，隋晴差点儿没昏过去。到了病房看着儿子颓败的样子，她心里是又疼又气。

到底是一家之长，褚父终究是看不下去褚穆这副德行，把杯子重重地蹾在面前的矮几上威严十足："既然事情已经发生了，就不要像个女人一样叽叽歪歪的，还把自己弄到了病床上，像什么话！"

褚穆抬眼看着褚父，极短地冷笑了一声："还真是我不孝顺，耽误您了。"

褚父也不生气，缓了缓语气接着劝这个自己从小就有些亏欠的儿子："终究是你小子自己造的孽，现在这么躺着根本不是解决问题的办法，部里那边你耽误的时间太长了，以前不催你是想着以安住着院，你欠着的债要还。现在人都已经走了，你也快点儿回到自己的位置上去。

"你妈那里我去劝，时间长了她也就不念叨了。以安那里，该放下就放下吧。以后寻个机会，总会有再见面的时候。"

该放下就放下吧，褚父这几个字让褚穆住院的时候一直反复地想。放下？谈何容易啊。

不过，他倒是真的把褚父说的话听进去了几分。在医院住了不到一个星期，就出院重新上班了。

今儿晚上，江北辰设了个局庆祝褚穆出院，他刚从一个媒体见面会上下来穿得十分正式，一进包厢就忍不住皱起了眉。有家室的都带着媳妇，没家室的都带着最新的女朋友，一屋子男男女女好不热闹。

纪珩东故意揽着他往屋里推，叼着烟卷大声嚷嚷："进来进来！为了庆祝你单身快乐这有事儿的没事儿的可都到齐了啊！"

褚穆波澜不惊地进屋脱了外套，眯着眼也从烟盒里咬出一支烟："那我是不是要感谢你啊？"

纪珩东心虚地哼哼哈哈岔开话题，忙招呼一屋子人喝酒。太长时间没参加过这样的局子了，褚穆倒是也没多不适应，看着正在拼酒的几个人，只是那种自己单身时的感觉怎么也找不到。待了不过两个小时就找了借口回家。

入夜，湖苑别墅的二楼一片灯火通明，褚穆站在阳台上。

他不知道这是第几次了,每天强迫着自己睡着感觉明明睡了很久,翻出手机一看,上面的时间才过了十几分钟。有几次在睡着的时候会忽然惊醒,大口喘着气坐起来,看到床侧空无一人的痕迹,之后就是长久的静默。

枕头的位置没变,床头放着的台灯和她惯看的书也都没动过,可是原本应该躺在那里的人,不见了。

今天这一次惊醒,他都数不清是第多少回了。

从舒以安走的那一天到现在,算来也有一个月了,这三十几天,褚穆很窝囊地承认他几乎是夜夜失眠。尤其是发现书房里压着的那一沓东西尤甚。

他留给她的所有财产转让协议,他的车钥匙、房门钥匙、信用卡,包括隋晴给她戴上的那只镯子,全都分毫不差地搁在了他的书桌上,褚穆甚至都不知道她是什么时候放在上面的,只要他闭上眼或者有一分钟的时间闲下来,就会忍不住想她在哪里,做什么?有没有一处能够给她遮风避雨的地方,如果她受了欺负会不会给人知道。

时间每流逝一分,这种思虑就会在褚穆心里加重一分,这让他觉得自己快要患上什么精神疾病了。

后来他也给她打过几次电话,可是不出意外都是关机。好像自从那天离婚之后,舒以安这个人,人间蒸发了。

苏州。

茱丽笑意盈盈地看着对面的舒以安,用手指叩了叩桌面。

"怎么样,现在这个位置还满意吗?"

舒以安拿起桌上的瓷壶给她的水杯倒了些热水,微笑着点点头:"很好了,当时走得急,都没和你说声谢谢。"

"我这不是亲自登门了吗。"

"不过你确定你现在的状况吃得消?我觉得毕竟不是在你的家乡或者北京,一个人总不太让人安心。"

舒以安摸了摸已经微微隆起的小腹,眉眼间一片柔软。

"当然吃得消,小东西好像慢慢适应这里了呢。"

茱丽感叹了一声,为了这个女人的变化。当初自己正在开会就接到了她的电话,一开始只以为她是身体不舒服或者是被火灾吓着了才迟迟不来上班,后来才知道是住了院。茱丽一边接电话一边摆手示意会议暂停,转身推门走了出来,嘴里难以置信地重复了一遍:"调职?为什么?出了什么事儿吗?"

舒以安在电话这头也不知道该怎么和茱丽解释,只能言简意赅地表达了自己的想法。

"身体原因吧,我不能继续留在北京了。"

茱丽看了一眼外面混浊的天空,也做了一个深呼吸。有关舒以安这个人,她真的是有太多的疑问和好奇了。不管是作为她的上司或者是她公司里的一个朋友,茱丽都觉得自己有必要对她深入了解一下,看看自己是不是真的能帮上她,因为电话里的那道女声,听上去并不太好。

"这样吧,以安,如果你相信我,找个时间我们一起坐坐。"

考虑到舒以安刚出院,茱丽特地把地点选在了湖苑外的一家咖啡厅,还亲自去接了她出来。才半个月没见,舒以安是真的憔悴了不少。

茱丽把餐单交回给服务员,握了握双手:"方便告诉我到底怎么了吗?"

舒以安看着桌上放着的热牛奶,平静地说出一句话:

"我离婚了,而且现在我正怀孕。"

茱丽自认为是在职场里见过大世面的人了,七十二般变化她都能应付自如。可如今听见舒以安这么句话,饶是这样的茱丽也有点儿脱线。

"离、离婚了?难道说你肚子里的孩子不是你丈夫的?"

"你想到哪里去了……"

茱丽也感觉自己说错了话忙摆摆手道歉:"对不起我不是这个意思,我是说,公司里都在传你是因为流产才住院的,你,让我弄不清楚了……"

舒以安安慰地朝她笑了笑,神色落寞:"没关系,很难说清楚的。的确是住院了,但是孩子很幸运地留住了。也是因为这件事我才和我丈夫离婚,所以我想,办了手续之后离开北京,换个地方生活。"

茱丽的重点明显不在舒以安说的调职上:"你带着孩子离婚?你想好了吗?你丈夫也同意了?他这也太不负责任了!"

"他不知道的,这是我的决定。"舒以安坐直身体忙跟茱丽解释,"今天麻烦你也是觉得我现在的精神状态很难继续工作。所以想调职或者是,辞掉这份工作。"

公司因为是做对外出口,有很多产品再加工的厂子分布在全国各个商业口岸或者是轻工业城市,调职是舒以安能够想出的最好的方式了。

茱丽缓了缓心神,半天才答应她:"我回去和老板汇报一下,尽量为你争取好一点的工作岗位。况且你怀着孕,公司是不能开除你的。"

两个人在咖啡店聊了将近两个小时,茱丽对舒以安这个人也有了更深的了解和新的看法。临走的时候,舒以安请她帮了最后一个忙。

"不要对任何人提起我们的谈话好吗?如果有人去公司找我,只说不知道就好。"

茱丽若有所思地看着她,忽然问了个问题:"你也是这么串通医生瞒着你家人的?舒以安,别怪我说话直接了些,凭你老公的手段,如果真想找到你,不是很难。"

舒以安看着渐渐黑下来的天色,穿上大衣欲走。

茱丽拿着包跟在她后面十分无奈:"舒以安,你是我见过最倔的人。劝你一句,女孩子,别那么坚持才好。"

路灯下的舒以安眼中清透极了,回过头冲茱丽狡黠地眨眨眼。

"有些事,明知道是无望的我们却都在坚持,不为别的,只为了这里安稳。"她素白的手指指向心口的位置,温和从容。

路灯下的舒以安身影渐行渐远,她一步一步走在回湖苑的路上,思绪慢慢回到了自己被推进手术室的那一天。

那是她第一次意识尚清明地进到那个地方,舒以安闭上眼睛想,十八岁那一次被推进去,她伤了腿失去了爸妈,二十四岁这一次,她可能会失去宝宝。医院,还真是一个冰冷无情的地方。

面前被拉起的绿色遮挡帘挡住了视线,只有一个女主任和一个助手在手术台旁,周围有两三个递器械的护士随着动作发出轻微的响声。时间太漫长了……长到舒以安快要被那种渐渐流逝的感觉折磨崩溃的时候,她听到女主任略带庆幸的声音。

"别怕,只是流产迹象导致的出血,孩子是保住了。"

就那一瞬间,舒以安才感觉自己原本轻飘飘的身体终于重重地落在了地上。把她推往出口通道的时候她拽住女主任的袖口做出了自己有史以来最出格的一件事:"大夫,不要对别人说起这件事可以吗?"

这大概是舒以安这辈子说的最大的一个谎了。

之后的几天,因为用的药不外乎滋补消炎,也很阴错阳差地,褚穆并没有注意到药瓶上那么细微的孕期二字,舒以安始终说服自己平和心情,按时吃饭,因为她不仅仅是为了自己。

和褚穆离婚后的第二天就收到了茱丽的短信,告知她苏州工业园中他们负责的出口子公司缺一个文案的位置,如果可以,她能随时上班。

茱丽看着又愣神的舒以安打了个响指:"你有没有听我说话啊小姐!"

"啊?"舒以安吓了一跳,"你说什么?"

茱丽无奈地翻了个白眼:"我说后来有人去公司找过你,来头不小。"

她神秘兮兮地勾了勾手指让舒以安凑过来:"世廛的总裁。"

"江北辰?"舒以安皱眉将信将疑地问了一句。

茱丽点点头:"通过和公司合作这个契机来问的。那么大的世廛集团能看上我们让老板欣喜若狂了好久,结果人家总裁来了别的什么都没说,直接就是一句舒以安在哪儿?"

舒以安抓紧了水杯:"你怎么说的?"

茱丽回想起那天自己和世廛那个斗智斗勇的画面,抚了抚胸口。

"把你调到这里是我私下里做的,老板不知道,所以我当场就口齿伶俐态度正式地回了一句,江总,她辞职了。"

虽然后来江北辰这只狐狸用了很多谈判桌上的手段旁敲侧击地问她,奈何她就是面不改色守口如瓶。以至于江北辰从大厦出来的时候一脸郁闷,掏出电话就拨了出去。

"人不在,说是辞职了,不过我敢肯定的是她一定不在北京,你不妨往外查查。"

褚穆最近经常很晚回家,常常在办公室一待就到天黑,要不就是直接把车开到世廛大厦的楼下在江北辰那儿不放他回家。搞得有妻儿老小的江老板苦不堪言。

"你查了没有啊？不可能好端端的一个人就找不着了，我估计是她故意想躲着你。"刚开完会的江北辰斜斜地栽在沙发上若有所思，"齐腾那边光说辞职了，我告诉你啊，这回我跟他们合作的钱你可得给我报销。"

褚穆单手搁在裤袋里站在落地窗前，思绪繁杂。

"只查到她飞杭州的记录，第三天就走了，等找到那边去的时候就没了音信，也换了电话。"

江北辰想了想，忽地敛下表情："找不着肯定就是想躲着你，伟大祖国这么多城市随意哪个地界，只要想藏，你要是想找那可费劲了。再说了，这都过去两个多月了，说不定人家都有新生活了。"

褚穆最怕的就是她有新生活，他怕她走得那么决然就是为了离开他，他怕她有了新的爱人，他怕她不记得他了。想至此，他的眸光越来越沉，眉间情绪轻易地就泄漏了他此时此刻的心情。

"我听说，老爷子有把你和周致涵牵线的意思？"

褚穆偏过头看了江北辰一眼，面无波澜："听谁说的？我怎么不知道。"

江北辰呵呵笑了几声，满眼戏谑："还用说吗？周家那个女儿打你没结婚就惦记你，大院尽人皆知啊……这回一听说你离了婚，八成是回家逼着她老爹跟老爷子给你牵线搭桥呢吧。"

周家和褚家的交情不算深也不算浅，都是彼此大家长工作时结交下的缘分，但是周家的女儿周致涵喜欢褚穆是两家都知道的，周妈妈也曾经跟隋晴明里暗里地提过多次。当时褚穆正在和陶云嘉交往，只说是两人没了机会。后来周致涵出国读书了几年，听到褚穆订婚宴上发生的事紧赶慢赶地就跑回来了，谁知落地又赶上褚穆和舒以安结婚的消息。有一次，褚穆刚赴了酒局回家，周致涵就堵在他家门口说什么也要跟他在一起。吓得褚穆虽然面不改色地拒绝了她，但是进了屋上楼的时候腿都还有点儿哆嗦。周爸爸知道这件事后一怒之下把女儿重新发送回了英国的学校。

一提起这个，褚穆就脑仁疼，用手搓了搓脸。

"也不知道她是怎么知道的，那天回大院就看见她坐在家里，我没敢多待放下东西就走了。老爷子也提了两回。"

"那你怎么办啊？这姑娘可不好对付。"

褚穆的处境江北辰能略微体会到一点儿，一方面褚父希望他能拿得起放得下，他每天工作压力就够大，另一方面他又得不动声色地私下里动用一切手段找前妻，还真是分身乏术。

拍了拍他的肩膀，江北辰递给他一个好自为之的眼神。

"别太难为自己了，要是你的，怎么都跑不了。"

转眼就到了年关的时节，北京下了几场大雪，纷纷扬扬的。大家都忙着为元旦春节这两个大节日准备，就连街上的人都少了很多。褚穆看着窗外昏黄的天色，沉默着闭上了眼睛。

不同于北方的干燥冬天，南方此时的天气很是湿冷。

舒以安的肚子已经隆起来有半个小皮球那么大，自从怀了孕以后她原本单薄纤弱的身体倒是有了些重量，可看着她，还是很瘦。办公室的人对舒以安都很照顾，因为是准妈妈，有些复印机和电脑前的活很多同事都顺手帮她做了。

其实，同事们更多的是对她的帮助和同情。每天朝夕相处在一起，对于舒以安这么个单亲妈妈，大家对她抱以关心的同时也私下里把抛弃舒以安的负心汉鞭挞了一万遍。

每天舒以安坐几站公交车上下班，公寓里被她收拾得井井有条，慢慢有了家的味道。偶尔茱丽和苏楹会借着出公差的名义来看看她，给她带一些婴儿的小衣服小棉被，看着那些小小的软软的物件，舒以安的心就柔软得不得了。渐渐地，她也越来越习惯这种生活，那种不依赖任何人就能营造一个家的生活。

晚上刚下了班，舒以安正打算往站台走就隐隐听到街角有人喊她的名字。那道声音让她没来由地颤了一下，猛地抬头，眼中那道光芒却又很快隐没。

肖克无奈地摊了摊手，语气意味深长："见到我，就这么不高兴？"

两个人选了一家很清淡的苏州菜馆，店里装潢得古色古香，还有一对儿穿着盘扣长袍的男女在咿咿软侬地唱着评弹。

肖克喝了一口放在手边的茶,温和地笑了笑:"很惊讶吗?"

可能是心境不同了,舒以安再见到肖克没了当初的紧张局促,反而很坦然,就像对待一个老朋友般平和。

"实话?不太惊讶,是茱丽告诉你的吧。"

沉默着看了她一眼,肖克碰了碰杯子:"当初我对你说过的话还算数,怎么样?我可是一直等着你。"

舒以安神色一滞,下意识地想开口。肖克却先她一步:"开玩笑的,我和茱丽订婚了。"

舒以安睁着圆圆的眼睛有些惊喜:"真的吗?"

肖克点点头,给她盘子里夹了些菜:"明年夏天就结婚了,她说冬天穿不了婚纱。"

"之前一直在法国出差,后来才听说你的事情,这几天有假期,但是七月脱不开身要不就一起来看你了。怎么样?一个人带着孩子的日子还好吗?"

如今这样的肖克让舒以安很放松,忍不住为他和茱丽感到高兴:"恭喜恭喜啦,很感谢你能来看我,宝宝很好,我也很好。"

肖克不满地皱了眉:"你跟我好像从来都这么客气,舒以安你知不知道你让我感到很挫败。"

"有吗?"

"当然。"肖克很诚恳地表示受伤,"当你老板的时候我从来就没在你那里享受到一个老板该有的尊严,说辞职就辞职,现在就算是朋友吧,你还对我这么生疏吗?"

舒以安仔细想了想,好像肖克说得还真是对。

"我尽量改改,你知道,我对你一直是心有余悸,这个习惯一时不太容易纠正。"她也是实在没办法对一个曾经追求过自己且手段有些偏激的人太过于熟稔。

好在肖克作为一个男人,十分有风度。先是就曾经让她外派的事情道了歉,又跟她解释了自己和茱丽的事情,倒是让舒以安放下了对肖克的很多心结和包袱。

很平常的一顿饭,两个人只进行了一个多小时就结束了。晚上,肖克打

车送她回住的小区，两个人沿着花坛慢慢走。肖克斟酌着把想了一晚上的话说了出来，

"虽然我没有什么立场，但是还是想劝劝你。真的不打算回北京吗？孩子再有几个月就要出生了，不能一直没有爸爸，而且我听说，他一直在找你。"

舒以安停下脚步，黯了黯神色忽然安静下来。肖克知道舒以安于这场婚姻中所受的重伤，也知道她在逃避什么，但是从一个男人的角度看，理智的问题永远占了情感的上风。

他忍不住继续说道："你这样其实对他来说不大公平。哪怕我也很讨厌他。他有权利知道这个孩子的存在，而且，你一个人会很辛苦。"

舒以安看着自己笨拙的外套和渐渐圆滚的身体，独自往前走了几步。

"我也想过的，可是毕竟都分开了啊，也许我这样做很自私，但是那个时候的我是真的无法说服自己继续留在他身边，我也不敢确定他是不是因为这个孩子才和我继续这段婚姻。"

眼看着走到单元门口，肖克给舒以安拉开门让她进去，临别的时候，他忽然转身抱了抱她。时间很短，短到舒以安来不及拒绝。

"别逞强了，有很多你自以为的事情都是假象，如果我是他，一定死都不会放开你。

"以安，他能给你的那种感觉，是我们所有人都无法给你的。"

他能给你的那种感觉，是我们所有人都无法给你的。

直到舒以安两个月后的某天深夜痛哭时，才深深地明白肖克说的这句话的含义。

他说的那种感觉，名叫安全。

Chapter 17

狭路相逢时

眼看着就要过年了,舒以安趁着假期的时间去医院做了孕检,看着片子里那个小小的影子,这些日子被这个小家伙折磨的精神才有了些安慰。

怀孕六七个月的时候,舒以安的孕期反应才姗姗而来。孕吐加上夜里失眠,让她大部分时间看上去特别疲倦,吃什么吐什么,没有足够的营养能量来补充,不过几天时间人就有些支持不住了。

给热手宝充了电,有的时候趁着午休舒以安才能将将趴在桌子上睡一会儿。有生过孩子的女同事安慰她:"挺过这一段儿就好了。我那时候也是,吐得昏天暗地什么也不想吃,半夜里常常腿肚转筋哭着醒过来,我老公就在一旁帮我揉,我醒着他就一直陪着,往往折腾到天亮才能睡着,那段日子啊……真是……"

一旁的人察觉到舒以安的情绪不对,赶紧咳嗽提醒她闭嘴。这一咳嗽,女同事才想起舒以安是单身,忙摆了摆手找个由头下楼吃饭了。只留下舒以安一个人看着鼓鼓的肚皮鼻间酸涩。

变故发生在一天晚上。

舒以安居住的单元楼里有一对男女不知为了什么忽然吵了起来,就住在她对面。正值晚上十一点的时间,争吵很激烈,夹杂着辱骂和摔东西的声音在夜里显得格外刺耳,隐约还有男人的叫骂和女人的哭闹。舒以安被吵得忽然从梦中惊醒,接着就是胃里一阵又一阵翻涌。

舒以安蜷曲在卫生间的地砖上,眼中因为呕吐难受得蓄满了泪水,一点儿站起来的力气都没有。因为孕期本就脆弱的心脏也被隔壁的吵架惊得跳动剧烈。她勉强碰了碰自己赤着的双脚,一片冰凉。舒以安紧了紧身上的睡衣,孤独的身影在空旷的房间里显得格外无助,有那么一瞬间,她想自己是真的要垮掉了。

才不过一个小时的时间,楼道里变得嘈杂异常,接着就是震耳欲聋的砸门声。依稀还能听到三四个男人浓重的方言,舒以安扶着腰看着被砸得发出尖厉声音的大门,忽地惊恐起来。

一个怀着孕的独身女人,在深夜遭到了一群陌生男人的砸门,其间还能听到类似棍棒的闷响。这让原本精神几近崩溃的舒以安快要承受不住,下意识地跑到屋里拿起手机报警。

还没等拨出去,就有警车鸣笛而来。不止舒以安,整个单元楼都被这样的砸门声吵醒,原来是那对吵架的夫妻其中一人回了娘家诉苦,娘家的几个哥哥一时没忍住就抄了家伙来小区捣乱,原本只是想教训一下那个男人,没想到惊动了警察。几个哥哥和那对吵架的男女都被以扰乱社会治安的罪名带走了,社区的管理人员也和受到严重惊吓的居民道了歉。

等一切归于平静,舒以安看着被自己用两把椅子死死堵着的门,再也忍不住抱着自己哭出声来。

在这个深夜,在这个自己和孩子被陌生人折磨得精神崩溃的深夜,她忽然分外想念一个人,在被砸门的那一瞬间,她下意识喊出了那个人的名字。

手机通讯录里,褚穆两个字在黑暗中格外明亮清晰。舒以安怔怔地看着,霎时想起自己之前在电视上看到他的样子。

那是晚上的新闻档,她窝在沙发里一下一下地按着遥控器企图找到一个能快速催眠自己的节目,却一下子被一个身影止住了动作。电视里的画面上男人跟在一个外国元首身后,西装革履,风度翩翩。偶尔他会上前和那个外国人轻声交谈,虽然不知道他在说什么,但是从外国元首充满笑意赞赏的脸上也不难得知。屏幕下方的字幕,赫然是某国元首访华的外交活动。

虽然只有几秒钟,舒以安却被那一幅画面震得忘记了所有动作,他看上去还是那么精致严谨，眉眼间的神色一如多年前自己遇到他时那般温和倨傲。将近半年的时光啊……舒以安有些出神地望着早已转换的电视，心中一片默然。

她不得不悲哀地承认，再见到他时，哪怕他的丝毫表情变化都足以让她伤筋动骨。也是从那一晚开始，像是魔咒一样，舒以安开始了为期漫漫的妊娠反应。实在难受的时候，她也会伸手戳戳肚子，有些不满地问小家伙，你这是在向我抗议吗？

都说凌晨是一个人情感意志最薄弱的时候，舒以安摸着慢慢平静下来的心跳有些惴惴地想，她只打这一次，只听听他的声音就好。因为舒以安实在是撑不住了。

几乎是不受自己控制地拨出了那个号码，原本平复下来的心境又开始随着漫长的忙音揪了起来，每一次的嘟声，都代表着她最大的勇气和最真实的脆弱。

一声、两声、三声。

褚穆微微皱眉看着屏幕上那串陌生的号码，起身往包厢外走，一旁的人忙伸手拦住他。

"别接了肯定打错了，都这个点儿谁能找你啊。"

振动声一遍一遍地在手心中颤着，好像一直颤到了心里去。忽略掉拦他的人，褚穆直接走到外面的隔音长廊上。

"喂？"

舒以安拿着手机的手指骤然捏紧了，五根手指的指尖都有些发白。听到电话那头自己再熟悉不过的声音，眼泪止不住地往下落。另一只手死死地捂住嘴，生怕自己发出一丁点儿声音。

听着电话那头很细微的呼吸声，褚穆脚步一顿。心就像不受控制似的往下沉了沉，他很慢很慢地深吸一口气，生怕惊动了那边的人一般试探地问了一声。

"以安？"

这一声以安，瞬间击溃了她所有的心理防线，原本被抑制在喉咙间的呜咽几乎如溃堤之水般倾泻出来。这一秒钟，舒以安一下子懂得肖克临行前对自己说的那句话，他带给你的那种感觉，是我们所有人都无法给你的。

褚穆带给舒以安的安全感无人替代，哪怕他们已经分开哪怕相隔千里，可是只要听到他的声音，她心里所有的恐慌和畏惧都会消失不见。

原本在褚穆心中只是怀疑的猜测在她如小猫一样的呜咽中得到了确定，他迅速拿开手机看了一眼上面的时间和号码，刚想开口，周致涵忽然袅袅地站在褚穆身后，声音不大不小。

"怎么还不进来啊？在等你呢！"

透过沙沙电波传来的女声清脆好听，舒以安睁大了眼睛像是做了什么错事一样猛地按了电话。

她把即将说出口的话狠狠地咽了回去……

她想说，褚穆，我好想你；她想说，褚穆，我一个人带着宝宝真的好辛苦，快要撑不住了呢；她想说，褚穆，我过得一点儿也不好，哪怕我对所有人都说我很好，可是只有我自己知道，其实很糟糕。

她那么多那么多藏在心底不能示人的脆弱险些在刚才那一秒呼之欲出，他却在凌晨的时间和别的女人在一起，她听到了另一个女人对他娇嗔的呼唤。

她把手机关掉扔得远远的，蜷在被子里有些恍惚地想，他好像过得真的很好，应该是自己贸然打扰给他造成了困扰吧。

听着被挂断的忙音，褚穆闭上眼背着周致涵无声地爆了一句粗。

"别打断别人的电话是最基本的礼仪你不懂？"

周致涵没想到只不过叫他一声他反应竟然这么大，也有点儿尴尬，脸上十分挂不住："他们都在等你，毕竟庆祝你高升，不至于这么生气吧，什么重要的电话呀？"

褚穆语气神色皆不太好，冷冷地丢下一句"很重要"，就头也不回地往外走。

周致涵气愤地跺了跺脚紧跟出去："褚穆，你有点儿良心行吗？好歹我等了你这么多年。为了你还特地从英国回来庆祝啊！"

褚穆脚步未停地径直走到车前，单手扶着车门声音清明。

"那我现在明确地告诉你，我有妻子，对于你我不感兴趣也没有任何想法和期待。算是很清楚了吗？"

周致涵虽然对褚穆很上心，但好歹也是快要三十岁的女人，面子远比爱情重要得多，如今被他这么直白地拒绝也是气得不行。

"你们离婚了，我有机会，我们应该公平竞争。"

褚穆冷笑，坐进车里，头也不回地走了。

褚穆一只手控制着方向盘，一只手反复地按着那个号码拨回去，不出意外地关机。褚穆烦躁地把油门踩得狠了些毫无目的地在街上瞎转，原本他出公差回来一伙人借着他升职的名头瞎闹，不承想周致涵也跟了来，还真是！

想到电话里那道气息微弱压抑的呜咽，褚穆说成是心急如焚也不为过。他也根本不知道她正在哪里经历着什么，那种束手无策的感觉让他暴躁得不得了。

看着那串号码，褚穆迅速想到了个人，猛地踩了刹车打出一个电话。

"十万火急，帮我查一个号码和所在地。"

不过十几分钟的工夫，对方就有了回应。

褚穆盯着屏幕上那两个字，唇间轻动，缓缓念出这个足足找了半年都没有结果的地方。

苏州。

褚穆站在衣柜旁边想了想，还是多拿了几件衣服。也不知道能不能找到她，可还是做好了打持久战的准备。

恰逢隋晴来他的单身公寓看他，手里拎了一大堆超市的半成品，站在门口一边换鞋一边嘱咐他："后天大年三十了，你一个人天天也不开伙，这是我在家给你包的饺子，回头冻冰箱里饿了就拿出来煮煮，一会儿还得给你妹妹送过去。你们俩啊，没一个让我省心的……"把东西搁在厨房里一抬头，隋晴才看见儿子收拾好的行李，有些愣神。

"你这是要出差？"

褚穆拿过沙发上的大衣匆匆穿上："不是，私事儿。"

眼看着褚穆要拿着行李走，隋晴急了："什么私事非得赶着过年的时候出去啊！儿子，你别吓唬妈，是不是出了什么事儿？"

隋晴紧张地拽住褚穆的衣角生怕他跑了似的，又开始絮叨："你说说你，自打离了婚就搬到这儿来住，怎么劝都不回家，一个人也不知道是冷是暖，你这非要挑这个时候走。褚穆，你跟妈说实话，是不是受刺激了还没从以安那儿走出来？"隋晴越说越激动，到最后忍不住都带了点儿颤音。

　　褚穆想起褚唯愿前一阵跑到自己跟前说隋晴更年期的事，起初他还以为褚唯愿是吵架又没赢跟他瞎扯的，现在看来，多半是真的。他微哂地把袖子从隋晴手里扯出来，安抚地搂了搂隋晴的肩膀。

　　"妈，我找到以安了。"

　　隋晴有点儿没反应过来："找到了？这大半年都没什么音信了……"

　　想到昨晚那通电话，褚穆觉得自己一分钟都不愿意耽搁，拿过玄关上挂着的车钥匙，极简单地应了一声抬手开门欲走。

　　"您早点儿回去吧，今年过年我就不回家了。"

　　看着被关上的大门，隋晴抚了抚心口才慢慢消化过来，眉间的喜色显而易见。起初她还担心褚穆因为这事落下什么毛病，私下里也和褚父提起过，褚父当时在书房气定神闲地练着书法，神色泰然。

　　"能有什么毛病，从小一帆风顺惯了，冷不丁出了这么大的事儿没缓过来罢了。让他吃了这个教训也好，省得以后再犯同样的错误。"

　　隋晴忧心忡忡地看着慢慢被墨汁洇开的宣纸，瞪了褚父一眼："介绍那几个丫头他看都不看，只怕你儿子以后就没了这条路啊……"正在隋晴担心褚穆可能就这么单身一辈子的时候，他竟然跟自己说，儿媳妇找到了？

　　可怜天下父母心，隋晴回去的这一路上心里都在念叨，要是真的能把人带回来，这个年哪怕儿子不在家也是圆满的。

　　褚穆上了车并没有去机场，而是径直开到了舒以安之前工作的齐腾大厦，他想找到茱丽才是最直接能够找到舒以安的方法。

　　她在这座城市认识的人不多，朋友更是少，除了苏楹这样的白领，能够在他褚穆眼皮底下把人悄无声息送走的，应该只有她的顶头上司颜七月了。

　　茱丽把车停在地库里正拿着手机像机关枪一样嗒嗒嗒地往大厦里走，还没等进旋转门，就听到身后一道低沉清越的男声。

　　"颜小姐。"

茱丽抬了抬眼皮有些不确定地停住脚步,回过头看着面前挺拔清俊的男人不确定地指了指自己。

"找我?"

褚穆很浅地笑了一下,唇间意味深长:"当然,如果你叫颜七月的话。"

茱丽脑子"嗡"的一声,猛然想起这个男人是谁。分明是舒以安的前任老公,那个外交官先生!她硬着头皮走上前的这几步,饶是职场上厮杀得面不改色的茱丽都忍不住心颤。

一个世廛的江北辰就够让她应付不过来的了,如今又来了一个本尊,这让她该怎么招架?

时间有限,褚穆不想绕弯子,直接跟她开门见山。

"舒以安在哪儿?"

茱丽默默地在心里咒骂了一声,风情万种地撩了撩头发,笑得那叫一个公关:"怎么一个两个都到我这儿来打听她的下落,早在半年前就辞职了。至于去了哪儿,我也不知道。"

褚穆知道她一定会给出这个答案,虽然心里早就急得不行面上也得稳住自己。他偏头毫不在意地笑笑,忽然说出了一个地址。

"这是贵公司在苏州的再加工厂,如果没猜错的话她应该在那里工作。颜小姐要是不想告诉我也没关系,让你们老板帮我查也不是不可以,当然……"褚穆无所谓地摊了摊手,"前提是你不想失去这份工作。"

茱丽没想到褚穆竟然这么快速度就查到了自己这里,美眸中满是惊讶,语气中忍不住多了些讽刺和攻击:"既然你知道这么多,又何必来我这里问她的下落。都已经离婚了还这么上心啊褚先生?那当初离婚做什么呢?"

这两句话无疑是想惹怒褚穆,但是他面色平静地看着茱丽说完这番话非但没生气反而上前一步一下子低下声音。

"她凌晨两点半给我打了电话,那头很明显在哭,我现在不知道她到底出了什么事,颜小姐,如果你不想看她出意外的话,请把地址给我。"

茱丽顿时蒙了,一把抓住褚穆噼里啪啦地问:"凌晨?在哭?她到底怎么了?"

"所以，如果你还不想说，我就不敢保证她到底怎么了。"最后三个字被褚穆咬得很重，不知道是因为心里最深的恐惧还是因为此刻的焦急。

茱丽大口地呼吸了几下，迅速抢过褚穆手中的电话敲了一个地址进去。褚穆看着光标处一闪一闪的字样，没有任何犹豫地转身朝车里走去。

"谢谢。"

"褚先生！"茱丽心有余悸地叫住他，看着微微回头的人暗自攥紧了手，"找到她对她好一点儿，别再伤害她了。"

有些事总是这么阴错阳差得让人恼火，当褚穆踏上飞往寻找她的航班时，舒以安却已经坐上了回家乡扬州的客车。

经过昨天那样的事，舒以安真的没办法说服自己继续留在那个房子里。再有两天就要过年了，看着慢慢亮起的天色，舒以安分外想念家人，想念把她宠在手心里的祖父。她想，幸好这茫茫人世里，她还有个依靠。

褚穆下了飞机直接换乘火车赶到苏州，天气湿冷得要命，他穿着大衣在众多春运回家过年的人中穿梭竟显得有些狼狈。这是他第一次用这样平实的交通工具，不适应且很难接受，但是为了那个离开他很久很久的人，他却沉默得没有一点儿声音。

他按照茱丽给的地址找到那个小区的时候，已经是下午六点了，正是家家准备晚饭的时刻，三楼，七十二级台阶，褚穆每上一级心里那种迫切感就强烈一分，看着那个小小的门牌号码他都想好了，只要她一开门，他就再也不放手了。

可是，还没等他手伸出来，门却被从里面打开了。

门里门外的人见到对方皆是一愣。

房东大姐看着门外这个年轻男人，用自己并不太标准的普通话问道："你找谁啊？"

褚穆皱眉往中年女人身后看了看，虽然早就着急万分，但还是极有耐心和教养地对着中年女人打招呼。

"您好，我找住在这里的人，她叫舒以安。"

房东大姐恍然大悟，一拍门把手："哦哟！你找她啊，搬走咧！"

褚穆的心狠狠往下沉了沉:"搬走了?什么时候?"

"就在今天上午,小姑娘给我打了个电话就退房啦,我还欠她一个月的房租哪!你看。"

中年女人从衣服口袋里掏出一个信封,上面租住票据上清秀的字体褚穆再熟悉不过。

"可能是吓到了,说来也是倒霉催,这个小区治安一向很好的,昨天晚上出了那样的事也难怪那个姑娘要退房。对门吵架砸我的门啊,老天不公平的。"

褚穆眉间一凛,看着门上明显被砸过的痕迹想到她带着哭腔的呼吸,喉间干涩异常。

"昨天出了什么事?她受伤了吗?"

"小事情,对门夫妻吵架娘家不服气来这里找女婿报仇,结果砸错了地方,侬看看,我这里,还有楼上几家都被砸了。不过好在没什么事,没伤到人就被警察带走了。"说到这儿,房东大姐有所戒备地看了他一眼,"小伙子,你是这个姑娘的什么人?你来这里干什么的?"

褚穆现在满脑子都是舒以安一个人蜷曲在这个房子的角落给自己打电话的样子,就连手中的行李袋都在自己的恍惚中掉在了地上。

"我是她的一个朋友。"他不知道自己还有没有资格被叫作她的丈夫。

房东大姐摆摆手示意褚穆往后退退,一面锁门一面自顾自地唠叨:"那个姑娘说是回老家过年了,你要是知道她老家在哪里就去那里找她吧。哎呀你说,这冰天雪地的,她一个孕妇挺着个大肚子也蛮艰难……"

"孕妇?"褚穆皱眉打断她的话,迅速掏出手机,强稳住有些发抖的手把相册中那个女人找出来,声音隐隐发颤。

"您说的是她吗?"

楼道中的光很昏暗,房东大姐眯着眼看着屏幕上站在雪地里的年轻女孩有些吃力地辨认着。

"就是她,没错的。"

黄昏中,褚穆顿时感觉脑中"嗡"的一声像被雷劈中般全身僵硬,眼中全是难以置信。

舒以安，她竟然，还怀着孕！

傍晚时分小巷里静悄悄的，偶尔走过去能依稀听到墙里面的人家开饭的声音，舒以安提着箱子在石板路上发出十分清晰的嘎吱声。周遭的一切都和自己离开时一样，就连空气中那种湿润寒冷的味道都能与自己儿时的记忆重合。

青山见到舒以安的时候，有些沧桑的脸上先是浓浓的惊讶随即马上笑开了，忙把院子的门开得大了些接过舒以安的行李箱。

"你这丫头怎么回来也不说一声，刚才还跟舒老讲起你，想着你什么时候能打电话回来呢，可巧人就到了。"

看着自己熟悉的院落，青砖白瓦的古朴巷子让舒以安才真的有一种回家的感觉，冲着青山笑了笑，缓步迈进来："是我回得突然了，祖父在休息吗？"

青山往后走了几步这才看到舒以安隆起的肚子，喜色难掩："刚喝了茶正在书房里养神呢，要是知道了这件大喜事准得高兴坏了。您一个人回来的？姑爷没陪着一起？"

听到姑爷两个字舒以安下意识地停了一下，想到家里还不知道自己发生的事只能掩饰着情绪往院中走，语气故作轻松："青山伯伯，怎么是我一个人呢？"她微笑着指了指肚子，带着些小女儿的娇气，"我这也应该算是两个人啊。"

青山哈哈笑了笑，提着箱子朝院子一侧的厢房走去："走了这么长时间肯定累了，我让厨房给你炖一锅汤一会儿送进去，你先去看看舒老。"

舒雪鸿正在窗下的躺椅上咿咿呀呀地听着戏，书房中间的火炉烧得正旺。八十几岁的老人又过了一个年头精神头倒也是很足，一只手有节奏地拍着扶手兴致正浓。舒以安轻手轻脚地推开门的时候，老人还没察觉。

"青山，给我这茶杯续上热水。"

舒以安抿唇偷偷笑了笑，拿起火炉上的小铜壶给老人的茶杯里又加了些热水。屋内的窗户上因为温差上了不少霜，舒雪鸿叹了一口气慢慢拿着茶杯呷了口水才抬起头。

这一抬头，老人都愣了。

舒以安穿着鹅黄色的大衣正站在他桌前,笑得柔和。

"祖父,我回来了。"

舒雪鸿还以为自己是出了什么幻觉,忙搁下茶杯摘下老花镜揉了揉眼睛:"这是、这是我孙女回来了?"

一年多没见了,老人是想她想得厉害。年前生了一场大病还特地嘱咐管家别把消息传到北京去生怕影响了她,如今自己满心惦念的小孙女这么活生生地站在自己面前,舒雪鸿还真是没反应过来。

"怎么赶着这个时候回来了?青山也没跟我说你今年回来过年啊。还有你这……"舒雪鸿看着舒以安鼓鼓的肚子,惊诧得不得了,"什么时候怀上的?褚穆陪着你一起来的?"

舒以安蹙眉一半撒娇一半生气地靠在老爷子的大木椅上:"您那么多问题我回答哪一个?就我自己回来看您不好吗?"

老爷子只顾着高兴一连说了三四个好字,忙拄着拐杖屋里屋外给她张罗住下的地方。因为舒家这院子里甚少有这么大的喜事,一直照顾老爷子的管家仆妇也是极为上心的。从厢房到被褥,皆是用的最上乘的。

屋子是她十几岁时一直住着的,推开窗就能看到院子里的柳树和池塘,为了讨吉祥床褥上特地换了大红色的苏绣喜鹊。舒以安重新住到这里,看着屋内的陈设心酸得不得了。这位从幼时就把自己捧在手心里宠大的祖父啊……哪怕自己都要做一个妈妈了,他也依然像当初一样那么保护自己。

舒雪鸿挺直了脊背在书房里待了半晌才觉出不对,匆匆走到舒以安的房间表情有些严肃。

"上秋的时候褚家给我来了个电话,说是问候我好不好,我当时接了还特地让你听电话,那边也是支支吾吾地说你忙。以安,你可得跟我说实话,是不是你在那边受了什么委屈才回来的?"

舒以安拿着汤碗的手一下子停住,垂下眼睛。

"没有啊,就是想您了回来陪您过个年,您怎么会这么想。"

见着舒以安的反应,老头更加确定了自己的猜测,气呼呼地一把把拐杖敲在地上:"你打小就不会撒谎!这大冬天的褚家可能让你一个人挺着大肚子回来?是不是和褚穆吵架了?你说,有祖父给你撑腰呢!"

最让人感觉到幸福心酸的那一刻大概就是你一个人茕茕孑立的时候，你的家人给你一处栖身的窝并且告诉你，别怕，有我们在。

舒雪鸿虽然已经年迈，但是这一句话足以让舒以安温暖很久很久。像个小孩子一样，她吸了吸鼻子把被子又盖得高了点儿。

"祖父，我和褚穆离婚了。"

舒雪鸿神色一震，却也没说什么，只慢慢问了一句："什么时候离的？这孩子是他的？"

"是他的，我们离婚的时候他不知道我怀了孩子。我离开北京半年多了。"

舒雪鸿叹了一口气："难怪那个时候要给我打电话呢，想来应该是要问问你回来没有。你说说你一个女孩子，怎么那么大的胆子敢一个人带着孩子，这幸好是回来了，要是出了什么事我可怎么跟你的爸妈交代啊……"

"祖父。"舒以安低下头极为悲伤地叫了一声。

"回来了就好，回来了就好啊。说到底，是褚家那小子对不起你？"

"不是的！"舒以安惊慌地摇头否认，"不是，是我们生活合不来才分开，和别的无关。"

眼看着就要入夜，舒雪鸿摆摆手步履蹒跚地走了出去，临行前摸了摸小孙女的头十分怜爱。

"你先在这儿安安心心地过个年，别的不要想太多，离了就离了，他褚家不要你也得掂量掂量能不能够得上我舒雪鸿的孙女。你要是不想回去，祖父的家底也够你们娘儿俩活到老。但是这个说法，我老头子也一定得跟他们要个明白。"

他们舒家小心翼翼护着周全长大的至宝，怎么能这么可怜地孤身返乡呢。他褚家小子是怎么和自己保证的？言忠信，行笃敬？看他倒是都忘在了脑后！

从苏州到扬州，两百多公里，特快列车也要将近两个小时。褚穆就是在这样的夜晚从一个年头跨到了另一个年头，这是他有生以来最狼狈最漫长的一次跨年。

车厢的吸烟隔间里，他倚着轻微颠簸的车厢有些疲惫地闭上眼把舒以安离开时的所有始末都仔仔细细地回忆起来。可是任凭他怎么想，都找不到有关舒以安还怀着孩子的一丝细枝末节。天快亮的时候，他掐掉烟敛着眉眼想，可能那个时候她真的是狠了心要走，所以连让他知晓自己当父亲的机会都不给予一分一毫。

转眼就是大年三十。

舒以安感觉自己睡了好长好长一觉，绵长且安稳，天气也十分应景地响应了那句瑞雪兆丰年的老话，早上醒来的时候窗外已经落了一层薄薄的雪。

深吸一口气换上了十分喜气的红毛衣和笨重的羊毛靴子，她一大早就和管家几人等在舒雪鸿门外给老人拜年讨红包。舒雪鸿笑呵呵地拿出几个分量很重的红包，先是给家里一直照料他的几个人，最后才轮到舒以安。

舒以安嘻嘻地笑着晃了两下拳头："祖父，新年快乐恭喜发财！"

舒雪鸿把最后一个红包抽出来塞到小孙女手里，敲了敲她的额头："这可不是给你的，是给我重孙子的。"红包里是老爷子这些年所有的积蓄，也算是他老头子给这母子俩一个保证。

拜过年就要扫房挂灯笼了，舒以安跟着几个人在门口看热闹，圆圆的红灯笼十分有年味儿。因为院子处在一个上坡，一只灯笼没挂住竟然顺着下坡骨碌碌地滚了下去，舒以安自告奋勇地去捡，忽略掉身后一众人劝她小心的话。

"没关系，一个灯笼跑不了多远的。"

红色的灯笼像是长了脚一样骨碌得越来越远，舒以安扶着腰亦步亦趋地追在后头，脸色十分红润。最后幸亏有人往前走的时候用脚挡住了它的滚动，她才好不容易气喘吁吁地逮住它。

她累得呼出一口气直起身体，微微笑着想向帮忙的人道谢。

这一抬头，原本弯着的嘴角顿时僵住。

漫天簌簌飘落的雪花，褚穆站在仅仅离她两步的地方，风尘仆仆，面沉如水。一双浓黑深邃的眼一眨不眨地看着这个身怀六甲的女人。

舒以安一只手抓着大红灯笼就这么傻兮兮地站在他的对面，不知所措。任凭她如何垂下眼睛去躲他的眼神，此时高高隆起的肚子就像是一个顽皮的孩子在向那人炫耀。

没人知道褚穆在看到舒以安的那一秒钟,有多庆幸。看着那个将将比自己胸口高出一点点的女人,目光落到她冻得有些发红的手上,他忽然沉默地摘下自己戴着的质地精良的皮手套强制地抓起她的手套了上去,声音克制又隐忍。

"舒以安,好久不见。"

Chapter 18

佳人难再得

舒以安从来没想过再见到褚穆会是以这样一种方式。他就这么活生生地站在自己面前,被摘下来的那副手套上还带着他的余温,手指触碰到她手背上的肌肤的一瞬间,舒以安险些落下泪来。

她穿着红色的毛衣衬得肌肤雪白,厚厚的羊毛靴套在脚上显得她整个人圆滚滚的。褚穆的目光始终落在她隆起的肚皮上,不肯有一秒钟的转移,生怕自己再抬眼时这一切都不见了。没有人知道,此刻他的心跳究竟有多快,也没人知道他是如何强迫自己压制住那种好似能布满全身每一寸的愉悦感来稳住自己。

褚穆深吸一口气猛地拉过她抱在怀里,怒意满满。

"舒以安,我怎么以前没发现你本事这么大。"

耳边是自己在梦中哭着醒来思念到不行的声音,鼻间是曾经萦绕在她的感官世界里久久不散的气息。舒以安是真的蒙了,毕竟在孩子这件事上她是心虚的,如今被他这么光明正大地抓了现行倒是显得自己十分没理。被他抱着也没有任何回应动作,只傻傻地站了半天来缓解突然见到他的心情。

她以为他已经找到了更好的生活,她以为自己在褚穆的人生里所有的痕迹都在慢慢淡去,她以为那一个电话算是自己对他最后的告别和软弱,她从来没想到那一通电话竟然能使远在千里之外的人站在自己面前。他一身风尘眉间倦怠,却还是难掩那种焦急的情绪,可是他偏偏又这样做了。

临街狭小的巷子，家家喜气迎门，空气中夹杂着这里冬天特有的味道，让人很容易放松心情。怀中的女人的触感分明是那么真实，褚穆几乎一眼就能看穿舒以安正在想什么，哪怕她沉默着。他微微拉开彼此之间的距离，怕她觉得不舒服。

他顾不上其他，开口就说："不是你以为的那样，那天和纪珩东他们刚好在外面，很多人都在。

"从你走的那天开始，我一直在找你。接到你的电话我就去了苏州，可是赶到的时候才从房东那里得知你回了这里。"

彼此已经吃够了这样的亏，褚穆再也不能像之前一样对她所有的妄自菲薄都置之不理。

骨节分明的手指十分小心地碰了碰她的肚子，他敛起神色："以安，跟我回家。"

舒以安顿了顿，转身拿着灯笼往回走："我家就在这里。"

褚穆急了，快走几步一把抓住她的胳膊，想了又怕她疼，略微松了松手。

舒以安看着面前这个久未见面的人忽然弯着眼睛笑了，她慢慢抽出自己的手一字一句道："褚穆，我们离婚了。我也从来没想过有再和你回去的那一天。"

看着那个背影依然很纤弱的女人，褚穆有些挫败地想，带着老婆和孩子回家似乎是一件很漫长的事。她好像也已经不再是那个当初被自己压在身下随便威胁两句就什么都傻乎乎答应的人了。

这是褚穆第二次来扬州的老宅子，上一次来还是舒以安爸爸妈妈五周年忌日的时候陪她一起扫墓。

"不让你去拿怎么就走得这么急，回头出了什么事儿可怎么交代……这是，姑爷？"青山远远地看着舒以安提着灯笼回来正迎了出去，看到她背后的人嘴里的话又硬生生地停住了。

褚穆向这位服侍了舒老爷子多年的管家微微鞠躬："您好。"

"哎！您客气了，客气了。"青山忙应下来，和众人不知所措地互相看着，不知道此时此刻究竟是个什么情况。

舒以安回头看着自己身后已然进了院子的人，皱眉："你干吗？"

褚穆挑眉十分无奈地摊了摊手:"你不肯跟我回去,我就跟你回来。"
舒以安从来没见过这样的褚穆,一时不知道如何是好。

　　舒雪鸿拄着拐杖站在庭院里静静地看着这一幕,忽然重重地哼了一声。
原本对峙着的两个人不约而同地都往廊下看去。

　　老人双手交叠在拐杖把手上,中气十足,怒气也十足:"愿意进来就进
来,院子里有的是容人的地方。以安,进屋!"舒雪鸿虽说没给吃闭门羹,
也是当着众多人的面儿给了褚穆一个威慑,简单的一句话就表明了态度,可
以来,来了就外头站着。

　　话一出,院子里都静悄悄的。原本因为迎春的热闹也被舒雪鸿这态度一
下子变得拘谨起来。舒以安偷偷回头看了褚穆一眼,默默地低着头跟着祖父
进了屋子。留下褚穆一个人无奈地笑笑,在院子里罚站。

　　其实哪里是罚站呢,分明是老人气不过给自己的一个警示罢了。褚穆垂
下眼沉默地想,幸好,幸好自己还没落得被赶出去的下场,她还没有心狠到
口口声声说让他滚的地步,要不然,他真的不知道该用什么方式来挽回她了。
其实来的这一路上,他就已经为自己即将到来的漫漫长路做好了一切准备,
哪怕很惨烈。

　　漫天雪白中,他就那么挺拔修长地立在院中姿态不卑不亢,甚至脸上没
有一丝窘迫和尴尬。发上、大衣上都是簌簌落下的雪花凝结成的细小水珠,
整整六个小时,他始终保持那一种姿势没有变过。

　　天气不算很冷,但是细细的雨夹雪打下来还是能让人感觉到一种浓浓的
寒意。屋子里的火炉烧得正旺,舒以安站在房间里透过窗帘中一道小小的缝
隙往外看,捂着嘴慢慢地哭了出来。都说孕妇的情绪十分不稳定,可这个时
候的舒以安,所有的情绪与怀孕无关。那些被自己狠狠藏起来的情感在这个
无人见到的时刻都争先跑出来,大抵每一个女孩子都期待在自己最落魄最期
待的时候能够有一个人忽然出现在她身旁,毫无预兆却也足够倾其心意。褚
穆的到来,尤其如此。

　　舒雪鸿透过书房也能看到褚穆站在院中的景象,青山在一旁给老人研好
了墨忍不住多了一句嘴:"姑爷站了有三个时辰了,咱们这边不像北方,别
染了湿气得风寒才好。"

舒雪鸿气鼓鼓地敲了敲地,大为不满:"得风寒?我孙女遭了那么大的罪他得风寒有什么要紧?这是他该受着的。"

没人比青山更了解老人,把宣纸铺好了用镇纸压住,才请了舒雪鸿过来,看老人提笔写下第一个字就明了了几分:"只怕,您也是不舍得这个孙女婿吧。"

要不然,依照舒雪鸿的脾气怎么可能还会让人进来,早就一拐杖撵出去了。

舒雪鸿沉吟了一会儿又望了望窗外才松了神情带些笑意。

"倒是个好样儿的,这么长时间没有一点儿不耐烦,能看出来还是上心的。"

像褚穆这样的背景和身份地位,无论是心理还是立场都大可不必理会一个老朽这样的惩罚,单从脸面上来说就挂不住。可是他竟然就这么在大年三十站在院子里从白天到迟暮。

"青山哪,你是真当我老眼昏花了?年轻人最忌讳焦躁轻浮,他能为了以安那丫头坚持这么久已然是不简单了,何况以安对这小子又何尝不是还有感情的,不然,她又怎么会一个人带着孩子回家。我就是想试试两个人到底有多大的坎儿,老啦,能为这个孙女做的事儿是越来越少喽。"

看了一眼桌上放着的怀表,舒雪鸿朝外头摆了摆手:"去吧,把他叫进来。另外让厨房多添一副碗筷。"

站了六个小时,褚穆勉强活动着僵硬的脖子和发麻的手脚,才信步往书房里走去。

相比罚站,舒雪鸿这一遭才是最头疼的。

上台阶的时候,褚穆不经意地往左手边的厢房里瞥了一眼,唇间的笑意深了些。

他轻轻掩上书房的门,朝着书桌后的老人欠身。

"祖父。"

"老朽可承受不了,也不知道你这一声祖父我现在还能不能担得起。"舒雪鸿搁下笔,从书案前翻出一张纸,"你可记得你和以安结婚的时候对我承诺过什么?我又对你说过什么?"

褚穆眸光动了动,清楚地回忆起婚礼那天自己从舒雪鸿手里接过舒以安时的承诺。

"那你看看现在把我的孙女弄成了什么样子!"舒雪鸿震怒,一把把桌上的端砚拂到了地上,发出极为沉闷的响声。缓步走到褚穆面前,老人抬起手里用了十几年的拐杖,"你们褚家行事待人倒还真是让老朽长了见识!"

楠木拐杖力道十足地打在褚穆的背上,他却只是皱了眉眼,嘴里始终没发出一声痛哼亦没有半分恼怒。

舒以安在隔壁的厢房里听着接连的几声响心都要揪起来了。就连肚子里的小东西都像是发出不满似的在她腹中开始剧烈地胎动。她伸出食指点了点皮球一样的肚子,十分不高兴。

"你干吗?是鸣不平吗?"

静坐了不到一分钟,她终是忍不住开门往书房门口走去。

骂过了打过了老人的气也消了一大半,看着褚穆额头上隐隐渗出的冷汗,舒雪鸿拿过桌上一块帕子递给他:"小子,记住了,今天这是你应得的。至于今后以安和孩子能不能跟你走,全在你自己。"

外面的风雪停了,舒雪鸿拉开门刚好看到笨重躲闪不及的舒以安,神色一愣,随即背对着褚穆低声吩咐了一句:"年夜饭准备好了,过来吃饭吧。"

六点的年夜饭是舒雪鸿一直定下的规矩,既然放下了就表示他答应褚穆在院子里过这个年了。

舒以安站在书房门口被发现了正着,褚穆忍着疼眼中带笑地朝她走过来,那一拐杖打得连转身的动作都有点儿僵硬,背上隐隐发麻。

"担心我?"

舒以安不自在地低头往正堂走,脚步匆匆:"谁担心你,那么大声音我是怕祖父有什么事。"

褚穆快走几步一把拉住她脚步一旋把人抵在墙上,目光紧紧地盯着她一双通红的眼睛,一只手还牢牢地垫在舒以安的脑后。

"那你哭什么?"

"谁哭了!"舒以安反应剧烈地猛地伸手推了他一把,两人之间一下子隔开了些距离,"你别自以为是行吗!"

舒以安虽然怀着孕,但除了肚子大,剩下孕妇该有的特质是一点儿都没在她身上体现出来,纤细的四肢巴掌大的脸,让她在夜风中格外脆弱。褚穆现在是一句话都不敢跟她硬着顶,看着她又一次把自己扔下的身影,窝火地揉了揉鼻子。

正逢青山带人端着菜从长廊穿过,见到两个人忙低下头匆匆走过,生怕看见了什么不该看的。

好歹舒家也算是江南比较有风范的大户人家,而且今年不同于往常,因为舒以安还怀着孕需要更上心地照顾,菜色自然是一点儿都不敢马虎的。整整十八道带有浓郁地方特色的菜肴,按照凉热荤素十分有讲究地围了桌上两圈。舒雪鸿见着一前一后的两人,指了指自己对面的两个位置。

"坐吧。"

碗筷是上好的骨瓷,舒雪鸿眯着眼看了褚穆一眼,转头对着青山吩咐:"去把我搁在窖里的酒拿出来。"

"这酒有些年头了,还是我去山西参加学术会议那年人家给带的,回来一直用桃花存在窖里,平常就我一个人,也没那些兴致,今天你们一家来陪我我高兴,怎么样,跟我老人家喝一点儿?"

"好。"

这时候别说喝酒了,喝啥褚穆都乐意啊!何况老头儿特意用了你们一家这样明确表明自己态度的字眼,褚穆当下就挽起衬衫的袖口给老爷子斟酒表示奉陪。

桌上很多东西是舒以安小时候就爱吃的,一锅熬了些时辰的汤特地用酒精火煨着,砂锅上的盖子被蒸汽顶得轻声响着。过年的时候吃饭从来就不用人伺候,一切自己动手丰衣足食。舒以安虽然心里有点儿郁闷,但是看到满桌子吃的顿时晴朗了很多。

终究是生活在一起两年,褚穆对于舒以安某些时候的一个眼神一个表情就能清晰地明了她的意图。他拦住她伸向汤锅的手,淡淡地接过她拿着的碗勺:"我来。"

"你来这边家里知道吗?"舒雪鸿问褚穆,"年关正是忙的时候,你工作能放下?"

褚穆点点头,往舒以安那里扫了一眼神色自然:"来得很急,部里初三有外事活动,就要回去了。"其言下之意就是他只有三天时间把媳妇哄回去。

舒雪鸿沉吟了一会儿:"只怕你这也是将在外君命有所不受吧。"

褚穆刚要回答，还没来得及开口就见舒以安皱眉捂着嘴十分难受地呕了一声，拿着勺子喝汤的手一顿，随即胃里一阵翻江倒海的恶心感就涌了上来。

看着她往外跑的动作，两个人皆是一凛。舒雪鸿一愣："都这个时候了，怎么还这么大反应。"

褚穆紧张神色不减，搁下杯子就跟了出去："我去看看。"

因为还什么都没吃，就连汤也只是喝了几口，胃里空空。舒以安伏在水池旁干呕了好一阵，却什么都没吐出来，褚穆站在她身后单手把她护在怀里。

"很难受？"

舒以安用水冲了冲脸十分虚弱，感觉手脚都没了力气，一时也不想再和他纠缠个没完，只苍白着面色摇了摇头。

"我陪你去医院。"褚穆见她不说话更着急，拖过她就往外走。

"不用了。"舒以安下意识地反握住褚穆的手指，做了一个深呼吸，"可能是一天没吃东西，晚上喝得太急有点儿不适应。之前也这样的，我都习惯了。"

褚穆皱眉："你之前一直吐得这么厉害？"他无法想象她之前一个人在陌生的城市陌生的居住环境里怀着孩子的情景。洗手间不算大的空间两人之间近得要命，他高高地站在她面前认真严肃的神情让舒以安表情一滞，迅速松开了他的手偏过头去。

"妊娠反应，没什么大不了的。"

一时间两个人谁都没有说话，气氛安静异常。她洗过脸之后睫毛上还挂着很细小的水珠，随着她垂下的眼睑一动一动，红色的毛衣下他微微低头就能清晰地看到她白皙的颈子和锁骨。

褚穆沉默着慢慢平复自己的呼吸，脑中一秒钟运算几百次来克制自己的想法，眸中的光却越来越深沉。大概是觉得太不自在了，因为是被他圈在水池旁边，舒以安小心地往外动了动："我要出去了。"

见褚穆一动不动，她伸手戳了戳他的手臂："喂！唔……"

褚穆扯过她来不及思考直接把人压在墙上急急地吻了下去。怕她挣扎，他一只手抓着舒以安两只手腕高高地举起，另一只手按在她的肩膀上不让她有丝毫离开的可能。

唇齿相接的那一瞬间，舒以安被迫微微仰起头感觉自己已经无法呼吸，脑中"轰"的一声，只感觉她一直在坚守的那道坚不可摧的城墙瞬间坍塌为废墟。

怕伤到她，他整个人是以一种很别扭的姿势俯下身来，完完整整地让开她的肚子。大概有多久没碰过她了，褚穆也记不清了。

只知道自她走了以后他始终是一个人，对周围的任何女性都不感兴趣，甚至连看都懒得看。每天晚上躺在床上，他满脑子都是她细瘦的身体被他牢牢抱在怀里轻巧呼吸的感觉，看着旁边空空的枕头，他总是想起她被自己压在身下折磨得额头尽湿的样子，她缩着身体一下一下躲着告饶的样子，她咬着嘴唇皱着眉不肯发出声音的样子。那么多她舒以安的影子快要让他承受不住，所以第二天他就匆匆收拾了行李搬回了曾经一个人住的单身公寓。他想，搬到一个没有她的生活气息的地方，也许会好一点儿。

可是当褚穆咬住她两片柔软的唇瓣的时候，才真正明白自欺欺人这四个字真正的含义。她略显急促的气息和不断起伏的胸口，无一不让他忍耐不住。心中对她所有的担心和思念一起迸发出来险些让他吻红了眼。不知什么时候，钳制着她的手已经松开变为抚着她的后脑，按在她肩膀上的那只手也慢慢探进她腰间滑落在她一侧的绵软上力道不轻不重地揉捏起来。

舒以安被那种快要溺死的感觉折磨得快要崩溃，唇间他略带酒意的味道弥漫了她整个口腔，靠着一丝濒临的神志，她伸出手胡乱地打在他的背上试图阻止他接下来的动作，混乱中，只听见他"嘶"的一声，猛地皱眉放开了她。

舒以安倚在墙壁上大口大口呼吸着新鲜空气，就连声音都是颤抖的："你丧心病狂！"

背上被舒雪鸿打过的地方火辣辣地疼，他指着她圆鼓鼓的肚皮艰难地挤出几个字。

"你谋杀亲夫。"

舒以安怒极一脚踢在他的腿上，为他，也为自己不争气的妥协："杀了你都活该！"

狭小的洗手间实在不是谈话的地方，褚穆不顾她的挣扎一把把人打横抱起来穿过长廊往她的房间走去。两个人一个不停踢打，一个面色平静无动于衷地往屋里走，一旁的人都偷偷笑着你看看我我看看你。

青山为难地往厢房看了一眼:"这菜都新鲜着呢,两人都不吃了?"

舒雪鸿笑呵呵地摆了个小凳子搁在自己旁边:"到头来也是我自己一个人过年,回头让厨房准备了等着入夜送进去,那小子饿不饿我不管,我孙女和重孙子可不能空肚子。"

踢开门把舒以安搁在床上,褚穆缓了缓身上的痛感,不经意间看到了她书案上一张宣纸,上面蝇头小楷带着舒以安一贯的清秀。

皑如山上雪,皎若云间月。

闻君有两意,故来相决绝。

今日斗酒会,明旦沟水头。

躞蹀御沟止,沟水东西流。

凄凄复凄凄,嫁娶不须啼。

愿得一心人,白头不相离。

——《白头吟》

褚穆霎时感觉没来由地一阵心慌,床上的舒以安和他的目光同时看在一处,空旷悠远。

褚穆紧了紧手指上前低声问道:"以安,我们谈谈行吗?"

他来这里的目的就是把她带回去,所以他觉得一直采用直接的行动似乎会让舒以安更抗拒,尤其是见到她书案上临摹的那首词更甚。

褚穆站在她的窗前看着外面慢慢升腾的雾气,忽然不想让她看到自己眼中很明显的失落。

"你要知道的是我不仅仅是因为你还怀着孩子才想要把你带走,以安,从你跟我离婚那一天起,我才发现放你走,似乎是一件比强行把你留在身边更艰难的事。

"我承认和你结婚的时候对你的认知不够深,也一度对你很恶劣,差到……连伤害到你都不自知。把你留在北京,让你一个人承受来自我家里的压力,再或者是,在这段婚姻里我竟然对你所有的付出都视而不见觉得那是再正常不过的事情。"

褚穆略微闭了闭眼,接下来的话显然对他来讲有些艰难。

"我和陶云嘉之间很多事情不是你想的那样。她去德国,邮寄过来的那本影集,包括她对你说她怀孕,这些我从来就没有参与过而且在此之前我根本就不知道,那个时候不对你解释是怕你认为我在为自己开脱,而且我觉得我们之间矛盾的重点并不在那里。可是直到看见你流产虚弱地躺在病床上的那一刻,我才明白自己错得多离谱。"

他回过头认真地看着靠在床边低着头的女子,上前捏起她精巧的下颌强迫着她与自己对视。

"你不是不爱我,是爱得很惶恐,我以为你的不问是不在乎,可是等你走了我才反应过来,你怕自己问了会在我这里得到确切的答案让你心灰意懒。那天我把你抵在别墅的墙上问你究竟信任过我吗,现在想想我还真是够浑蛋。

"我太过于骄傲,所以任何事情都想有个输赢,包括和你的感情,我总是想让你依赖我别无理由地爱我,可是我忘了,我竟然从来没正面承认过对你的感情,就连对你求婚都被我自欺欺人地归结为冲动。可当你提出离婚的时候我也真的慌了,那段时间我有很多次想向你认输,但是等你走了都没来得及说出口。

"舒以安,和你结婚的那一天我就没想过和你分开,和你分开的时候我也从来没想过再找除你以外的任何一个人来做我的妻子,我是真的知道自己对你的罪孽深重了,给我一个机会,让我以后慢慢补偿你好吗?"

她舒以安经历褚穆重伤之后再难爱上他人,但是褚穆又何尝不是呢?得到过舒以安完整柔软的全部情感,任是除了她以外的所有女人他都觉得矫揉造作。

舒以安不知道自己该如何面对他这突如其来的道歉和告白。好像褚穆从来就不是这样的,他不曾对自己这么认真地说这么多的话,他不曾对自己坦白过这么多真实的想法和情感,亦不曾说过爱她。

"现在才说,你不觉得,有点儿晚了吗?"舒以安倔强地偏着头不肯让眼泪从眼眶里掉出来,声音哽咽,一双素白的手死死地揪住他胸前的开衫,"褚穆,你知不知道,当我说离婚这两个字的时候,我有多绝望。"

舒以安终是没能忍住地红了眼眶。这些日子以来作为一个单身妈妈所有的辛酸和坚持都在这个男人温热的掌心中分崩离析。

"那个时候哪怕我有一丁点儿希望,我都不会选择带着孩子离开你……我知道这样做很自私,可是褚穆,我真的怕了啊,和你的这桩婚姻,你从来没对我表露过真心,我不知道你爱不爱我,我甚至不知道还能不能和你继续生活下去。我已经把自己赔进去了,真的,不能再拿宝宝来开玩笑了。我希望宝宝能在出生的那一刻起就拥有一个幸福的家,而不是像我们……这样……

"我肯嫁给你不是因为你有多惊人的背景和才能,而是因为你几乎每一次都能在我最落魄最狼狈的时候出现,而那种感觉是我失去了爸妈之后再没人给过我的。我选择毫无保留地陪伴你,哪怕你不爱我也没关系,我爱你就行了,可是一个人用力久了,也会累。"

舒以安有些苍白的脸上一片冰凉,她怔怔地看着褚穆衬衫的纽扣喃喃说着,面容如水一样沉静。

"你说我不信任你,我对我们之间所有的矛盾和误会都选择避而不谈,可是褚穆,那是因为我太相信你了啊,我坚信你会给我婚姻和家庭,我坚信你不会背叛我,你怎么能拿我对你的信任当作伤害我的借口呢?

"我到了苏州以后一个人做孕检,一个人看这个小生命慢慢长大,有的时候我也在想究竟要什么时候让你知道他的存在?十年?二十年?还是我死了以后?褚穆,舒以安这个人十八岁以后的生命是由你亲手创造,凭你而生,但是现在,我有更好的继续下去的理由。"

褚穆抿着唇沉默地听完她对自己的控诉,终于知道自己予她的根本不是一星半点儿就能挽回的伤害。暗自叹了一口气,褚穆想,既然她不愿意接受他的道歉那就只好用他最擅长的方式来逼她妥协了。

毕竟,她的人必须归属于他。

捉起她抓着自己的手,褚穆把人扣在怀里深沉冷静地开口:"我只问你一句,舒以安,你现在,还爱褚穆这个人吗?你对他还抱有一丝期待和希望吗?"

舒以安闪烁不定地躲开他的目光,始终不敢说话。褚穆蓦地笑了起来,语气诱人低沉。

"不说话?那我来告诉你。

"如果你不爱我根本不会一个人偷偷怀着孩子跑到苏州,打掉他就是了,那样不是更容易和我一拍两散吗?不爱我为什么选择在深夜遇到危险撑不住的时候打电话给我?既然打了又为什么听到别的女人的声音之后再挂掉?

"我在院子里站着的六个小时里,你在窗边一共偷看我二十三次。每次长达几分钟,眼眶红得明显是哭过的痕迹。舒小姐,如果你再说没有,会不会显得太不真诚了?"

是啊,一个外交官最擅长的就是用最有力最直白的证据将对方打得无力回击束手就擒,同时把话说得漂亮得无懈可击,而褚穆就是将这个发挥得最淋漓尽致的人,舒以安在他这样的攻势下甚至没有丝毫否认的可能。就好像自己已经没有任何遮掩地在他面前,无所遁形。

"不管你同不同意,你和孩子,我都要带走。"

舒以安静静地看着他,好久没说话。久到褚穆都隐隐觉得心里没谱儿的时候,她忽然重重地点头,像是某种认可一样。

"离婚的时候我就说过,直到现在我也不惧怕承认自己的情感,我是爱你,哪怕你不爱我哪怕我们分开这么久,对于你,我都没有一丝一毫的减少或失望。这样你满意了吗?"

褚穆有点儿茫然地站在原地被舒以安这么横冲直撞的坦白弄得措手不及,原本准备好的说辞也不知道该怎么继续下去。

舒以安默默地做了一个深呼吸,动作小心地站在了床上,因为身体不方便显得有点儿笨重吃力。

褚穆虚虚往前站了一步伸手拦住她的腿,有点儿心惊:"干什么?"

舒以安定定看了他一会儿,忽然伸出胳膊钩住他的脖子狠狠咬在了他的肩膀上。那是舒以安感觉用了自己所有的力气做的一件事,她甚至能清晰地感觉到在褚穆肌理结实的肩上有温热的血迹渗出来。

褚穆疼得倒抽一口凉气猛地皱起眉头,却也不敢有丝毫躲避,一双手臂还怕她摔倒拥紧了她。这么一来,倒是显得更迎合她。冷汗缓缓从额角淌过,舒以安看着他的鬓角把头深深地埋在褚穆的颈窝,声音闷闷的。

接着,她说出一句褚穆一辈子都无法忘怀的话。

她说:"褚穆,我只原谅你这一次,也只答应你这一次,如果你再欺负我,我真的真的再也不会回来了。"

她说:"你是不是觉得我很没出息,但是没办法,我没法说服自己不在乎不关心你,也实在不能对你的到来视而不见,从你来找我的那一秒钟起,我就原谅你了。"

因为，不是每一对分开的夫妻都会在一个新年开始之际跨过千里重新在一起的。舒以安深知这样的缘分和机遇对她原本淡薄的一生有多么庆幸，所以不犹疑不退缩，坦然即勇敢。

褚穆满眼惊喜难以置信地抱着她，像对待一件失而复得的珍宝一样细细吻着她，不停呢喃着她的名字，声音沙哑。

"以安……"

"嗯？"

"相信我。"

你相信我，自此以后，未来的每一天，我都会在你身边，善待珍惜与你相处的日日夜夜，不愧你昔日付出的隐忍情深。

舒以安慢慢回应他的吻，空气里仿佛有甜蜜的清香。

"好，我相信你。"

我相信你，未来种种，依偎四季，你都会在我身边，担当起一个家，护我和宝宝安然无恙，我亦不悔年少予你的赤诚真心。

空中有烟火落下，如同一声声惊雷般炸开，烟花绽开似热烈的蔷薇，映红了一片天空，夜航的飞机在藏蓝色的天幕上无声飞过，逶迤而绚烂。

舒以安轻轻闭上眼，伸手慢慢回抱住褚穆。

多么不易，两人历经百转千回，终究在这一刻，修成了似海情深。

——正文完——

番外一

褚家有女字予乔

褚予乔是正月十五出生的，着急得提前了十几天从妈妈肚子里跑出来看这个世界，闹得全家都没能圆满地过完这个节日，因此舒以安给女儿起小名为汤圆儿。

因为是褚穆的独生女儿，褚家的第一个孙辈，汤圆儿从一出生就受到了极大的重视，从爷爷奶奶到旁支的一些亲戚无一不对这个小姑娘给予厚爱。

汤圆儿的曾外祖父舒雪鸿来北京看她的时候，特地带了礼物来。一把精致小巧的长命锁上镶满了五颜六色价值不菲的宝石，锁头背后清清楚楚地刻着小姑娘的名字和生日。爷爷奶奶更是对这个宝贝给予了极大的欢迎礼，隋晴的整整一匣子名贵首饰都给了这个小姑娘当压岁的物件。

汤圆儿出生之后一切健康，等妈妈出了月子就包着小被子欢天喜地地让爸爸接回了家。褚穆对这个女儿，觉得新奇又惶恐，一向天不怕地不怕的褚穆生怕一个不小心惹了女儿不高兴。

汤圆儿刚回家的时候，因为被奶奶在大院儿哄惯了脾气大得很，小小软软的一团躺在她的小床里晃着脑袋看着还有些陌生的家，忽然放声大哭。这一哭，可给褚穆吓坏了，看着汤圆儿憋得通红的小脸儿眉头紧皱："这是怎么了？晚上没吃饱？"

舒以安轻轻地把女儿抱在怀里哄，给她擦掉眼泪："刚喂过的，可能是忽然离开奶奶有点儿不适应，脾气都被宠坏了。"

褚穆不信："两个多月大能有什么脾气。"说着就脱掉西装外套把女儿从舒以安的手里接过来，温声问她，"爸爸抱你好不好？"

这一问，小汤圆儿也不哭了，睁着湿漉漉的眼睛就规规矩矩地躺在舒以安的怀里等着爸爸来抱她。褚穆动作有些生硬地接过女儿，手臂中温软的触感好像一直绵延到了心底。

褚穆眼中的神色柔软得不像话，被女儿吸引得直到晚上小家伙已经睡去，他还守在她的小床前不走。

大概是遗传了爸爸妈妈的语言天赋，褚予乔九个月的时候就能咿咿呀呀地冒话了。有的时候带着她在家里看电视，隋晴和舒以安也会指着电视中偶然出现的褚穆的身影对小姑娘讲，那是爸爸。

爸——爸。

有天晚上褚穆应酬回来已经入了夜，舒以安喂了汤圆儿喝奶刚睡下，褚穆怕打扰她轻手轻脚地脱了外套走到女儿的房门口，像是他的一个习惯一样，不管每天走得多早或者是多晚，只要褚穆睁开眼第一件事就是看看她。

被子被她不老实的睡姿盖得横了过来，小汤圆儿穿着尿不湿蹬着两条胖乎乎的短腿儿睡得正香，小嘴还不时下意识地动两下。褚穆闷闷地笑了笑伸手重新把被子给女儿盖好，用手指很轻很轻地刮了刮她的小脸儿，不禁想起晚上饭局间江北辰跟自己开的一句玩笑。

他们四个人里江北辰是最早有孩子的，当初还借着儿子江晋尧嘚瑟了好一阵子。

褚予乔生得漂亮可爱，几个大老爷们对这个小丫头都是爱不释手。江北辰更是在今天晚上的酒桌上提出要让予乔将来嫁给自己儿子许个娃娃亲的要求。褚穆一听就不乐意了，说什么也不同意。

江北辰一脸不服："凭什么啊？还能委屈了汤圆儿不成？"

其实褚穆也不知道为什么不答应，原本只是一句玩笑竟让他回去的路上认真地思考了好一阵。哪里只是一句娃娃亲的戏言呢？看着汤圆儿的脸蛋褚穆有些出神地想，他介意的根本就不是这个小家伙将来要嫁给谁，而是他根本就不愿意去想小家伙有一天会穿着婚纱嫁作人妇的样子。

有的时候舒以安也觉得褚穆对女儿的宠爱太过了,小小的孩子正是培养性格的时候,不能什么都由着她来,每次提起的时候,褚穆就抱着小汤圆儿一脸的维护更是要什么给什么。因此,才九个多月的小汤圆儿就已经十分狗腿地黏着爸爸不肯撒手了。

可能是感受到褚穆回来了,原本正在睡觉的小人儿竟然慢慢睁开了眼睛,醒了也不吵不闹只伸着两截小胳膊在褚穆面前挥舞着。

褚穆惊讶地挑眉,轻轻问着木床里的女儿:"想要爸爸抱?"

褚予乔小朋友竟好似立刻听懂了一样点头,嘴里咿咿呀呀个不停。褚穆笑着把女儿抱起来晃着她的小手想慢慢哄她入睡,谁知小汤圆儿忽然抓住褚穆的衣领,口齿不清地说出两个字。

"趴……趴……"

起初褚穆只当是她睡不着胡乱念着玩儿,也并没在意。谁知小姑娘不甘心地又扯着爸爸的脖子嘟囔了一句:"趴趴……"

这回褚穆是听清了,有些不敢相信地看着因为害羞把小脸埋在自己脖颈里的女儿,半天没反应过来,但还是强稳住自己哄着女儿问:"予乔?予乔再给爸爸说一遍好不好?"

小汤圆眯着眼睛,肉乎乎的小脸蹭在褚穆的脖子上,神情乖巧认真地喊了一声:"趴……爸!"

爸爸。

这回褚穆是真的听清了,在这个万籁俱寂的夜里,他九个月的女儿在抱着他叫,爸爸。

褚予乔三岁的时候,已经是奶奶口中的小人精了。

三年的时间,小姑娘成长得越发乖巧可爱,一双大大的眼睛忽闪忽闪的像个洋娃娃,被家里宠得快要上了天。每次舒以安带着她回大院儿看爷爷奶奶,等褚父下班回来,小姑娘就噔噔噔地跑到门口脆生生地喊爷爷,哄得老两口根本对这个古灵精怪的小孙女撒不了手。

但是褚予乔小朋友有一个十分让舒以安头疼的毛病，就是不听话，而且专门挑褚穆在家的时候不听话。

这天，舒以安正在厨房做饭，褚予乔趁着妈妈背对着自己的时候偷偷溜到冰箱旁企图拿姑姑从欧洲出差回来给自己带的巧克力。舒以安一回头就看到小姑娘扯包装扯得兴起，不禁出声阻止她。

"汤圆儿，不许吃！"

每次到了饭点褚予乔都要背着自己吃好多零食，以至于晚饭她根本吃不了几口就怏怏地说饱了，舒以安为了纠正她这个习惯什么方式都用过，可是小朋友每次都有办法来对付她。

才到自己膝盖往上一点儿的小姑娘睁着大眼睛十分委曲，指着舒以安手里的巧克力软糯地打着商量："妈妈，就吃一块好不好？"

舒以安把巧克力搁到冰箱上面把女儿抱起来，柔声劝她："宝贝，之前你都吃了那么多了，我们就要吃饭了，吃过饭妈妈再让你吃好不好？"

小姑娘站着和妈妈对视了好一会儿，像下了极大的决心一样慢慢点头，鼓着胖胖的小脸儿上了楼。褚予乔不生气或者开心大笑的时候眉眼和舒以安很像，可是一旦不高兴臭着脸的时候，舒以安才觉得这个宝贝简直和褚穆是一个模子里刻出来的一样，都那么难搞。

舒以安还奇怪今天这个小家伙怎么这么听话，正切着菜的时候她才恍然大悟，忙放下刀往楼上跑。果然不出她的预料，二楼书房里，父女俩正吃得欢。

褚穆把小予乔抱在腿上处理着邮件，时不时地还低下头往女儿嘴里塞一块巧克力，书桌上很明显的被撕开的包装纸正耀武扬威地看着舒以安。

"褚穆！"舒以安叉着腰十分不可思议，"你给她吃了多少？"

褚予乔被妈妈抓了个现行，嘴巴两边还有巧克力褐色的酱，十分心虚地往爸爸怀里蹭了蹭。褚穆搂着女儿淡定地思忖了一会儿："就两块。"怕媳妇生气，他又机智地补了一句，"我看着她呢，一会儿吃饭前我再带她刷一遍牙。"

舒以安将信将疑地把桌上的包装纸扔到垃圾桶里："不许再带着她偷吃零食了！我都发现好几次了，予乔的牙齿才刚长齐，褚穆，我再说最后一次喔。"

褚穆态度良好地跟老婆一边保证一边带着女儿往洗手间走，走到一半又忽然探头回来，十分戏谑："我记得好像你也有藏零食吃零食的习惯……"还没等舒以安吱毛，他就迅速带着女儿转移了阵地，留下舒以安一个人对着桌上那些零食失笑。

还真是，父女俩啊……

洗手间里，褚予乔被爸爸高高抱起来搁在洗手台上，嘴里含混不清地刷着牙满是泡泡。褚穆顺了顺女儿的头发好脾气地商量："汤圆儿，下回我们晚饭前不吃零食了好不好？你要是不吃了，爸爸就答应明天带你出去堆雪人。"

褚予乔想到大院儿里江家门口那个白白胖胖的雪人眼馋得不得了，忙点头答应："予乔不吃了，予乔一会儿就答应妈妈把姑姑买给我的零食都交出去！"褚穆亲了亲女儿的脸蛋儿，心想着晚上又能拿着这个跟媳妇谈条件了，要不然他是真害怕舒咩咩小姐一个不高兴又把自己撵到女儿房间里去睡啊……

第二天，褚穆真的做到了对女儿的承诺，早早地从部里下了班就回家带着女儿在院子里堆雪人儿。

又是一年的年关，风雪足意头也足。褚穆把女儿用厚厚的围巾和棉袄包裹严实之后就扛着小人儿出去堆雪人。他穿着大衣挽着袖子，在雪地里不停地穿梭，圆滚滚的汤圆儿就骑在爸爸脖子上挥舞着小手时不时地喊上一句"加油"，一大一小在雪地里玩儿得不亦乐乎。

舒以安下班回来的时候，看到的就是这样一幅景象。

褚予乔站在雪人旁边仰着头好奇地东看看西看看，偶尔小心地伸出手这里戳一下那里戳一下。褚穆安安静静地站在女儿身后拿出手机悄悄拍下她日夜成长的记录，看着屏幕里那个小小的身影，褚穆忽然想起几年前，曾经也有一个女人笑意嫣然地对自己说，褚穆，你给我堆个雪人吧？

像是有心灵感应一样，他抬起头与站在门外的舒以安相视一笑，褚穆忽然觉得这一辈子，身边有这两个人，足矣。

番外二

褚穆后记

2011年,是褚穆的印象里第一次见到舒以安。

而之后在外交学院的答辩会上,春末夏初的天气,她穿着干净的衬衫,肩窝落了黑色柔软的头发,站在台上,眼神坦然而坚定。他阅人无数,第一眼,他以为她会是一个很优秀的语言家。

他问了她一个很刁钻的问题,其实他自己也不知道是什么答案,没想到她竟然真的知道,答了一半,她开始呼吸急促,没有任何征兆地昏在了台上。

他抱着她去医院,答辩会上一片混乱,门外挤了大批看热闹的学生,门里的老师们不知所措。她瘦成一把骨头,在他怀里,紧闭着眼睛。

褚穆认真地打量着她的五官,第一次,他感觉到心底有某种东西蠢蠢欲动。

他对感情向来是被动的,甚少有这样恶劣的、想要把一个人占为己有的想法。他甚至暗骂自己,怎么会对这样平淡无奇的姑娘动了心。

她的眉眼弯弯,她的娇嗔懊恼,一幕一幕,在心里像是烙下了印,挥之不去。

那天恰逢北京暴雨,上天眷顾,给了他一个机会,他向她求婚。其实褚穆在那一刻也不知道自己是怎么想的,管他呢,两个人搭伙过日子,重要的是彼此有个依靠,他求个心安,求个占有欲的满足。把这么一个与世无争的人娶回家里,安妥放着,无端就让褚穆生出几分期待来。

这一年的年末,他娶了舒以安,给了她一个别人每每提起都羡慕不已的婚礼。渐渐地,他开始入驻她的生活,参与她的人生。

2012年的年初,他和她去瑞士度蜜月,在人来人往的机场,她穿着和自己一样颜色的毛衣,推着行李在不远处等他办登记手续,等他回来自然地接过她手中的行李车,然后牵起她的手,像一对再正常不过的夫妻。

她不爱吃西兰花和鱼子酱,每次在酒店吃饭的时候都会偷偷瞄他一眼,然后默默地挑出去。她体力很差,很疏懒,带着她爬雪山的时候她抱着滑雪板上气不接下气,穿着厚厚的棉衣也无法掩盖她苍白的脸色,他出了一身汗,把围巾帽子都给她戴上,暗自叹气。

到了山顶,他做好了冲刺的准备,她却跟在他身后拽他的衣角,声音很小,喂,你带上我呀。

褚穆问她,你还能行吗?她点头,说你带着我下去,就没事儿。

最后,他完成了海拔一千八百米高峰式挑战。

晚上回到酒店,她因为生理期痛得满床打滚,褚穆捞起她搁在怀里哄着,忽然觉得这个媳妇娶的,似乎是个麻烦。

2012年的初春,他外派赴德,两人正式开始了两地分居的日子。

去机场的那天,送行的人有很多,有他的朋友,有他的母亲妹妹,有他一起的同事,她站在人群后头,看着他和众人拥抱,他拜托几个发小照顾好他不懂事的妹妹,得体地跟同事交接工作,像个孝顺的儿子一样安抚他眼眶通红的母亲。

最后,才是她。

站在闸口,他用仅仅两个人才能听见的声音对她说,照顾好自己。

身边是人山人海和众多面孔,他和她面对面站着,她低着头,半天才讷讷地说了一句,你也是。

广播里传来登机的提示,她终于肯抬头正视他,眼中隐隐一层水光,他妥协地伸出手去抱她,像哄孩子一样一下一下摸着她的发顶。她埋在他胸前,强忍着一阵又一阵的鼻酸。

接下来的一年里，时间硬生生把自己和她隔出了一道看不见的隔阂。

北京和德国的时差是七个小时，两人偶尔会在北京下午三四点钟的时候通上一次电话。他声音听起来总是低沉而优雅，又有一种舒以安说不出来的疲倦在里面。

她小心翼翼地存在于他的家庭里，存在于他的生活中。她以为自己和褚穆，也就这样了。

2013年，褚穆回来的次数渐渐多了些，两人的关系却越来越尴尬，那些曾以为时间就能解决的问题开始浮于水面之上，褚穆也渐渐发现，舒以安似乎和他想象的不太一样。

她看似柔软的外表下有一副很刚强的灵魂，她是那种任何事都不会表现在脸上的人，她有她自己做人的一套原则，有她为人处世的一套方式，她介怀他的来无影去无踪，介怀他的上一段恋情，可是她什么也不说。

陶云嘉的出现对褚穆来说是一个意外，他对那段过去无法释怀，有恨意，有不甘心，可是这些情绪汇集在一起，面对着陶云嘉的时候，他才发现真的已经和爱没有任何关系了。他不想让这些影响自己和舒以安的婚姻，迫于工作上的压力，迫于难以启齿，他并没有把这些告诉她。

可是当陶云嘉一而再再而三对自己表达情感的时候，褚穆也不禁迷茫起来，当初的分手，究竟错的人是谁？

直到那天晚上，在亚眠，他猝不及防撞上舒以安的时候，他才恍然大悟，他骂自己浑蛋，他为这一晚的偶遇胆战心惊。

明明怀中的这个人才是他的妻子，才是他应该付诸全部精力和情感的人。

接着在柏林，两个人因为一支舞蹈不欢而散，褚穆处于工作生活的重压之下，不禁开始认真审视自己。

三十岁的年纪，处于人生巅峰，事业有成，家境优渥，有一帮能无话不谈的朋友，有足够高的社会地位，外界提起他，除了褚家长子以外，还会冠以无数让人瞠目结舌的名号。可是四下无人的时候静下来仔细想想，自己似乎，也没有那么好。

于儿子这个身份来说,他做到了对父母的孝顺,于长兄这个身份来说,他做到了对妹妹的照顾,对朋友的庇护,可是唯独丈夫这个角色,他是不合格的。

他忽略了舒以安心底最真实的对他的看法,对这段婚姻的态度。

他想,他应该是,真的在乎她。

2013年年尾,褚穆回国。回到了他妻子身边。

在这一段时间,两个人关系渐渐融洽,开始像一对寻常夫妻般生活。也是在这一段时间,舒以安怀孕,他被外派非洲,工作上首次遇到来自竞争对手扔出的一个大麻烦。

他的生活一团乱麻,面对着陶云嘉几近疯狂的示爱,面对舒以安无声的沉默和容忍,面对着外界众说纷纭的猜测,终于,他还是失去了舒以安。

失去了他生命中第一个孩子。

舒以安憔悴地躺在病床上,心力交瘁,她说褚穆,我们离婚吧。

他除却无止境地沉默以外,再不能给她其他回应。他想说,以安,我从来都只是一个自私的人,我自私到不想考虑别人的感受,我自私到你哪怕在我身边过尽千帆伤痕累累我也不愿意放你走。他不愿意。

终究还是走到了那一步,他把名下的财产都留给了她,可是她走的时候依然只提着来时的那只箱子,站在民政局门口,手里摩挲着崭新的离婚证,他问她,你去哪儿?

带着他一如既往的强势,只是那语气里,只有自己知道他其实早就已经没了底气。

舒以安没有再回头,也错过了她身后不远处,从那双漆黑平静的双眸中滚出的热泪。

2014年,春节前夕。

再度成了单身的褚穆,在离婚之后的半年多时间,一直是一个人住。他从湖苑别墅搬出来,重新住回了那套单身小公寓里。

每天夜里寂静无人的时候,他总是躺在床上沉默地想,她在哪儿,在做什么。身边是不是有了别人。

他痛恨这样拿不起放不下的自己,他心怀愧疚,却也不得不照常生活。

所有人都说他是黄金单身汉,以后日子长着呢,可是褚穆知道,再没有以后了,失去了舒以安的褚穆,再没有婚姻和家庭可言了。他不会再像当初一样,那么冲动,那么热血地,再爱上一个人了。

到底是上天眷顾,一次巧合让他意外地接到了舒以安的电话。

透过沙沙的电流声,甚至不需要任何言语交流,仅凭那段微弱的呼吸褚穆就能断定那端的人是她,没人知道他那一刻的心情有多欣喜若狂,没人知道他那一刻有多庆幸。

从北京到苏州再辗转到扬州,整整一天一夜,看着她挺着大肚子俏生生站在自己面前时,褚穆从心里发出一声叹息。

就这样吧。就这样让时间停滞不前,他和她都还只是当初相遇的模样吧。

挽回一段破碎的姻缘很难,挽回一个曾经身心都全部赋予他的女人更难,褚穆在庭院里站了整整一天,漫天雪花映衬着院里的大红灯笼,他无比虔诚地想,这算是第一个新年愿望吧。

家人平安,她回到他身边。

他是真的,很爱她。

在零点的钟声以前,他第一次跟她说了心里话。他说以安,我太过于骄傲,骄傲到连婚姻和爱情都想有个输赢,我想听你说爱我,我想让你一次又一次为我低头,可是我恰恰忘了,在一段婚姻中,两个人是对等的,我让你全无保留爱我的同时,却没有给你一点儿安全感。

他说以安,跟我回去吧,不单单是为了孩子,为了给我一个机会,为了你自己能放过自己。

她看着他哭得撕心裂肺,她说褚穆,我试过离开你的滋味了,并非我不能承受那种痛苦,而是我到现在都不能完完全全承认自己不爱你,她说褚穆,这是最后一次了,我只原谅你、原谅我自己最后一次。

凌晨十二点,2014年的第一天,漫天的烟花中,他抱着她说,好。

2014年正月十五，女儿出生，一切圆满。

或许到了很久很久以后，岁月迟暮，每当渐老的两人回忆年轻时发生过的事情，除了温柔的目光对视之外，还有掩藏在眼神中的无尽包容和热忱。

我以全部年轻张狂的青春岁月，许你未来沉稳和睦年华。

【官方QQ群：555047509】

每周丰富多彩的群活动，好礼不停送！
作者编辑齐驾到，访谈八卦聊不停！

扫一扫看更多图书番外，作者专访